明治詩史論

透谷・羽衣・敏を視座として

九里順子著

和泉書院

MEIJI·SHISHIRON

目次

序

明治期の近代詩は、『新体詩抄初編』（明15・8　丸屋善七出版）における「新体詩」の言挙げに始まり四十年代に入っての口語自由詩の主張に至るまで、急激に展開していった。展開の結節点として本書で取り上げるのが、北村透谷、武島羽衣、上田敏である。

北村透谷が活躍した明治二十年代半ばは、まさに新体詩の模索期であった。『新体詩抄初編』の「凡例」では「泰西ノ「ポエトリー」ト云フ語即チ歌ト詩トヲ総称スルノ名ニ当ツルノミ、古ヨリイハユル詩ニアラザルナリ[1]」、『小説神髄』（明19・5　松月堂）の「小説総論」では「ポヱトリイは我国の詩歌に似たるよりもむしろ小説に似たるものにて専ら人世の情態をば写しいだすを主とするものなり[2]」と、〈ポエトリー〉が紹介され、新たな詩的概念となる。透谷もまた、『楚囚之詩』（明22・4　春祥堂）の「自序」において「元とより是は吾国語の所謂歌でも詩でもありませぬ、寧ろ小説に似て居るのです。左れど、是れでも詩です[3]」と、屈折と飛躍を孕みながら詩作を始動していく。この屈折と飛躍は、自由民権運動からの離脱を自己の原体験として定位した、表現の振幅そのものである。続く『蓬莱曲』（明24・8　養真堂）は、「ドラマ」への関心が高まっている状況の中で、劇詩の枠組みを用いている。しかし、これも「序」において「わが蓬莱曲は戯曲の体を為すと雖も敢て舞台に曲げられんとの野思あるにあらず、余が乱雑なる詩体は詩と謂へ詩と謂はざれ余が深く関する所にあらず[4]」と、挑発的な言辞を述べている。ここからは、否応なしに時代から突出してしまう透谷の表現意識を読み取ることができる。その突出とは、自己の原体験から存在の根拠を追求する意識に他ならないが、透谷はそのような自己をどのように表出してしまったのか。第一部では、バイロンを初めとする西洋の文学や謡曲等の先行文芸に触発されつつ、そこからの逸脱あるいは違和によって表現されていった透谷の自己について考察していく。

透谷亡き後、明治二十年代末は、日清戦争を背景に国民文学創成が提唱され、詩歌の世界では『新体詩歌集』（外山正一　中村秋香　上田万年　坂正臣　明28・9　大日本図書）を始めとする戦争詩歌集及び軍歌集が創作された。その中心人物である外山は、新体詩の性急な近代化を主張した。『新体詩歌集』の序文において外山に「俊基朝臣東下りの亜流」と揶揄されていたのが、武島羽衣、塩井雨江、大町桂月の擬古派と称される詩人達である。しかし、三人の合同詩文集『美文韻文花紅葉』（明29・12　博文館）は、多くの版を重ね、大正期に至るまでの美文韻文集の隆盛をもたらすこととなった。即ち、長期に亘って詩的表現の一つの規範になり得たのである。三人の中でも擬古派の美意識を代表するのが、羽衣である。羽衣は、『美文韻文花紅葉』の他に『修辞学』（明31・9　博文館）『新撰詠歌法』（明32・1　明治書院）『霓裳歌話』（明33・6　博文館）等の詩歌論を著し、明治三十年代後半になっても美文韻文集『霓裳微吟』（明36・7　博文館）を刊行している。羽衣における詩歌が一貫した表現意識に支えられていたことが窺える。第二部では、羽衣の表現の安定性の内実について考察していく。

日清戦争後の国民文学創造の機運は、〈正しい〉国語制定のための雅語・俗語の再定義及び俗謡の見直しへと及び、明治三十年代に入ると創作民謡への関心が高まっていく。それは、国民文学という目的を超えて、新体詩の方向性を示唆する試みと化していく。島村抱月は、「現代の詩」（『詩人』6号　明40・11）において、新体詩には「真直に実際生活《アクチュアル、ライフ》に接して」生じる「デイレクトネス、ストレイトネスが欠けてゐる」と述べ、「民謡に帰る事、之が日本の新代の詩の道を啓く所以ではないか。」と、民謡の直接的な表現に可能性を見出している。抱月は、「形式上のクラシシズムを破るの一法は、いかなる形に於てか言文一致になるの必要がある。」とも述べており、民謡が、

「言文一致詩」という新しい詩形として注目されていることがわかる。民謡を今後の新体詩の祖形としてとらえるのは、この後、口語自由詩の論客となる服部嘉香も同様である。嘉香は、「言文一致の詩」（『詩人』5号　明40・10）において「言文一致詩を以ては田園詩、市井詩、自然詩、即ち詩歌童謡的のものか、又は端唄俗曲的のものを範囲とする」と、「言文一致詩」に必要な音楽性を俗謡から借りようとしている。

言文一致詩としての俗謡への関心は、明治四十年代に入ると言文一致詩そのものへの言及となり、自然主義を理論的な根拠として、口語自由詩の論議及び創作が活発化していく。理論的な面では、先鞭を着けた相馬御風、次いで服部嘉香が、実作では川路柳虹が中心となっていくが、主張に表現が伴わず、運動体としては希薄化し拡散することとなる。

このような新体詩の状況に対し批判的に関わっていたのが、上田敏である。敏と言えば、次代の詩人達に象徴詩を知らしめた『海潮音』（明38・10　本郷書院）の高踏的な翻訳を以て、文学史上に位置づけられている。しかし、敏は、俗謡の再発見から口語自由詩へという動きに対し、超然と構えていた訳ではない。敏における近世歌謡集『松の葉』の愛好が、若い北原白秋や木下杢太郎に影響を与えたことは、周知の事実であるが、そもそも敏は、早い時期から近世歌謡への愛着を表明していた。「芸術の趣味」（『帝国文学』6巻1号　明33・1）においては、「われは西欧の趣味を移さむと唱ふる今の新体詩よりも、既に元禄の昔、清水の西門に三味線ひきて歌ひける律語を喜ぶ。」[5]と言い切っている。これは単なる懐古趣味ではない。敏は、自伝的小説『うづまき』（明43・6　大倉書店）[6]の中で、主人公の牧春雄について「演劇と言はず、美術と言はず、凡て徳川の人情風俗に一種の同情を持つたのは、単に遺伝境遇の所為《せゐ》ばかりでは無い、十八世紀の芸術を始めて真に解する事を得た欧州の現代人と、自から軌を一にしたのであらう。」と推察している。近世歌謡への愛着は、近代芸術の理解者あるいは本質的な近代人という自負に支えられているのである。この自負に基づいて、敏は、今後の新体詩が参照すべき表現を近世歌謡から汲み上げようとした。「楽話」（『帝国文学』10巻1号　明37・1）においては「寧ろ其の（引用者注：三弦楽を指す。）根本に遡つて、民謡の純朴なる曲を拾ひ集めて、例へば、我が邦のケルト人種ともいふべきアイヌの施律《メロディ》かもしれぬ追分節の如きものを参考してすなほに普遍なる傾向を将来の音楽に注入したい」(7)と、普遍的なリズムの祖形として民謡に関心を向けている。また、「新体詩管見」（『心乃花』8巻1号　明37・4）においては「散文より調子が整つて、節奏の美がある律語」を求めつつ、「併し尚ほ此外に最も注意すべきのは、神楽、催馬楽を初めとし謡曲或は徳川三弦のいろ〳〵の歌詞を見ることであります。」(8)と、古代から近世に至る歌謡に新たな律語の手がかりを探ろうとしている。敏の近世歌謡への愛着は、一貫して彼の芸術観の根底を成していたのである。

敏は、芸術の普遍性という理念に立って、口語自由詩が理論的な根拠としていた自然主義に対しても批判していく。自然主義の「精確で真に迫る其新技巧」(9)（「自然主義」『新小説』12年11巻　明40・11）は評価するものの、「どこ迄も芸術は内部精神が肝要で、必ず時処の約束を超越した真を含まなければならぬ。」(10)（連続講演「マアテルリンク」明39・3　明治大学講演会）、「自然の不可思議なる方面が閑却されたのである」(11)（「マアテルリンク」『哲学雑誌』249号　明40・11）と、その皮相性を指摘している。

敏のこのような俗謡及び口語自由詩に対する評価は、『海潮音』や後に『牧羊神』（大9・10　金尾文淵堂）に収録された翻訳、創作に反映されている。これらの批評、実作、ひいてはその根底を成す敏の芸術観は、どのような可能性を持ち得たのか。第三部では、この問題に関して考察していく。

以上の考察を通して、明治の新体詩が開拓し得た詩的表現の広がりを見ていきたい。

注

（1）　引用は『明治文学全集第60巻　明治詩人集（一）』（昭47・12　筑摩書房）による。

（2）引用は『明治文学全集第16巻　坪内逍遙集』（昭44・2　筑摩書房）による。
（3）引用は『明治文学全集第29巻　北村透谷集』（昭51・10　筑摩書房）による。
（4）引用は（3）に同じ。
（5）引用は『定本 上田敏全集』第3巻（昭60・3　教育出版センター）所収の『文芸論集』（明34・12　春陽堂）による。
（6）初出は『国民新聞』明43・1・1〜3・2。引用は『定本 上田敏全集』第2巻（昭60・3　教育出版センター）による。
（7）引用は『定本 上田敏全集』第4巻（昭60・3　教育出版センター）所収の『文芸講話』（明40・3　金尾文淵堂）による。
（8）引用は『定本 上田敏全集』第6巻（昭60・3　教育出版センター）による。
（9）引用は『定本 上田敏全集』第7巻（昭60・3　教育出版センター）による。
（10）引用は（7）に同じ。なお、この講演は『明星』（明39・5、6）に掲載された。
（11）引用は（9）に同じ。

＊　引用に際しては、旧字体は新字体に改め、振り仮名は適宜省略した。なお、以下、本書における全ての引用に際して、旧字体は新字体に改め、振り仮名は適宜省略した。

Ⅰ　北村透谷の表出

一　『楚囚之詩』における逸脱

『楚囚之詩』は、バイロンの「シヨンの囚人」に着想を得た叙事詩的なストーリーが枠組みとなっている。即ち、獄中の政治犯の葛藤と釈放である。しかし、主人公である政治犯のモノローグは、「シヨンの囚人」とは異なって、同志の紐帯というモチーフを逸れ、存在の根拠を恋愛という観念に求めようとしていく。ストーリーとモノローグとのずれに関しては、透谷自身、気づいていたようである。「自序」において「元とより是は吾国語の所謂歌でも詩でもありませぬ、寧ろ小説に似て居るのです。左れど、是れでも詩です、余は此様にして余の詩を作り始めませふ。」と、既存のジャンルに収まらない旨を述べている。この中で「小説」は、「余は確かに信ず、吾等の同志が諸共に協力して素志を貫く心になれば遂には狭隘なる古来の詩歌を進歩せしめて今日行はるゝ小説の如くに且つ最も優美なる者となすに難からずと。」と、「詩歌」よりも進歩した最も現代的な形式として理解されている。これは、坪内逍遙の小説観を受容していると考えられる。逍遙は、『小説神髄』の「小説総論」において「我国の短歌長歌のたぐひは所謂ポヱトリイ（泰西の詩）と比ぶるときはきはめて単純なるものから僅に一時の感情をばいひのべたるに止《とど》まるもの」と、その優劣を比較している。逍遙は、「泰西のポヱトリイはそも〳〵いかなるものぞ」「之を要するにポヱトリイは我国の詩歌に似たるよりもむしろ小説に似たるものにて専ら人世の情態をば写しいだすを主とするものなり」と、「ポヱトリイ」の本質は小説的であると規定する。更に、詩の節奏について「世の浅学なる輩にありては詩の主脳とする所のものは偏に韻語にありと思へど是はなはだしきひがことなり詩の骨髄は神韻なり幽趣佳境を写し得なば詩の本分はすなはち尽せりなどてか区々たる韻語なんどをしひて用ふる要あらんや」と、定型律ではなく「神韻」、即ち対象の真実を把握した時に自ずと生じるリズムこそが肝要だと述べる。

透谷が、「元とより是は我国語の所謂歌でも詩でもありませぬ、寧ろ小説に似て居るのです。左れど、是れでも詩です、」と詩的な本質を強調したのは、逍遙の、「神韻」の把握こそが詩であるという新たな詩歌観に力を得たからであろう。『楚囚之詩』は、破調の作品である。その一方で、「小説に似て居る」と言いつつ小説との相違を口にしている。これは、「畢竟小説の旨とするところは専ら人情世態にあり一大奇想の糸を繰りて巧に人間の情を織なし限なく窮なき隠妙不可思議なる源因よりしてまた限なく定りなき種々さま〴〵なる結果をしもいと美しく編いだして此人の世の因果の秘密を見るがごとくに描きいだして見えがたきものを見えしむるを其本分とはなすものなりかし」と逍遙が述べるところの、複雑な現象を整然とした因果関係に収斂させる小説観とは相容れない性質を感じ取ってもいたからであろう。透谷は、「余は此様にして余の詩を作り始めませふ。」と、歌でも詩でも小説でもないこの作品が、自分の表現の本質であることを予測するかのような、それが、透谷固有の〈詩〉であることを何処かで知っているような口ぶりで、作品の本体に入っていく。整合性を諦めても表現せざるを得なかった内的必然性の表れとも言える。本章では、その内的必然性を、ストーリーと主人公のモノローグとの協働という観点から見ていきたい。

㈠　政治犯という設定

曾つて誤つて法を破り
政治の罪人として捕はれたり。

余と生死を誓ひし壮士等の
　数多あるうちに余は其首領なり、
　　中に、余が最愛の
　　まだ蕾の花なる少女も、
　　国の為とて諸共に
　　この花婿も花嫁も。

（「第一」）

冒頭の「曾つて誤つて法を破り」は、透谷の自由民権運動への意識を措定する上で、従来問題にされてきた箇所である。これについて佐藤泰正は、緒家の論を整理しつつ、「〈誤つて〉とは〈誤つて〉か〈法を破り〉か、いずれに重さがかかるかという二者択一ではなく、まさに〈誤つて法を破り〉と言わざるをえぬところに「みずからの牢獄意識と、大矢の牢獄体験」（引用者注：北川透『〈幻境〉への旅――北村透谷試論Ⅰ』からの引用である。）とを重ね合わせせんとする作者内奥の機微は託されていよう。〈誤つて〉とはまさしく透谷における自己処罰の含意を示すと同時に、すでに即自なる〈義〉を問いつめ、相対化せざるをえぬ透谷自身の、大矢や同志に対する倫理的批判のそれをも内包するものと言わざるをえまい。」とまとめている。(1) 冒頭の一行に表出された「批判と負い目という矛盾の併存」の様相を説明して的確である。佐藤の指摘を踏まえつつ、この一行のリズムから受ける違和感について考えてみたい。音数に直せば、「かつて・あやまって・ほうを・やぶり」の三、四、三、三音になる。「かつて」から「あやまって」への展開は、ka・teという一語の中の破裂音の多さ、ka・te・teという破裂音の繰返し、促音による音数の増加が、リズムが流れて行かない詰屈した印象を与える。更に「ほうを、やぶり」という増加も減少もしない音数が、収束感の無さを増幅させる。短く切れて音が滞り、しかも緊張感が高いリズムなのである。このリズムの断裂は、何を意味するのだろうか。この点を探るために、「余」に「法を破」らせた政治活動への意識、「余と生死を誓ひし壮士等」の「首領」という立場をめぐる意識が表れている「第二」を見ていく。

余が髪は何時の間にか伸びていと長し、
前額《ひたい》を蓋ひ眼を遮りていと重し
肉は落ち骨出で胸は常に枯れ、
沈み、萎れ、縮み、あゝ物憂し、
　歳月を重ねし故にあらず、
　又た疾病に苦む為ならず、
　浦島が帰郷の其れにも
　はて似付かふもあらず。

『楚囚之詩』が着想を得た「シヨンの囚人」も、主人公の衰弱の原因を、否定形を重ねつつ辿っている（第一連）。

わが頭に霜はおけど、
歳老いしためにはあらず、
俄かに襲ひし恐怖にてかくなりし人のごと、

一夜にて
白くなれるにもあらず。
わが四肢《てあし》撓みたれど、
苦役のためにはあらで、
忌はしき休息《いこひ》にてかくは害はれし。
捕はれの身となりて、牢獄《ひとや》につながれたれば……。(2)

衰弱の原因ではないとしているのは、歳月、驚愕、苦役である。『楚囚之詩』と比べると、驚愕が「浦島の帰郷」という異界の禁忌の侵犯、苦役が「疾病」と、いささかのずれはあるが、即物的な性質という点では類似する。しかし、明らかに異なるのは、その構成である。「シヨンの囚人」は、衰弱の様相と原因（否定的な）を一対一で対応させ、「捕はれの身となりて、牢獄につながれたれば……」と、真の原因である幽閉を徐に語り出していく。否定形を重ねることは、真の原因を印象づける導入になっている。しかし、『楚囚之詩』において否定形は、そのような役割を果たしていない。衰弱の様相と一般的に推測されるであろう要因は、一対一の対応ではなく、衰弱についての語りと原因についての語りは、截然と分かれている。「余が髪」がいつの間にか長々しく伸びてしまった状態を、「前額を蓋ひ眼を遮りていと重し」と語っているのは、身体がそのまま閉ざされた視界の体現であることの、卓抜な比喩である。

続く「肉は落ち骨出で胸は常に枯れ」は、夙に佐藤善也が指摘しているように(3)、「肉落ち骨枯れたる一少年とこそなりにけり」という類似の表現が、「〔石坂ミナ宛書簡草稿〕一八八七年八月十八日」に見られる。この書簡は、ミナを「常に生のハツピイなるを祈りたまふ我親友」と位置づけ、「生が誰にも語らぬ心中の苦を打ち明け」る唯一の相手に選んでいる。「抑も生が所謂心中の苦とは何者ぞ、下に生の経歴を述べて以て其詳細を御話し申さん、」と、自伝を語っていく。ここで気になるのは、このすぐ後で「げに生の生活は世の有為の少年の為めに一部の警戒書となるべし生の失敗は以て彼等に示す可し、秘し隠す可き者にあらず」と、先ほどの私的な関係を強調した規定とは裏腹な、公表への欲望を述べていることである。ミナという特定の相手に向けて「生のミザリイを察して心の苦を慰むる術もがなあらば是れを指示しくれたまふ可き道徳上の義務をもちたまふ御身なるべし」と、共感と慰藉を要求する一方で、「世の有為の少年」の批判的な受容も想定するのである。対照的な受容者を想定することによって、「経歴」は、自己劇化と自己相対化が交錯する自己像を形成していく(4)。「肉落ち骨枯れたる一少年」は、明治十五年当時の体験の回想、即ち「岡千仞の私塾」の不愉快さ、「政府の挙動」への憤慨、「生よりも一層甚しき神経家なる我家の女将軍」(母ユキを指す)の圧力という「仇敵」が、「交も心中を悩乱せしめ」て損なわれてしまった自己の事である。

透谷は、この書簡において自由民権運動に最も熱心であった明治十七年を「嗚呼何者の狂痴ぞ斯かる妄想を斯かる長き月日の間包有する者あらんや、」と、「アンビシヨン」の結末として総括し、運動から離脱した明治十八年に至っては、「生は全く失望落胆し遂に脳病の為めに大に困難するに至れり」「此年の暮生は全くアンビシヨンの梯子より落ちて、是より気楽なる生活を得たり、」と抽象的にしか語らず、心情を韜晦している。これらの韜晦的な口調に比べて明治十五年に関する記述は、過剰な表現の中にも混乱の深さが分析されている。自らの過去を分析した言葉と重なる表現を「余」の独白に用いたことによって、「余」には明治二十年当時の透谷のぎりぎりの自己表出が仮託され、その地点から出発することになる。次行の「沈み、萎れ、縮み。あゝ物憂し、」というリズムにも注意したい。shizumi・shiore・chijimi と、shi・zu・shi・chi・ji という摩擦音の多さ、shi・mi・shi・chi・ji・mi と i 音が繰り返されることによって、勢いが弱く変化に乏しい、内向的なリズムが生じる。しかも、三音・三音・三音と、音数律を短く切ることによって、気息が続かないような切迫したリズムになるのである。これは、短く切れるリズムに何かを押し込めてしまった印象という点で、「第一」の冒頭と共通する。

このように、『楚囚之詩』における幽閉の身体状況は、それをもたらした原因を語る導入としてあるのではなく、自己閉塞の深さを語り出す意味を持つのである。従って、この後に続く三つの原因の否定も、真の原因を印象づけるための効果ではなく、幽閉ならぬ自己閉塞の核心を未だ語り得ない、表層を逡巡するのみの心の表出である。しかし、ここで再び透谷は、政治犯という主人公の設定に寄り添う。

嗚呼楚囚！　世の太陽はいと遠し
噫此は何の科《とが》ぞや
たゞ国の前途を計りてなり！
噫此は何の結果ぞや？
　此世の民に尽したればなり！
　　去れど孤り余ならず、
吾が祖父は骨を戦野に暴《さら》せり、
吾が父も国の為めに生命を捨たり、
　余が代には楚囚となりて、
　とこしなへに母に離るなり。

「国の前途を計り」「此世の民に尽」すという活動のモチーフは、自由民権運動の志士達に共通する心性であった。透谷の盟友大矢正夫は、大阪事件と呼ばれる大井憲太郎を中心とする革命企図において、資金調達のための強盗の実行犯として六年の懲役刑を受けた。この時の裁判の状況を記録したのが、『大阪日報』附録の「国事犯公判傍聴筆記」である。透谷が石坂ミナへの恋情を綴った手記「《北村門太郎の》一生中最も惨憺たる一週間」の中で、明治二十年八月十九日の出来事として「嬢は此時大坂新聞を集め来りて欧州情話と云ふ続き者を余の為めに読み始めたり、」という件がある。これについて色川大吉は、七月十五日から八月中旬にかけて透谷は石坂家に盛んに出入りしており、「国事犯公判傍聴筆記」が読まれた可能性が大きいと指摘している。[5] そこで、大矢の陳述を拾い上げてみる。六月二十三日の公判において大矢は、座間村戸長役場に押し入った時の状況を尋ねられて、事の是非を内藤六四郎達に相談したところ、「大功は細瑾を顧みず苟も此計画に身命を抛ちしものは実行の任に当るべしとて其同意を得たり」と答えている（『大阪日報』附録一四八五号　明20・6・25）。[6] その前に、遠縁にも当る大矢彌市方への強盗に加担（失敗に終わったが）したことについては、「其同姓なりと云ひ恩ありと云ふものの之れ畢竟私恩私情にして決して公益の為めには顧るべきものにあらずと依りては事成らば即ち情を明して之を謝し成らずんば死して地下より謝するあるのみと決意し」と述べている。また、同じく強盗に参加した菊田粂三郎も、「一体非常手段の事たる一方より見れば大に悪む可しと雖も国家の為めに斯る危険を冒して顧みざるに至りては大に賞す可きなり」と、決断の理由を述べている。大義のためには私情を捨てるという倫理が当事者達の行動規範であり、強盗という非常手段の決行を促したのである。この倫理の規範性が如何に強かったかは、『大矢正夫自徐《ママ》伝』（昭2・8草稿）[7] から窺える。大矢は、明治十八年六月二十一日、強盗を決意した若き正夫の発言として、「其目的を達せんが為にハ、生命も、財産も、敢て之を惜まざるなり、要するに一身を犠牲に供して、国家の幸福を進めんと欲するニ外ならさるなり。」「要は一身を捨てゝ、国家に貢献するあるのみ、」と記している（「第二篇　自少年時代至特赦出

獄　其五　非常手段の決意」）。この草稿を書いた時、大矢は六十四歳であり、翌年の七月に死去する。最晩年の記述と四十年前の公判時の発言は、殆ど同じであり、大義のための倫理が思想形成の根幹を成していたことがわかる。

これら当事者達の発言を置いてみると、透谷が、志士達の救国済世の心情の核心を「余」に語らせていることがわかる。更に、「余」が理念と結果との懸隔になすすべも無く、茫然としていることにも注意したい。大阪事件の当事者の一人であった景山英子は、自伝『妾の半生涯』（明37・10　東京堂／吉岡書店）(8)の中で、未決監入獄時に書いた「獄中述懐（明治十八年十二月十九日大阪未決監獄に於て、時に十九歳）」を紹介している。明治十八年当時の英子は、投獄という事態について、「憂国の志士仁人が、誤つて法網に触れしを、無情にも長く獄窓に呻吟せしむる」「斯く重んずべく尊ぶべき身命を抛擲して、敢て犠牲たらんと欲せしや、他なし、啻愛国の一心あるのみ。然れども、悲しいかな、中途にして発露し、儂が本意を達する能はず。空しく獄裏に呻吟するの不幸に遭遇し、」と記している。空しく呻吟するという表現は、その虚脱感において「余」と同質である。ここからは、透谷が、志士の心性を挫折に至った場合も含めて追体験し得たこと、それだけ志士の心性の重要な一面を共有していたことが窺える。しかし、景山の述懐が、「儂固より愛国の丹心万死を軽んず、永く牢獄にあるも、敢て怨むの意なしと雖も、啻国恩に報酬する能はずして、過ぐるに忍びざるをや。」と、ひたすら救国済世を果たせない無念を語るのに対し、「余」の虚脱は、景山のように「不幸」つまり運の拙さとして収められないほどに深い。問いかけの後の疑問符と答えの後の感嘆符という記号の多用が、困惑の激しさを物語る。困惑を超えて、どうしても納得できないという憤りと言った方が適切かもしれない。

この激しさの後の展開が、また奇妙である。「左れど独り余ならず、」と祖父、父からの紐帯を語った後で、「余が代には楚囚となりて、／とこしなへに母に離るなり。」と、母胎喪失という比喩によって孤絶感を表出してしまう。父祖からの紐帯という設定は、「シヨンの囚人」から借りている。「シヨンの囚人」においては、「わが父は毅然として棄てざる信仰のため、／つひに刑場の露と消え、／してまたわが血族も同じ信仰のために、／暗黒の中に住む身とはなりぬ。」という経緯を辿る。そして「われ」の兄弟も迫害を受けることになる。

六人は若くして、一人は歳老いたりしが、
暴威を振ふ宗教迫害の嵐にめげず、
終始一貫所信を貫きたり。
一人は火刑《ひあぶり》に就き、二人は戦場に仆れ、
その信仰は血を以つて證されぬ。
仇敵の否《いな》認める信仰を守りて、
父と同じく死に就けるなり。
三人《みたり》は獄舎《ひとや》に投ぜられ、
われのみは見る影もなくこゝに生き残りぬ。

（第一連）

「シヨンの囚人」も、自分だけが死に遅れたという深い孤独を抱いている。しかし、信仰を貫くという決意が萎えてしまった訳ではない。共に投獄されていた二人の弟が次々と死んでしまった時、「このわれと、永遠の絶崖なる死との間にありて、／最後の、唯一の、親しき絆もて、／亡び行く一族と、われとは結ばれゐたりしが、／そは遂に、この宿命的なる獄舎の中にて断たれ終りぬ。」（第八連）と、「われ」は紐帯の断絶を悲嘆する。しかし、「あゝ、われの死に得ざるは、／抑も如何なる理由か――われこれを知らず。／われこの世に些かの希望もなけれど、／たゞ信仰のために、無為の死を禁止《とゞめ》られしのみ。」と、一族を繋いでいた信仰という存在の根拠は揺らいではいない。これに比べて『楚囚之詩』の「余」は、救国済世という理念を存在の根拠として語ろうとはせず、「独り余ならず」という体験の共有を確認する口振りとは裏腹な、永遠とも覚しき孤絶感が生じてしまう。理念とその実行の結果の懸隔に対する深い困惑、憤り、紐帯の確認ならぬ孤絶の自覚という展開には大きな飛躍がある。「余」の憤りとも言うべき困惑の激しさは、政治犯の首領という設定に即した一徹さというには余りに直截であり、孤絶の自覚も急展開である。この飛躍は何を孕んでいるのだろうか。

透谷が自由民権運動離脱後の「幾多の苦獄」（「三日幻境」）から、どのように自己の体験を対象化し、運動に対する批判的な目を獲得していったかについては、森山重雄の優れた研究がある（『北村透谷――エロス的水脈』）[9]。森山は、「〔在米石坂公歴宛書簡草稿〕一八八七年十二月十六日」に見られる透谷の「義」の把握に着目し、「透谷も公歴と同じように伝統的な思惟様式と心情から出発しながら、民権運動の諸体験を通じてこれを内部から克服し、これを突き抜けた認識に到達しつつあった」こと、「一つの思想体験の絶嶺を越えようとしていた」ことを読み取っている（「II　最下流からの視点　(3) 思想的体験の絶嶺と民衆の原質」）。

義は実に直立したる竹の如し、暴風起つて其害先づ及ぶ、却つて曲折、他の蔭に隠るゝ者の成功に劣るかや、然れども義は元と世と親しまず、世を重んぜんか義は軽し、義に依つて世を評せんか世は暗らし、世に従つて義を評せんか義は狂なり、真に狂ならざる義あらば、世は救はれん、世の救はるゝは難い乎、狂か狂ならざるか、其隙髪を容れず、

これについて森山は、透谷が「義」を固定観念として捉えていないことを指摘すると共に、「「義」を排除するの

ではなく、これを東洋的エトスとして生かす道もあるのだということを想像させる文章である。」と述べている。即ち、「義」は中世以降とかく固定観念化されがちであったが、透谷の「義」は王陽明の影響が考えられる、あるいは大塩平八郎や吉田松陰の流れを受けたより突出的な、狂的な性質であるという。森山は、透谷が、「義」が狂的性質を帯びる必然性を認めつつも、「真に狂ならざる義あらば、世は救はれん、」とも述べていることから、「一つの絶嶺を越えようとしていたが、まだこうした「義人」に対する徹底的批判は持ちえなかった。」と見ており、この後の「〔石坂ミナ宛書簡〕一八八八年一月二十一日」において明確に暴力を否定し、「蠶斬の石」という民衆の原質を発見して、「冥暗の勢源の握攫」という思想形成をなし得たとしている。

森山の論は、「徳川氏時代の平民的理想」（『女学雑誌』甲の巻 322～324号　明25・7）「日本文学史骨」（『評論』1～4号　明26・4～5）「国民と思想」（『評論』8号　明26・7）といった透谷の文学論が民衆の可能性を土台に据えていることを考えると、思想形成の重要な面を指摘していると言える。しかし、森山が暴力性という形で取り上げた「義」の狂気が、狂という性質から見れば、透谷の恋愛観にも通底していることに注意したい。これについては森山も、透谷が述べる恋愛の痴愚、躁狂、迷乱は、透谷の思想を特徴づける三層構造の基底部をなす「地底的情念」の把握に他ならないとしている（「V　エロスの構造」）。石坂公歴宛書簡における「義」の狂については、暴力性として限定するのではなく、突出のエネルギーとしてとらえるのが妥当であろう。先に引用した部分の前で、透谷は「国に尽し民に利せんと欲する者、時に応ずるの務を為さずして、却つて時に違ふの義を好まば、社界は如何なる顔を以て受け入れん、」と述べている。「義」の内容には時代性、つまり民衆の欲望と一致することが必要であるということだが、「君は変らざるも Time は日ゝ変り行くものなり、若し然らば Time を取つて以て不抜の精神に《着》衣せしむ可きは、男児処世の秘訣にあらずや、」と、カリフォルニアに亡命して、政府批判の新聞『新日本』を送ってきた公歴の企図を危ぶむ文脈で書かれているのである。「男児処世の秘訣」という言い方には、公歴の野心の実行性、実際性というレベルに合わせようとする配慮を感じてしまう。ほぼ同時期に書かれた「〔石坂ミナ宛書簡草稿〕一八八七年十二月十四日」では「全く閑暇の身となりて脳髄の作用はおごそかに唯だ一方に傾きけり想に世の所謂凡悩なるものは此の種のわづらひを唱へつらん、」と自嘲的、戯画的に自己を語っている。「全く閑暇の身」とは、「〔父快蔵宛書簡草稿〕一八八七年八月下旬」に書かれている「激烈なる企図を以て激烈なる全敗を取回さんと企て」た「名誉と巧業とを成さん」とする商業上の試みが失敗し、「我生の大敗軍」となってしまった後の状態を指している。自己を戯画化する一方で、社会情勢については「蓋し未来の結果を想像する時は、再びあの大洪水を来たすか然らざればあまたのくりすとを出すにあらざれば、到底社界の破滅を免れざらん、」と極論を述べている。ここには「男児処世」という常識的な発想をする余地はないのであり、「男児処世」はこの時点での透谷自身のモチーフではなかったであろう。従って、この文脈における「時に応ずるの務」をなす「義」とは、結果を出すという現実的な目的に限定しての把握であると考えられる。

しかし、現実的な目的を外して「義」の本質を考えるとどうなるのか。これについて述べているのが、森山の論と共に最初に引用した部分である。森山が着目した「真に狂ならざる義あらば、世は救はれん、」という「義」を「東洋的エトスとして生かす」済世の方法よりも、「然れども義は元と世と親まず」以下の「世」と「義」の相克を畳みかけていく文脈が印象に残る。この部分は「狂か狂ならざるか、其隙髪を容れず、」で一応切れるが、改行して「我は狂なり我は痴なり、人評何んぞ論ずるを待ん、天定まつて義存す、Divinity」と続いていく。この後また改行して、「英雄の心腸は右の如し、其は世に数多き英雄なり」と揶揄的な口調へと変わるので、文意がつかみづらいが、狂か否かを判断する基準はなく、また「義」の実行は何らかの跳躍を強いると述べているのである。この展開の中での「真に狂ならざる義あらば」という仮定は、まさに仮定であり、必ずしも存在の可能性を認めている口調ではない。この書簡草稿は「世は実に複雑なり、其複雑なる中に生息して、単純なる義なるものあらば、世は之れを収攬することを怠らざるべし、非常の義にあらざるよりは、複雑衆群体に吸入せらるゝ者なるべし、／此は之れ前述したる世に数多き英雄が、当てにならぬ、原理なり（とでもやっておけ）」と終わっている。ここでもまた自他に対する揶揄が顔を出しているが、「非常の義」といういわば狂か否かの拘泥を超越した狂の奔出状態によってのみ、「義」は革命力を持つと言い切っていることが注意される。「天定つて義存す」と狂の行方に留保をつけている間は、転覆も革命も成し得ない。人々の狂を顕在化し、自分の狂に同調させ、途轍もない行動力と化してしまうような状態でなければ、「義」は現実的に存立し得ないのである。

「世に数多き英雄」の「義」の状態については、大阪事件公判における大矢正夫の陳述が、透谷の脳裏にあったのではなかろうか。大矢は、警察の取り調べを受けた際に事実を隠蔽し、あるいは誇張して答えたことについて、「何故同日（引用者注：明治十八年十二月十九日の尋問を指す。）以前は事実を隠蔽し同日以后は事実を誇張せるかと云ふに自分は同日の尋問の際に於て到底朝鮮再挙の実地望なきことを覚悟し最早此上は一日も速かに服罪すべしと考へ即ち強盗事件を認めました然るに当時之を熟考するに単に之を認めたるのみにては或は尋常の強盗罪を以て処分せらる、も分らず素より自分は生命をも捨て掛りし程なれば兼てより覚悟の前とは云ひながら単に強盗罪を以て処分せられては父兄親戚の名誉にも関係すべし就ては何卒高等法院の審判を受けたしとの卑劣なる心より事実を誇張して申立ました」と述べている（明治二十年六月二十三日公判『大阪日報』附録一四八五号　明20・6・25）。自分の場合は大義のために私情を捨てた強盗であって、単なる強盗罪ではないという差別化は、志士としての自己証明である。それが明らかにされず「単に強盗罪を以て処分せられては」、大義の成就という目的を果たせなかっただけではなく「父兄親戚の名誉」という「義」までも損なってしまう。大義を選んだことが肉親の義を損なわせ、捨てた筈の私情と義の葛藤をまたも引き起こす。大矢の陳述を置いてみると、透谷が公歴に充てて記した「我は狂なり我は痴なり、人評何ぞ論ずるを待たん、天定まつて義存す、Divinity」とは、颯爽たる決意や覚悟ではなく、苦渋に囚われながらも自分の行動を何とか合理化しようとする胸中であると読める。透谷は大矢の志士的な葛藤を追体験しつつも共感にとどまらず、「非常の義」へと突き抜けていったのである。

大阪事件から七年後、透谷はかつて自由民権運動に参加した三多摩の地を訪れて、「三日幻境」という紀行文を書いている（『女学雑誌』甲の巻325、327号　明25・8、9）。夙に指摘されているように、大阪事件をめぐる大矢との関係について触れている唯一の文章である。運動資金強奪に参加するか否かについて、「われは髪を剃り笻を曳きて古人の跡を踏み、自から意向を定めてありしかば義友も遂に我に迫らず、遂に大阪の義獄に与らざりしも、我が懐疑の所見朋友を失ひしにより て大に増進しこの後幾多の苦獄を経歴したるは又た是非もなし。」という有名な箇所がある。七年の後も、大矢を「義友」、大阪事件を「義獄」と呼び、自らの過去をそれと並立的に「苦獄」ととらえていることに、透谷において「義」は過去の倫理ではなく規範として内面化されていること、その規範力に押し潰されないためには、「義」を共にしなかったことに「義獄」に代替し得る意味を与えなければならなかったこと、そのためには、彼等の内面に寄り添いその煩悶を追体験した上で、彼等の内面と共に新たな倫理を模索しなければならなかったことが見えてくる。「苦獄」とは、大矢に対する負目の大きさという心理的負担を負担に終わらせず、内面的な追体験を必要としたことを指す。

このように、透谷の自由民権運動からの離脱とその後の葛藤を見てくると、『楚囚之詩』「第二」の「噫此は何の科ぞや？／たゞ国の前途を計りてなり！／噫此は何の結果ぞや？／此世の民に尽したればなり！」の激しさは、「非常の義」へと突き抜けることができない「世に多き英雄」を代弁する声であり、「義」と「世」の乖離の前になす術がない悲痛な叫びであると言える。それは「苦獄」の中でつかんだ志士達の、そして自分の迷える姿である。政治犯という設定は、志士達への内面的な追体験を甦らせる。従って、その生々しさは、もはや「余」に「ションの囚人」のような理念に対する意志を抱かせることはできず、「余が代には楚囚となりて、／とこしなへに母に離るなり。」という深い喪失感を表出させてしまう。いわば拠るべき「義」は崩壊し、「義」との相克を知った後で帰るべき「世」はないという状態である。「救国済世」の理念と実行の結果との懸隔に向けられた激しい困惑から、孤絶感の表白への飛躍は、虚構でもなければ仮構でもない、志士の内面に寄り添った透谷の追体験を媒体としている。

冒頭の「曾つて誤つて法を破り」という、何かを押し込めたが故に気息が続かないような滞るリズム、詰屈したリズムは、以上のような志士の体験と透谷自らの体験を等価に置こうとする異様な緊張感に由来する。そこには、佐藤泰正が指摘した、両者を「重ね合わせんとする作者内奥の機微」という以上に、拮抗させんとする意志が働いている。

(二)　恋愛と故郷

「第二」では重要な登場人物として、「中に、余が最愛の／まだ蕾の花なる少女も、／国の為とて諸共に／この花婿も花嫁も。」と、「余」の「花嫁」が紹介される。政治小説ならば、主人公を助けるヒロインの役割であるが、そのようには展開していかない。ここでは「まだ蕾の花なる」という形容から、花嫁の純潔を重視していることが注意される。また、花嫁が同志でもあるという設定は、「シヨンの囚人」にはなく、透谷がこの設定に固有のモチーフを籠めていたことが窺える。

もう一つ、「シヨンの囚人」に見られないものは、「故郷」への激しい追懐である。「シヨンの囚人」の主人公は、二人の弟が獄死し取り残されてしまった後、「人の姿もてわれを慈しみし者を、／一人残らず葬むりし後は、／この世の中も／いと広き獄舎なりとさへ思はるゝに至り」、「子もなく――父もなく――親類《みより》もなく、／不幸を分つ友もなし。／われこれを思ひて喜べり。／彼等を思へば、われ心乱れもしなむ。」という心境に至る（第十二連）。心を残す人々はもはやどこにもいないのが、せめてもの慰めになるのである。しかし、「この世の中も／いと広き獄舎なり」と思いつつも、現実に窓外の変らぬ自然や町並を見ると、「さても新らたなる涙わが眼《まなこ》に湧き出でぬ。／なまじひに鉄鎖《くさり》を離れ、外部《そと》を見し故（引用者注：弟の死後、主人公は鎖による拘束からは解放され、獄内を歩けるようになった。）／わが胸の苦しくときめくを覚えたり。」（第十三連）と、自由への希求が甦ってしまう。だが、これは、肉親との思い出に繋がる特定の地を渇望している訳ではない。「故郷」もまた、『楚囚之詩』に固有のモチーフであると言える。

それでは、「花嫁」即ち恋愛と「故郷」はどのように交錯しつつ「余」のモノローグを形成していくのであろうか。

「第一」で「花嫁」の純潔が強調されていると述べたが、二人の上京の経緯を述べた「第四」において「愛といひ恋といふには科《しな》あれど、／我等双個《ふたり》の愛は精神《たま》にあり、／花の美くしさは美くしけれど、／吾が花嫁の美は、其悳にあり。」と、再びその精神性が顕示される。この精神性は、ミナとの恋愛において透谷が、実感として確信したものであった。「（石坂ミナ宛書簡）一八八七年九月四日」において透谷は、「吾等のラブは情欲以外に立てり、心を愛し望みを愛す、吾等は彼等情欲ラブよりも最ソツト強きラブ力をもてり、吾等は今尚ワンボデイたらざるも、常にもはや一所にあるが如き思ひあり、吾等は世に恐るべき敵なきラブの堅城を築きたり、」と、恋愛が存在の根拠になりうることを意気軒昂として述べている。「世に恐るべき敵なきラブの堅城」は、五年後の「厭世詩家と女性」（『女学雑誌』303、305号　明25・2）では「想世界と実世界との争戦より想世界の敗将をして立籠らしむる牙城」へと変容するが、『楚囚之詩』においても既に懐疑が兆している。

去れどつれなくも凮に姤まれて、
　愛も望みも花も萎れてけり。
一夜の契りも結ばずして
花婿と花嫁は獄舎にあり。
　獄舎は狭し
　狭き中にも両世界――
彼方の世界に余の半身あり、
此方の世界に余の半身あり、
彼方が宿か此方が宿か？
　余の魂《たま》は日夜独り迷ふなり！

透谷は、二人に「一夜の契り」も結ばせない。かつてミナ宛書簡で、「後にはワンボデイとなるべき望あらば、共に相慰め相励まざる可からず、」と素朴に語っていたことと比べると、精神的結合から肉体的結合への深化というエマーソン的恋愛を回避しようとする方向性が読み取れる。

引用の後半部分は、プラトン的な霊魂半裁説の影響が見られる。しかし、「饗宴」の中でアリストファネスが語る恋愛論によると、原始の人間は四本ずつの手足を持つ球形であったが、その力は強大で諸神に反抗したために、ゼウスが二本ずつの手足を持つ形に両断してしまった。従って、「人間此く両分せられて、一半互に他の一半を求めて相集まり、互に手を懸けて相抱き、以て一たらんことを熱望[10]」し、無為にして絶滅を来たしそうになったため、ゼウスがこれを憐れんで、現在のような男性、女性の形にしたという。「饗宴」の恋愛論には、「吾等人間に扶植しある互に相求め、再び吾等の原性を一致し、二人一体となり、以て人間の状態を恢復せんとする欲望の古代のものなること此くの如し。吾等各人若し別々に存する時は、宛もこれ人の割符の如く、又た一面のみを有する平面魚の如きものにして、常に他の一半を求め居るなり。」と、恋愛は本来の半裁された相手と合致する本源的かつ必然的な行為であることが述べられている。ここには合致に対する迷いはない。しかし、「余」は、肉体も魂も「花嫁」と分け合おうとするのではなく、肉体は半裁されているが、「魂《たま》」は行き場を決めかねている状態にある。「第三」では「中に四つのしきりが境となり。／四人の罪人が打揃ひて――」と身体は引き離されても、「たゞ相通ふ者とては／全じ心のためいきなり。」と、「花嫁」も含めて同志間の精神的な紐帯は断てないことが語られている。しかし、「吾等双個の愛は精神《たま》にあり、」とその繋がりをより強調している二人の関係においては、身体の分離は精神に「迷ひ」を生じさせ、獄舎の「しきり」は一体化すべき世界を「両世界」に分断してしまう。ここには、高らかな宣言とは裏腹な、生身の身体がもたらす恋愛の亀裂が予兆として表出されている。

「精神《たま》」と「魂《たま》」、いずれも読み方は「たま」であるが、この「たま」は、「第五」への展開から考えて、西洋的な肉体と対峙する「精神」よりもそれ自体の形質を持つ古代的な「魂」の意味合いが強い。「第五」では、「あとの三個《みたり》」の「少年の壮士」は、「猶ほ彼等の魂は縛られず、／磊落に遠近の山川に舞ひつらん、／彼の富士山の頂に汝の魂は留りて、／雲に駕し月に戯れてありつらん。」と、「富士山の頂」へと抜け出していく様子が想像されている。また「我が魂《たま》」も「余が愛する少女の魂《たま》」と共に「昔の花園に舞ひ行きつ」、楽しく花を摘むが、「ホツ！　是は夢なる！」「嗚呼爰は獄舎／此世の地獄なる。」と、こちらの夢は悲惨な幽閉の現状を再確認させることになってしまう。壮士達の魂が抜け出した「富士山の頂」も、「余」と「花嫁」の魂が至った「昔の花園」も、「故郷」という概念で括ることができる。

心を司る「魂」の拠り所は恋愛ではなく、恋愛もそこでなければ成立しない「故郷」であることが暗示されているが、紐帯の性質によって具体的な場所が「富士山」と「花園」に区別されているのが興味深い。富士山は、「第六」における「余」の追想にも現れるのであり、壮士としての共通体験を象徴する。「余」は獄窓から差し入る月光を眺めて、次のように嘆く。

　月と認《み》れば余が胸に絶へぬ思ひの種、
　　借に問ふ、今日の月は昨日の月なりや？
　　　然り！　踏めども消せども消へぬ明光《ひかり》の月。
嗚呼少《わか》かりし時、曾つて富嶽に攀《よぢ》上り、
近かく、其頂上《いただき》に相見たる美くしの月
美の女王！　曾つて又た隅田に舸《ふね》を投げ、
花の懐にも汝《なんぢ》とは契をこめたりき。
　　仝じ月ならん！　去れど余には見へず。
　　仝じ光ならん！　去れど余には来たらず。
　　　呼べど招けど、もふ
　　汝は吾が友ならず。

透谷の富士山への特別な思いは、既に「富士山遊びの記臆」（明治十八年夏執筆・未定稿）において顕著である。これは三多摩の川口村を出発して（透谷は川口村にいた大矢正夫を訪ねた）道中の不景気を見聞しつつ、富士山に登攀した折の紀行文であるが、山頂での印象を「余は独り戸を打出でゝ見れば明月皓〻中天に横わり霊山四隣に塵芥なく地界（此は天界なり）の風物山脈唯蒼ゝとして色種なく月の光に能く見れば相模甲斐の諸高山蟻の如くに山麓に集りたるも景色なり、社界は複雑なりとは誰が言ひし、近眼の人達《顧みて》能く思へ（富士山上より地界を見るのは余り遠すぎる）」と記している。この富士登山の時期に関しては、明治十六、十七、十八年の諸説が提出されていたが、近年の研究において平岡敏夫は、大矢と透谷が出会った時期、及び明治十八年に官員野田正が記録した「甲相紀行」との相違から、登山の時期は明治十七年であり、執筆は一年後の自由民権運動離脱以前であろうと推定している（『北村透谷研究 評伝』[11]）。これについて平岡は、「「富士山遊びの記憶」は明治十八年現在の意識で書かれている以上、この手記の述懐などをそのまま明治十七年のものと見なすこともできかねるといった二重の操作を必要とする問題にもなってくる。」と、回想の内容が執筆時の表現意識において相対化されていることに注意を促している。平岡の指摘は尤もであり、それを念頭に置きつつ先の引用を読んでみると、富士山を霊山として屹立させていると共に、「社会は複雑なりとは誰が言ひし、」と社会を相対化する視点に立って霊山と親和していることが注意される。

この後の漢詩では、霊山との交感が更によく表れている。

四望意気豪　山是不高気是高　（四《よも》を望めば意気豪なり　山は是高からず気是高し）
仰天有涯地亦狭　心淵独悔々　（天を仰げば涯あり地も亦狭し　心淵独り悔々たり）
代枕好有月　入夢枕上神出没　（枕に代ふるに月有りて好し　夢に入りて枕上に神出没す）
面是如月容如花　向我将何曰　（面は是れ月の如く容は花の如し　我に向ひて将に何をか曰はむとす）
問我何国人　道是男児国之民　（我に問ふ何の国の人ぞや　道《い》ふ是れ男児の国の民なり）
男児国今在何処　不見地球浜　（男児の国今何処に在りや　地球の浜に見ず）

是在地球外　皇〻明光無汚穢　（是れ地球の外に在り　皇々として明光汚穢無し）
不能知是人与神　男児最可尚　（是れ人と神と知る能はず　男児最も尚ぶ可し）

＊訓読は津田洋行の『透谷像構想序説―〈伝統〉と〈自然〉』(12)による。

引用は、漢詩の前半部分である。この後「我」が神を伴って「男児国」がある「雲間東方」に降りていくと、「当年気不盈　男児心腸追日軽／美酒為池悉沈酔」と、国中の気力は萎え、「男児」はすっかり堕落していた。「我」は驚き嘆いたが、神が「奇薬」を整えて与えると、酔漢共は毅然として活躍を始めた。この薬は男児の心を奮い立たせ、「綽々」と、つまり大らかにさせるという。しかし、「夢乎也惘〻　身在蓬莱高嶽上／不得奇薬我常悩　尚恃五尺杖」と、これは夢であり、実際には蓬莱山頂にいて「奇薬」は得られず、未だ「五尺の杖」にすがっていると結んでいる。

津田洋行は、この後半部分と「富士山遊びの記憶」における不景気に苦しむ民衆の表情への眼差しとの関連性に注目し、「透谷は日本の現実を踏まえ、それを救うべく、何かを求めて富士に登ったのである。（中略）彼はその変革的パトスを内側から支えるべき精神の或る〈超越性〉を、霊山とされた富士との交感に求めようとしていたのではないか。」と述べ、なぜ富士山なのかについては「透谷と富士信仰には直接には何のつながりもないが、この信仰が関東から東海の農村を基盤としており、自由民権運動と地域的に重なり、結びつきもあったこと、また小田原の人尊徳にも影響を与え（透谷が尊徳を評価していたことはすでに述べた）、且つ明治前半期の報徳思想も民権運動と提携している事実等から考える時、透谷の活動舞台であったこの地域に宗教―政治の民衆的伝統があったことを推定しえるのであり、そのエトスに透谷が何らかの形で接触していたという可能性もないとはいえないであろう。」と、自由民権運動のエトスと繫がる可能性を示唆している。更に津田が、「透谷の富士登山は信仰登山でもなければ、近代登山でもない、一種透谷独自の〈思想登山〉とでもいうしかないような何かであった」と述べていることが注意される。透谷は、富士山を介して自由民権運動のエトスを共有しつつも、そこから固有の思想性を育んでいったというのである。

その固有性という点から見れば、漢詩の前半部分の「仰天有涯地亦狭　心淵独悔々／代枕好有月」という、自分が突然巨大化し月を枕に眠るという宇宙的な霊山と一体化したような身体感覚が気になる。これは漢詩的な誇張とは言い切れない。後に『蓬莱曲』の「序」において「回顧すれば十有六歳の夏なりし孤笻其絶巓に登りたりし時に余は始めて世に鬼神なる者の存するを信ぜんとせし事ありし」「悲哀極つて頓眠する時に神女を夢み、劇熱を病んで壁上に怪物の横行するを見るが如きのみ。」と述べていることから、透谷は感情が極まった時に超常現象を体験していることがわかる。同じく序文で「蓬莱山は大東に詩の精を迸発する、千古不変の泉源を置けり、」と富士山に詩的根源を見出していることから、これは単なる体験にとどまらず、津田が指摘する「透谷における存在認識が現世という三次元的現実にのみ終始しない、その背後の存在的闇の中に異次元の空間を垣間見ている〈異常感覚〉を示しているものであって、彼における他界の問題に通ずる重要な示唆である」という透谷の文学観、ひいては存在の根源に関わる身体性ということが言えよう。この漢詩は、津田が言う「或る種の〈超越感覚〉」に基づいているが故に、霊山の神に対して、自分が住む国を「是在地球外　皇〻明光無汚穢」の国として拮抗させ得たのであろう。富士山頂における霊的な交感及びその具体的な対象としての月、つまり「代枕好有月」という一節に象徴される光景を、存在の根源に触れた原体験として捉えてみると、『楚囚之詩』「第六」の「嗚呼少かりし時、曾つて富嶽に攀上り、／近かく、其頂上に相見たる美くしの月」という「相見たる」親しげな距離感覚は、その原体験の直截な表出に他ならないことがわかる。次行の「曾つて又た隅田に舸を投げ、／花の懐にも汝とは契をこめたりき。」という「契」にも、和歌的な情趣を超えたエロスが感じられる。

ところで、獄中から月に向かって恨みを託つという設定は、大矢正夫が文字通り大阪未決監の中で作った漢詩と共通する。

大阪獄中作
去年今夜墨堤畔　壮士相約盟成　（去年の今夜墨堤の畔　壮士相約して盟成る）
今年今夜浪花獄　月照鉄窓寂金声　（今年の今夜浪花の獄　月鉄窓を照らして寂たり金声）
敗衂之嘆楚囚憾　終宵転側眠難就　（敗衂の嘆き楚囚の憾み　終宵転側眠り就《な》り難し）
明年今夜果何処　将有北海哭月明　（明年の今夜果たして何処ぞ　将に北海に有りて月明に哭せん）

＊引用は、色川大吉『明治精神史（上）』による（推定明治十九年六月頃の作）。ただし、引用本文に施された訓読は、読み下し文として（　）内に記した。

「墨堤」での往年を回想し、月が「鉄窓」を照らす現在と対照させるという構成は『楚囚之詩』と同じである。興味深いのは、後年大矢が残した『大矢正夫自徐伝』の中に、「大坂在監中、無量の感慨を、春風秋月に寄せて、述懐せるもの、百数十首に及びたりしを、筆記し置きしが、出獄の後、何れにか紛失せり。僅に記憶に存せる二首を載す。」として「大阪獄中の作」が再賦されていることである（「第二篇　其九　大坂未決監」）。ここでは「浪華獄中対明月」と題され、昔日の作よりも月が強調されている。

去年今夜仲秋月、壮士相携観帝京、忼慨之歌悲愴曲、高談痛飲傲遊成、今年今夜浪華獄、月照鉄窓寂無声、敗恤之嘆楚囚憾、転々反側咽深更、明年今夜果何処、応在北海哭月明、

四十年後の記憶の中では、往年の「仲秋月」と現在の獄窓を照らす月とが対置され、壮士達の行動も「相約志盟成」と結束の成立を直截に述べるのではなく、「忼慨之歌悲愴曲、高談痛飲傲遊成、」と意気軒昂とした心情を述べる形に変っている。即ち、後年の回想の方が、同じ月を介して往年の気概と現在の悲嘆を、情趣としても形式としてもより整合的に対比させる表現に変容している。四十年の歳月を経て、「墨堤」「相約志盟成」という具体的な場所や事件は捨象されても、「月」は心象として中心化されるのである。それだけ「月」は往時の心象の核を成していたのであり、明治十九年当時の作も素材及び構成において透谷と共通性があることを考えると、如何に同じモチーフが二人の心象の中に根強く存在していたかがわかる。

しかし、大矢の表現が、月に憾みを託つ伝統的な感性の中に収まっているのに対し、透谷は、先に見たようにそれを超えた全身的なエロスを触発されてしまっている。「仝じ月ならん！　去れど余には見へず。／仝じ光ならん！去れど余には来たらず。／呼べど招けど、もふ／汝は吾が友ならず。」とは、存在の根源から乖離していくという実感の叫びである。壮士達と共有する心象のモチーフは、このように固有の体験へと突出していく。「第二」での「とこしなへに母に離るなり。」という孤絶感は、壮士達に共通する心象とそこから超出してしまった富士山頂での霊的な交感を、乖離してしまった「故郷」の具体相として持つのである。

「故郷」に寄せる思いは、「第八」で「想ひは奔る、往きし昔は日々に新なり／彼山、彼水、彼庭、彼花に余が心は残れり、」と、「花嫁」と過ごした我家の回想へと移る。この直後、「第九」で「花嫁」も「三個の壮士」も何処かへ移送されて忽然と消えてしまう。それを受けた「第十」で「余」は、「罪も望も、世界も星辰も皆尽きて、／余にはあらゆる者皆。……無に帰して／たゞ寂寥。……微かなる呼吸／生死の闇の響なる。」と、深い虚脱状態に陥る。この展開は「シヨンの囚人」と酷似する。「シヨンの囚人」では、下の弟も遂に衰弱死してしまい、「このわれと、永遠の絶崖なる死との間にありて、／最後の、唯一の、親しき絆もて、／亡び行く一族と、われとは結ばれゐたりしが、／そは遂に、この宿命的なる獄舎の中にて断たれ終りぬ。」と絶望する（第八連）。その直後に突然、「四囲《あたり》は総てこれ空虚、荒涼として暗灰色。／夜にもあらず――昼とも覚えず。／わが鈍き瞳に憎くき、／獄舎の明りさへなし。／一切の空を併呑する無限の空間には、／ただ一点の固定せる所もなく、／其処には星もなく、土もなく、時もなく、／阻止するものもなく、変化もなく、／善もなく、また罪もなし。／たゞ静寂と、／生にもあらず、死にもあらざる、動くことなき呼吸とのみ。」（第九連）という状況が訪れてしまう。

先の『楚囚之詩』「第十」と比較すると、透谷が、落胆、そして絶望の後の危機的な身体状況を「ションの囚人」から実に的確に汲み取って、「生死の闇の響きなる。」と核心を衝いた表現へと昇華し得たかがわかる。しかし、この後の展開が異なる。「ションの囚人」では「青き翼の愛らしき小鳥」が飛んでくる。「われ」は小鳥から慰めを得て、再び感じる力、考える力を取り戻し、「彼の小鳥は天より訪ね来りし、／わが弟の精霊《たましひ》かと、／時折思ひしことすら」あったが、鳥は飛び去ってしまう。「余」は「さるにても死すべき運命《さだめ》の鳥なしにや。／若しも、わが弟なりせば、／われひとり置き去りて、／かくまでに寂しき思ひに打ち沈ませ、／飛び行くことはあるまじものを。」と落胆し（第十連）、「この世の中も／いと広き獄舎なりとさへ思はるゝに至り」（第十二連）、「つひにわれを解きて自由の身となし呉れし人」が現れても、「既に絶望に馴れ親しみし身は、／繋がれたるも、繋がれざるも、／つひには同じことゝ見ゆるなり。」という状態に至る。「われ」が長い獄中生活で得たものは、「あゝ、不可思議にも、われ等は平和の中に暮らすことを知りゐたり。／われはこの鉄鎖とすら友となりぬ。」という閉塞ゆえの安息であり、「あゝ、再びわれ自由の身となりても、／なほまた悲哀《かなしみ》はあるなり。」と、自由とは相容れない心身になってしまった（以上第十四連）。これに対して『楚囚之詩』では、虚脱の後に「太陽に嫌はれし蝙蝠」がまず訪れ、「余」は「此は我花嫁の化身ならずや」と思う（「第十一」）。蝙蝠が逃げ去った後、「余」はまたも「若き昔時《むかし》……其の楽しき故郷！」を回想する（「第十三」）。今度は「鶯」が飛んで来て、「余は再び疑ひそめたり……此鳥こそは／真に、愛する妻の化身ならんに。」と望みを繋ぐ（「第十四」）。しかし、鶯もまた飛び去ってしまう（「第十五」）。鶯に対して「自由、高尚、美妙なる彼れの精霊《たま》が／この美くしき鳥に化せるはことわりなり。」と、天の賜物として捉えようとする台詞、及び鶯が飛び去った時、「嗚呼是れも亦た浮世の動物なり。／若し我妻ならば、何ど逃去らん！／余を再び此寂寥に打ち捨てゝ。／この惨憺たる墓所に残して」と失望する台詞は、「シヨンの囚人」からの借用と言ってよい。だが、部分的には酷似していても、「第十六」は「シヨンの囚人」とは正反対の結末になっている。「久し振にて獄吏は入り来れり。／遂に余は放《ゆる》されて。／大赦の大慈《めぐみ》を感謝せり。」と、「余」の心には解放に対する何の蟠りも迷いもない。「余」の出獄は、「門を出れば、多くの朋友。／集ひ。余を迎へ来れり。／中にも余が最愛の花嫁は。／走り来りて余の手を握りたり。」と、まさに英雄の帰還として語られる。更には「先きの可愛ゆき鶯も爰に来りて／再び美妙の調べを。衆《みな》に聞かせたり。」と、「鶯」の歌が大団円に花を添えるのである。

このように、「シヨンの囚人」と『楚囚之詩』との展開の相違は、「蝙蝠」と「故郷」の設定に負うところが大きい。まず「蝙蝠」の形象化について見ていきたい。「太陽に嫌われし蝙蝠」といういわば陰の存在を、何のためらいもなく「此は我花嫁の化身ならずや」と問いかけていることが気になる。「忌わしい形を仮りて、我を慕ひ来るとは！」と、現実の世界では醜い姿を借りなければならなかったと言っている点に、魂が肉体を持った場合の恋愛、つまり生身の身体を伴う恋愛は時に異形を見せるという「余」の意識、怖れが表れている。「余」は異形の蝙蝠と親密な時を過ごそうとする。

余には穢なき衣類のみなれば、
是を脱ぎ、蝙蝠に投げ与るれば、
彼は喜びて衣類と共に床に落たり、

余ははい寄りて是を抑《おさ》ゆれば、
蝙蝠は泣けり、サモ悲しき声にて、
何ぜなれば、彼はなほ自由を持つ身なれば。
恐るゝな！　捕ふる人は自由を失ひたれ、
卿《おんみ》を捕ふるに…野心は絶へて無ければ。
嗚呼！　是は一の蝙蝠！
余が花嫁は斯る悪くき顔にては！
左れど余は彼を逃げ去らしめず、
　何ぜ……此生物は余が友となり得れば。
好し……暫時《しばし》獄中に留め置かんに、
左れど如何にせん？　彼を留め置くには？
吾に力なきか、此一獣を留置くにさへ？
傷ましや！　なほ自由あり、此獣には。
　　余は彼を放ちやれり、
　　自由の獣……彼は喜んで、
　　疾く獄窓を逃げ出たり。

（「第十二」）

「彼は喜びて衣類と共に床に落たり、」とは、「余」の一方的な幻想であり、捕らえようとすると、「蝙蝠」は「サモ悲しき声にて」泣くのである。両者に対幻想は成立しないが、「余」はそれを「自由」の有無で説明しようとする。「シヨンの囚人」第十連に、「あゝ、彼の小鳥、此頃放たれて自由の身になりしものにや、／或るはまた籠を破りてこの獄舎に来りしにや、／――われこれを知らず。／されど囚はれの身の悲惨《かなしみ》は、これよく知れり。／あはれ、愛らしき小鳥よ、／汝の捕はるゝことなきを願ふ。」と、小鳥の自由への危惧を語る場面があり、これに触発されたことは考えられる。しかし、「シヨンの囚人」の「われ」が素朴に小鳥の身を心配しているのに対し、『楚囚之詩』の「余」は、「恐るゝな！　捕ふる人は自由を失ひたれ、／卿を捕ふるに…野心は絶へて無ければ。」と、「蝙蝠」の「自由」を奪って支配しようとする「野心」から近づくのではなく、一時を共有したいからだと呼びかけている。「シヨンの囚人」の「われ」が、既に自由を失った立場から、未だ自由の意義を自覚しない小鳥を危ぶみ、いたわりの眼差しを向けているのに対し、「余」は「自由」を超えるエロスの誘いをかけているのである。

主人公のテーマが首尾一貫して宗教にある「シヨンの囚人」とは異なって、恋愛というモチーフを持ち込んだことにより、『楚囚之詩』においては「自由」もまた対幻想の成立に関わる概念へと相対化される。「余」は「蝙蝠」を、その醜さ故に「花嫁の化身」であるのかと疑いつつも、解放しようとはしない。「何ぜ……此生物は余が友となり得れば、／好し……暫時留め置かんに、」と、エロスを共有し得るという自分の幻想を捨てかねている。「何ぜ」「好し」という決意に至る自問自答の過程、それを繋ぐ「……」という言葉として分節化できない意識下の時間の表出が、「余」が確信がないまま自らの幻想を実行しようとしたことを十分に物語っている。「左れど如何にせん？彼を留め置くには？／吾に力なきか、此一獣を留置くにさへ？／傷ましや！　なほ自由あり、此獣には。」と、またも「余」は自問する。「此一獣を留置くにさへ？」と「蝙蝠」はただの獣へと矮小化され、獣といえども従わせることができないおのれの無力を問い質すことになる。「蝙蝠」を人間の魂の化身としてではなく、即物的な「力」の優劣関係が明白な「一獣」と見なすことによって、対幻想が孕むエロスの力学という問題が露呈してくる。「余」

はこの自問に対しては直接答えず、「傷ましや！　なほ自由あり、此獣には。」と、卑小な獣には獣なりの「自由」、つまりエロスの働きかけを拒む意志を持つことを認める。「傷ましや！」とはエロスの優位に立っている者の言葉であるが、この優越性にも混乱が生じていることは、切れ切れのリズムと倒置法から窺える。「傷ましや！」とは、エロスを知らないままで己が「自由」に固執する「蝙蝠」に向けて発されただけではなく、個の「自由」を超える筈のエロスが受けた衝撃の大きさでもある。

「シヨンの囚人」における「青き翼の小鳥」を模した「鶯」を出現させる前に、「太陽に嫌はれし蝙蝠」を登場させ、恋愛の成立に関する根本的な疑問を語ってしまったことは、この後の展開に観念的な傾斜をもたらすことになる。それにしても、この作品における重要なモチーフである恋愛を語る上で、夜にも昼にも属さぬ異形の蝙蝠を持ち出したことは興味深い。透谷は、後に「デンマルクの狂公子を通じて沙翁の歌ひたる如くに我は天と地との間を蠕ひめぐる一痴漢なり、」（「我牢獄」『女学雑誌』甲の巻 320号　明25・6）と、天上にも地上にも属さない宙吊り状態として人間という存在を語るようになる。この実存感覚は、蝙蝠という形象化にも通底する。理論的には「想世界と実世界との争戦より想世界の敗将をして立籠もらしむる牙城」（「厭世詩家と女性」）と位置づけた透谷であるが、現実の極限的な地点に恋愛という理念を定置させようとしたのは、宙吊りという実存感覚に由来すると考えられる。『楚囚之詩』において透谷は、恋愛が対幻想として成立する困難をエロスの力学の不均衡として語ってしまったのである。恋愛が生きる場としての身体の得体の知れなさを「蝙蝠」を通して見てしまったことが、恋愛という理念を生身の身体を伴った人間はどのように生きることができるのか、という「厭世詩家と女性」のテーマを準備したとも言える。

「蝙蝠」とエロス的な関係を結べなかった後で、「余」は「第八」に続いて再び「故郷」を回想する。

恨むらくは昔の記憶の消へざるを。
　若き昔時……其の楽しき故郷！
暗らき中にも。回想の眼はいと明るく。
　画と見へて画にはあらぬ我が故郷！
雪を戴きし冬の山。霞をこめし渓《たに》の水。
よも変らじ其美くしさは。昨日と今日、
——我身独りの行末が……如何に
　浮世と共に変り果てんとも！
嗚呼蒼天！　なほ其処に鶩は舞ふや？
嗚呼深淵！　なほ其処に魚は躍るや？
　春？　秋？　花？　月？
是等の物がまだ在るや？
曾つて我が愛と共に逍遥せし、
楽しき野山の影は如何にせし？
摘みし野花？　聴きし渓の楽器？
あゝ是等は余の最も親愛せる友なりし！
　有る——無し——の答は無用なり、
　常に余が想像には現然たり。
　　羽あらば帰りたし、も一度、

貧しく平和なる昔のいほり。

（「第十三」）

「画と見へて画にはあらぬ我が故郷！」と述べているように、この故郷の描き方には具体性、特定性が希薄であり、頼みなき自分の身とは対照的な、不変の美が期待されている。「蒼天」「深淵」とその奥深さが強調され、「春？ 秋？ 花？ 月？」と季節を象徴する語だけでイメージが構成される。ここにあるのは具体的な風景ではなく、ある超越的な空間である。最も注意されるのは、「有る——無し——の答は無用なり、／常に余が想像には現然たり。」と「余」が言い切っていることである。ここから、「余」にとっての「故郷」は、現実を超越した観念と化して「余」という存在を支えていることがわかる。「余」が飛んで帰りたいのは「貧しく平和なる昔のいほり」であって、現在の故郷ではない。現実には戻れないことを知りつつも切望せざるを得ないことに、観念としての故郷の、存在の拠り所という意義と限界が窺える。「シヨンの囚人」とは異なって、「蝙蝠」を解放した後の「余」は、この世界自体を獄舎と見なすのではなく、故郷を現前化することによって己れの存在を維持するのである。

透谷の故郷観は、夙に取り上げられているように、「三日幻境」において窺うことができる。透谷はゴールドスミスの“The Deserted Village”[13]（「荒村行」）の一節、‘I still had hopes my long vexation past,／Here to return—and die at home at last.’を引用しつつ、「われは函嶺の東、山水の威霊少なからぬところに産れたれば我が故郷は問はゞそこと答ふるに躊躇はねども、往時の産業は破れ知己親縁の風流雲散せざるはなく、快く曩昔《そのかみ》を語るべき古老の存するなし。山水もはた昔時に異なりて豪族の擅横をつらにくしとも思ずうなじを垂るゝは流石に名山大川の威霊も半ば死せしやと覚て面白からず。「追懐《レコレクシヨン》」のみは其地を我故郷とうなづけど「希望《ホープ》」は我に他の故郷を強ゆる如し。」と述べている。ここでの「希望《ホープ》」とは、存在を今後に繋ごうとする意欲であり、その拠り所となるべき場所への志向であろう。「他の故郷」とは川口村であるが、一貫して「幻境」と名づけていることが注意される。大矢正夫や秋山国三郎との交友によって、現実の川口村は現実には還元され得ないトポスに昇華したのである。大矢や国三郎と過ごした時空間にはもはや戻るべくもないが、自分の中にトポスとして根付いているからこそ「幻境」なのである。透谷が引用した「荒村行」の一節は、当時、テキストとして用いられていた『スヰントン氏英文学詳解』において「予が長き辛苦痛心を経たる後。此処に還り。――而して遂に此家郷に於て心安に永眠せんとするの翼望を懐けり。」と、訳されている。死ぬ時に初めて故郷に戻り得るという引用からは、生きている間は観念の中でのみ存立するという「幻境」への向き合い方を見ることができる。更に、「常に余が想像には現然たり」と、観念を観念として成立させる示唆は、「荒村行」の 'Imagination fondly stoops to trace'（「想像は恋々として旧時を追懐し。」）という一文における擬人法、'Imagination' の立ち上がり方にあったのではないかと考えられる。

壮士達との紐帯については、月に恨みを託つという伝統的な心性を超えて霊的な交感からの乖離を語り（「第六」）、恋愛については、「蝙蝠」を通して理念がエロスとして成立する困難に気づいてしまった（「第十二」）。唯一確信できるのは、観念的なトポスとしての故郷である。「第五」において「我が魂」と「少女の魂」が獄舎を抜け出し、「昔の花園」に赴いたことと呼応するかのように、ここでも「曾つて我が愛と共に逍遥せし。／楽しき野山の影は如何にせし？」と、恋愛もまた「故郷」においてこそ成立したことが回想される。自己も恋愛もその基盤を「故郷」に持つのであり、その基盤は観念において堅持されるのである。次に、この基盤の確認が大団円の結末に向けてどのように関わっていくのかを見ていく。

㈢　大団円

冬は厳しく余を悩殺す、
壁を穿つ日光も暖を送らず、
日は短し！　して夜はいと長し！
寒さ瞼を凍らせて眠りも成らず。
然れども、いつかは春の帰り来らんに、
好し、顧みる物はなしとも、破運の余に、
たゞ何心なく春は待ちわぶる思ひする、
余は獄舎の中より春を招きたり、高き天《そら》に。
遂に余は春の来るを告られたり、
鶯に！　鉄窓の外に鳴く鶯に！

（「第十四」）

獄中の環境は厳しさを増すが、「然れども、いつかは春の帰り来らんに、」と、「余」には季節の循環に素朴な期待をかける心が芽生える。「故郷」という基盤を確認し、身体の基本的なリズムが甦ったからであろうか。「何心なく」春を待ちわびるのである。そこに春の使者である「鶯」が訪れる。「余は再び疑ひそめたり……此鳥こそは／真に、愛する妻の化身ならんに。」と、「余」は鳥の姿に「花嫁」の魂を見出そうとする。「鶯」は、先の「蝙蝠」

に比べてイメージが明瞭である。「余」は「卿の美くしき衣は神の恵みなる。／卿の美くしき調子も神の恵みなる。」と、その天上性を率直に賛美する。そこから「卿がこの獄舎に足を留めるのも／また神の……是は余に与ふる恵なる。／然り！　神は鶯を送りて。／余が不幸を慰むる厚き心なる！／嗚呼夢に似てなほ夢ならぬ。／余が身にも神の心は及ぶなる。」と、「鶯」を遣わした神に思いを馳せ、神の恩寵に感謝するのである。ここには「蝙蝠」と向き合った時の、相手の正体を直にとらえる他はないという緊張感は見当たらない。「余」は、「鶯」の春の使者、ひいては天の使者というシンボル性を素直に受け入れて、整合的に思考を展開していく。「神の心」から「吾等双個の愛は精神にあり、」（「第四」）と言い切った「花嫁」の安否に思い至り、「彼れ若し逝きたらんには其化身なり。／我愛はなほ全しく獄裡に呻吟《さまよ》ふや？／若し然らば此鳥こそ彼れが魂の化身なり。／自由、高尚、美妙なる彼れの精霊が／この美くしき鳥に化せるはことはりなり。」と、「花嫁」の精神性と「鶯」のシンボル性とを結びつけていく。

このように、「余」の「鶯」への関わり方は、予め与えられている意味のレベルに終始しており、図式的と言ってもよい程である。生への意志を維持するに当って、「故郷」の確認と季節の循環に合わせた身体の基本的なリズムの回復が必要だったのである。「第十四」においては、具体的な対象（「鶯」）が目の前にいるにも関わらず、「余」は生身の身体としての眼差しを向けようとはしない。対象の一義的な意味にしか視線が届いていないという点で、頗る観念的である。作品の構成が、かくあるべきだという方向に向かって性急に傾斜している。

「第十五」では、一たび鶯は飛び去ってしまい、「余」は「我が花嫁よ。……否な鶯よ！／おゝ悲しや。彼は逃げ去れり／嗚呼是れも亦た浮世の動物なり。」と落胆する。しかし、これが、「花嫁」との「誠の愛の友」（「第十四」）という関係の規定を動揺させることにはならない。「若し我妻ならば。何ど逃去らん！／余を再び此寂寥に打ち捨てゝ。／この惨憺たる墓所に残して」と、「鶯」はただの動物であり、「花嫁」の魂ではなかったからこそ逃げていったのである。「蝙蝠」は、その性質規定の曖昧さによって、理念としての恋愛がエロスとして成立する困難さを引き出してしまった。対幻想の相手と見なした対象が自分の幻想からはみ出すという、異形性を見てしまったのである。そこから、そもそも対幻想は成立するのかという根本的な疑問が表出された。しかし、「鶯」の場合は、対幻想の相手が存在するという認識自体に疑問をもたらすことはない。「鶯」は、対幻想の基準に適わないということであり、基準を脅かす他者として現われたのではない。このように、「鶯」に関する措辞は「シヨンの囚人」に負っているが、固有の文脈に置かれることによってその意味は「シヨンの囚人」とは大きく変容している。

「鶯」が「誠の愛の友」ではなく、従って「神の使い」でもないとわかった「余」は、「死や。汝何時《いつ》来る？／永く待たすなよ、待つ人を。／余は汝に犯せる罪のなき者を！」と死を願うようになる。ここで、「余は汝に犯せる罪のなき者を！」と主張していることに注意したい。死に値する罪は何も犯していないとは、遠く「第一」冒頭の「曾つて誤つて法を破り／政治の罪人として捕はれたり。」と呼応する。先の「法を破り」には、いわば現行の法律違反にとどまってしまい、それ以上に突出できなかったという意識が表れていたが、ここでは逆に、それはあくまでも現行の法律という相対的な罰則の侵犯であり、「死」に値する絶対的な「罪」ではないと擁護している。即ち、行動規範としてのイデオロギーあるいはエトスの意味を検証するという視点から、生きることを前提とした制裁の限度という視点へと「罪」に関する意識が変化しているのである。身体の基本的なリズムの回復は、言葉の表層的なメッセージとは裏腹に、生への意欲、あるいは意志をもたらしたことになる。

季節の循環に従おうとする心性は、「鶯」の捉え方において見られたように、対象の一義的な意味を素朴に受け止めることでもあった。それは、安定した秩序の中に身を置こうとすることでもある。社会に変革をもたらすエトスの可能性という視点からではなく、社会に秩序をもたらす法律の抑止力の視点から「罪」を捉えようとするのは、対象の一義的な把握という「余」の意識の変化から考えて当然の帰結であろう。秩序の安定性を更に保証するのが、「大赦の大慈《めぐみ》」である。

鶯は余を捨てゝ去り
余は更に快鬱に沈みたり。
春は都に如何なるや？
確かに。都は今が花なり！
　斯く余が想像中央に
久し振にて獄吏は入り来れり。
遂に余は放されて、
大赦の大慈《めぐみ》を感謝せり。
門を出れば、多くの朋友、
　集ひ。余を迎へ来れり。
中にも余が最愛の花嫁は、
　走り来りて余の手を握りたり。
彼れが眼にも余が眼にも仝じ涙――
　又た多数の朋友は喜んて踏舞せり。
先きの可愛ゆき鶯も爰に来りて
　再び美妙の調べを。衆に聞かせたり。

（「第十六」）

「余」が都の春を想像しているところに獄吏が現れ、「余」は「大赦の大慈《めぐみ》」によって解放された。天皇の特赦である「大赦」は、法律を超越した措置である。「余」はそれを「大慈《めぐみ》」とまさに超越的な恩恵として受け止めている。「余」が想像する春の訪れも、人間の営みをある意味では支配する季節の循環であることを思えば、「確かに、都は今が春なり！」という確信から「大赦の大慈《めぐみ》」へという展開は、超越性な秩序の下にありたいと願う点で繋がっている。生の持続と結びついたこの志向性は、かなり根深く潜在していた願望であると言えるだろう。ここで、「多くの朋友」「最愛の花嫁」と「余」は同じ歓喜を味わい、神の使いであるとされた、「余」と「花嫁」の精神的な恋愛を象徴する「鶯」もこの宴に加わる。

この場面は、夙に指摘されているように、直接的には帝国憲法公布（明治二十二年二月十一日）と共に発布された大赦令による大阪事件関係者の特赦釈放に触発されている。福田英子が国事犯を出迎える人々について、「大阪梅田停車場《ステーション》に着きけるに、出迎えの人々実に狂する斗り、我々同志の無事出獄を祝して万歳の声天地も震ふ斗りなり。停車場に着くや否や、諸有志の吾れも花束を贈らんとして互に先きを争ふ中に、」と回想しているように（『妾の半生涯』）、その歓迎は熱狂的であり、新聞報道もされた。この大赦令を受けた時の感想を、英子自身は、「尚ほ典獄は威儀厳《おごそ》かに、御身の罪は大赦令によりて全く消除せられたれば、今日より自由の身たるべし。今後は益々国家のために励まれよとの訓言あり。聞くや否や奇怪の感は不図妾の胸に浮び出でぬ。昨日までも今日までも、国賊として使役せられたる身の、一時間内に忠君愛国の人となりて、大赦令の恩典に浴せんとは、さても不思議の有様かな、」と述べている。「国賊」としての罪が全く消滅したばかりでなく、監視していた側から「今後は益々国家のために励まれよ」と、「啻愛国の一心あるのみ」（「獄中述懐」）という行為の意図までも認められ、「忠君愛国」の一人となり得るのである。大赦という超越力は、一時ではあるが、体制側もそれに反抗する側も同じエトスに収束し、その心性が伝播するように、国事犯達は英雄の帰還として熱烈に歓迎される。これは、当事者にとっては「奇怪」「不思議の有様」としか言いようがない唐突な状況である。

超越力による国民としての心性の伝播共有という当時の状況を置いてみると、透谷が束の間、社会とエトスの相克が生じない、いわば「義」が「義」としての存立を許されるような状態を夢想したことが考えられる。しかし、それは夢想でしかないことは、透谷自身も十分わかっていたのであろう。志士的な心性からの突出も、対幻想の相手の異形性が見せた恋愛という理念の亀裂も、エトスの共有からの逸脱は全て棚上げされて、志士との紐帯も恋愛も超越的な秩序の下での親和的な関係性としてひとくくりにされている。観念としての「故郷」という存在の基盤の確認から回復した生への意志は、超越的な安定性への志向へと傾斜していったのである。「故郷」を存在の根拠としつつ、そこからどのように生身の身体を持つ現在の地点に立ち戻るのかという問題を抱えて『楚囚之詩』は終わる。

「大赦の大慈《めぐみ》」による出獄はその願望の超越性において、「余」の同伴者としての「花嫁」は冒頭のヒロインとしての紹介の仕方において、ストーリーの大枠として定まっていたと考えられる。「余」の投獄は透谷の「幾多の苦獄」の始まりでもあり、「大赦の大慈《めぐみ》」による出獄は、前年の十一月にミナと結婚し、一つの「苦獄」を抜け出そうとしていた当時の透谷の意志表示でもあった。ミナとの恋愛―受洗―結婚に至る一年余りの目まぐるしい経緯は、透谷にとって「神の恵み」と呼ぶにふさわしい体験であり、それが「大赦の大慈《めぐみ》」という恩寵としての出獄の構想を引き寄せたことは十分考えられる。「花嫁」が同志でもあるという設定もミナとの恋愛の経緯から得たものであろう。しかし、冒頭で「曾つて誤つて法を破り」と、自分の「苦獄」と志士の「義獄」を拮抗させてしまったことが受苦の身体性を甦らせ、「とこしなへに母に離るなり」という受苦の意味を引き出してしまう。志士的なエトスである富士山や月に寄せる感慨も、伝統的な追懐の心性を超えて、存在の根源に触れるエロス的体験とそこからの乖離へと突出する。存在の母胎からの孤絶感が、この後「故郷」を引き寄せていくのである。

一方、「花嫁」との関係については、精神性を強調する側に立ちつつもそこに収まり切らない動揺が語られていた。二人の「魂」のいるべき場所として「昔の花園」が想起されるのも、恋愛が成立する地点が限定的であることを暗示している。ある朝、他の志士達も「花嫁」も忽然と何処かへ移送され、「余」は一人取り残されてしまった。「生死の闇」という生存の危機に陥った「余」のもとへ、「蝙蝠」が飛んで来る。「此は我花嫁の化身ならずや」と望みを抱く相手を「蝙蝠」に設定したことが、恋愛という理念と対幻想の落差をまざまざと見せてしまう。ここから、「余」の想念は「若き昔時……其の楽しき故郷！」へと向かい、その実在について「有る——無し——の答は無用なり、／常に余が想像には現然たり。」という声を上げさせる。志士的な紐帯も恋愛も拠り所になし得ない「余」が見出したのは、観念的なトポスとしての「故郷」であった。ここから結末の大団円に向かっては、生身の身体性を捨象した地点において超越的な秩序の下での生の回復が一気に志向されていく。

「余」のモノローグは潜在する関係性を引き出し、自己の存在の根拠を問い返しつつ、現時点での生への意志がどの地点で成立しているのかについて確認を迫ることになった。それは、出獄と恋愛という当初のモチーフを、辛うじてストーリーの大枠として機能し得る地点まで押し上げてしまったということでもある。以上のように、『楚囚之詩』は、モノローグの突出と結末に向かう構想力が際どく均衡を保持し得た作品なのである。

注

（1）「『楚囚之詩』小論——〈誤つて〉の一句をめぐって」（原題「『楚囚之詩』再論——序説——〈誤つて〉の一句をめぐって・諸家の論にふれつつ」『キリスト教文学』1号　昭56・7）『佐藤泰正著作集第3巻　透谷以後』（平7・11　翰林書房）所収。

（2）引用は『バイロン全集』第1巻（昭11・4　那須書房）所収「シヨンの囚人」（岡本成蹊訳）による。

（3）『日本近代文学大系第9巻　北村透谷・徳富蘆花集』（昭47・8　角川書店）のP46頭注10。

（4）この書簡における自己意識の多層化については、九里「北村透谷、初期の「経歴」における自己仮構について」

（『国語国文研究』79号　昭63・3）において考察した。
（5）『明治精神史　（上）』（昭51・7　講談社学術文庫）の「5 民権と国権の相剋――大矢正夫と大阪事件内面史――」。
（6）引用は『大阪事件関係資料集　上巻』（松尾章一・松尾貞子編　昭60・11　日本経済評論社）による。
（7）引用は『大矢正夫自徐伝』（色川大吉編　昭54・3　大和書房）による。
（8）引用は『福田英子集』（村田静子・大木基子編　平10・2　不二出版）による。
（9）昭61・5、日本図書センター刊。
（10）引用は『プラトーン全集』第1巻（松木亦太郎・木村鷹太郎訳　明36・10　冨山房）所収の「宴会」による。
（11）「第二章　政治と恋愛　3 民権運動――参加と離脱」（平7・1　有精堂）
（12）「第二部　透谷と〈自然〉　三 透谷における〈自然〉　3〈自然〉の発見――富士山をめぐって」（昭54・4　笠間書院）
（13）引用は『スキントン氏英文学詳解』（岡村愛蔵編　大13・8　興文社）による。

＊　透谷の著作の引用は『明治文学全集第29巻　北村透谷集』による。

二　『蓬萊曲』におけるエロス性

『蓬萊曲』の「序」には「崎嶇たる人生の行路遂に余をして彼の瑞雲横たはり仙翁楽しく棲めると言ふ霊嶽を仮り来つて幽冥界に擬し半狂半真なる柳田素雄を悲死せしむるに至れるなり。」という、創作のモチーフを窺わせる一文がある。透谷が、古来蓬萊山と称され、仙境と見なされてきた富士山を「幽冥界に擬」したことについて、森山重雄は「他にみられない。」とその独自性に注目している。[1] 富士山が霊山であるというのは、透谷の実感であった。この序文でも「回顧すれば十有六歳の夏なりし孤筇其絶巓に登りたりし時に余は始めて世に鬼神なる者の存するを信ぜんとせし事ありし。」と述べている。この回想に該当するのは「富士山遊びの記臆」（明18夏）である。この紀行文には「霊山四隣に塵芥なく地界（此は天界なり）の風物山脈唯蒼〻として」という件がある。なお注目されるのは、その直後の漢詩である。「四望意気豪　山是不高気是高／仰天有涯地亦狭　心淵独恂々／代枕好有月入夢枕上神出没」と、山岳と一体化した身体感覚と神秘的な入眠体験が語られている。「霊嶽」とはこのような体験に裏打ちされた言葉である。

　しかし、これだけでは「幽冥界」としての形象化へは展開していかない。ここには透谷の他界観が関わってくる。『蓬萊曲』より約一年後の評論になるが、「他界に対する観念」（『国民之友』169、170号　明25・10）において透谷は、「基督教国」の文学について「聖善なる天力《ヘブンリー、パワー》に対する観念も、邪悪なる魔力《サタニック、パワー》も共に人間の観念の区域を拡開したるものにして、一あつて他なかるべからず、」と捉え、これに対して日本の文学は「善美なるものに対する観念も醜悪なるものに対する観念も、中心を有せず焦点を有せざるが故に、遠大高深なる鬼神を詩想中に産み出す事を得ざるなり。」と批判している。更に、「物語時代の竹取、謡曲時代の羽衣、この二篇に勝りて我邦文学の他界に対する美妙の観念を代表する者はあらず。」と、共に仙女にまつわる作品を日本的な他界の象徴として取り上げていることが注意される。いずれも仙境としての富士山が背景にある作品である。透谷は両者の他界性について、「この瞑想この観念の月宮にのみ凝注したるは我文学の不幸なり。月宮は有形の物なり、月宮は宇宙の一小部分なり、人界に近き一塊物なり、その中には自在力あらず、その中には大魔力あらず、無辺無涯の美妙を支給すべきにあらざるなり。」と述べている。人間界と連続的な神秘性、人間界で生起する現象の強度を高めた神秘性ではなく、人間界とは次元が異なる、人間界の尺度では測定し得ない超越的な想像力を待望するのである。それは、「一神教国に於ける宇宙万有の上に臨める聖善なるものを中心として万有趣味の観念を加へしめたるもの」という人間界を相対化し得る宇宙的な想像力であり、そのような想像力によって構想された世界観である。透谷の「竹取物語」と謡曲「羽衣」に対する注目は、かつて富士山頂で体験した超常的な感覚と文学的なテーマとの繫がりを意識した発言であると言える。「他界に対する観念」は『蓬萊曲』の後に書かれたものであるが、『蓬萊曲』における山頂での大魔王との対決という構成から考えて、日本を代表する霊山を舞台に据えて、従来の他界性を批判的に参照しつつそれらを超える宇宙的な空間を創造しようという透谷の野心を窺うことができる。

『蓬萊曲』が成立するまでの構想の変遷は、「透谷子漫録摘集」（透谷の日記）に残されている。この経緯については、森山重雄が詳細に論じている。(2) 森山によれば、初案の「天香君」（明治二十三年八月一日、二日、二十七日にその記述が見える）は、王国的な性質を持った宇宙劇として構想が進められ、神仙界的色彩が強かった。これが「蓬萊曲」に改作されて（九月九日に「「新蓬萊」なるもの書き初めたり。」」、二十五日には「「蓬萊曲」終りに琴の弦きれて、始めて吾がなほ観音堂にあるを覚ゆ、則ち爰なりしなり。」という記述が現れる）、以下のように現『蓬萊曲』に近づいていく。「仙姫」の面影を偲ばせる「山姫」（十月十五日）、「手琴を主眼とすべし、彼れが仆るゝ時手琴を打破るべし、之を崖に投落すべし。」という素雄とほぼ同じ主人公の最期（十一月十一日）、道士鶴翁に該当する「一の哲学者」を登場させる案、「彼姫は空しく我が理想と先きの恋人とが集りて出来し者なりし、理想と恋人とが凝成したりし者なりき、」という恋人の形象化（明治二十四年一月十五日）と、登場人物も整い、天上的な恋、理想のエロスというテーマも明確になっていく。

森山のこの整理は、間然する所がない。しかし、序文で述べている「崎嶇たる人生の行路は遂に余をして」という個人的なモチーフとの繋がりに改めて注意してみたい。明治二十三年二十九日の日記には、「コーサンド氏に行くことを始めたり、帰つて来て甚だ悲しかりし。縁日にておみながほゝづきを買ふべし、お芋もおすきだ。」という件がある。ここには、生計を立てるために翻訳を引き受けざるを得ない状況と共に、ミナに対して揶揄的に敬語を使っていることが気になる。かつては「吾等は世に恐るべき敵なきラブの堅城を築きたり、」（「石坂ミナ宛書簡」一八八七年九月四日」）と昂然と言い切れたその相手の中に否応なく日常性を見、ある覚醒を感じているということになろう。このほぼ半月後の十月十五日に、森山の指摘した「山姫」が登場し、「彼の山姫が前に出でゝ、自らの世にありての面白さを談り、姫は其勇気をほむれどなほ彼をもて人間となし其恋心を悟らず、人間をそしるべし。」と、人間界とは次元を異にする天上的な恋が着想される。先に見たように、これが「空しく我が理想と先きの恋人とが集りて出来し者なりし、」という非現実の恋愛へと展開するのである。透谷の恋愛観がミナとの体験を根底に据えていることを考えれば、この着想の経緯はミナとの関係における覚醒を一つの契機とした恋愛の存立への問いかけと言える。即ち、当初の神仙界を舞台とした寓話的な構想に自己の体験を思想的背景とする固有のモチーフが入り込み、その比重が高まったのである。恋愛が観念及び思想として存立するためには、現実世界を超越しなければならないという透谷の認識は、「他界に対する観念」において「我文学に恋愛なるものゝ甚だ野鄙にして熱着ならざりしも、亦た他界に対する観念の缺乏せるに因するところ多し」「実界にのみ馳求する思想は高遠なる思慕を産まず、」と明瞭に述べられている。明治二十五年九月二十日の日記の中でも、「○他界に対する観念」として「エターニチーを知らざるが故に恋愛の如き高きを得ず。」と記されており、透谷にとっての「他界」がまさに、「人間の観念の区域を拡開したるもの」であることがわかる。

このように、『蓬萊曲』は、富士山頂での神秘的な体験を霊山の体感にとどめるのではなく、「人間の観念の区域を拡開したる」次元に舞台を据えて思想のドラマを展開しようとした試みであると言えるだろう。日記には、「「天香君」世に出でゝ演劇詩の可否決すべし、然る後われこれをわが舞台とせん。」（明治二十三年八月三十日）と、劇詩創作への意気込みが率直に記されている。「序」における「わが蓬萊曲は戯曲の体を為すと雖も敢て舞台に曲げられんとの野思あるにあらず、余が乱雑なる詩体は詩と謂へ詩と謂はざれ余が深く関する所にあらず、」という発言は、その不安定かつ非整合的な構成の自覚と共に自負心の反語的な表れでもあろう。その場合、〈恋愛〉が、思想の母胎としての他界という世界観と自らの体験を根底に持つ個的モチーフとが重なる地点において、透谷固有のテーマとなる。透谷が、エロス的実感を基盤に据えつつ、恋愛に関する思想的ドラマをどのように展開していったのかを見ていきたい。

㈠　主人公の設定

『蓬萊曲』の主人公は柳田素雄であるが、作品冒頭の「曲中の人物」において「柳田素雄（子爵、修行者）」と紹介されている。この設定の意味について考えてみたい。「柳田」という姓は、芭蕉の「田一枚植て立去る柳かな」、あるいは西行の「道のべに清水流るる柳かげしばしとてこそ立ちどまりつれ」を連想させる。芭蕉も西行も透谷が傾倒していた詩人である。芭蕉に関しては「松島に於て芭蕉翁を読む」（『女学雑誌』314号　明25・4）という評論を書いている。この中に、「半醒半眠」の状態で「小鬼大鬼」が部屋に侵入し遊び戯れるのを見るという件がある。透谷の幻視体験を知る上でも興味深いが、鬼共を追い払った後、「暗寂の好味将に佳境に進まんとするとき破笠弊衣の一老叟わが前に顕はれぬ。われ依ほ無言なり。彼も唇を結びて物言はず。」と芭蕉の幻影を見たことが注意される。透谷は芭蕉の無言に、松島では句を残さなかったことを象徴する姿を見、その理由を次のように推察する。「絶大の景色は独り文字を殺すのみにあらずして「我」をも没了する者なる事なり。（略）玄々不識の中にわれは「我」を失ふなり。而して我も凡ての物も一に帰し、広大なる一が凡てを占領す。（略）こゝに至れば詩歌なく景色なく何を我、何を彼と見分る術《すべ》なきなり、之を冥交と曰ひ、契合とも号《なづ》るなれ。」と、後年の「内部生命論」（『文学界』5号　明26・5）へと展開する他界との冥交契合論が述べられている。芭蕉の無言は、絶大なる自然と冥交契合を行い一体化し得たからなのである。また、「人生に相渉るとは何の謂ぞ」（『文学界』2号　明26・2）においては「明月や池をめぐりて夜もすがら」を取り上げつつ、「天涯高く飛び去りて絶対的の物、即ち Idea にまで達したるなり。」とその宇宙性超越性を指摘している。一方、西行については、やはり「人生に相渉るとは何の謂ぞ」において「天地の限りなきミステリーを目掛けて撃ちたる」大戦士として、芭蕉と同様の捉え方をしている。更に日記の中で「西行伝」なるものを構想し、「西行の経歴する所多し、美人あらん美衣あらん、金殿あらん、財宝あらん、而して凡て是れ彼に於て如何。」「彼道なき所にあり、道なき苦境を渡りて而して後に道を得けん。」と、漂泊の意味と困難について思索している（明治二十三年三月十六日）。同年の十一月十一日には「「西行の復生」を作るべし」として、「(1)鴫立沢に詩人の感慨　(2)西行が鎌倉の回顧　(3)西行が入京　(4)むかしの武蔵野を想ふ　(5)西行死後の知人を喚呼す」というその旅をテーマにした構想が残されている。このように、芭蕉及び西行を想起させる姓を主人公に与えたことには、現実社会を相対化し得る超越的な性質と漂泊者即ち「道」を求める修行者像を託す狙いがあったのであろう。名の「素雄」については、「素」は根本、「雄」は優れた、という意味を持つので、世に優れた本源的な性質の持ち主ということになろう。

次に括弧内の「子爵」という設定であるが、佐藤善也は「公侯伯子男と分けられた華族の第四位」「子爵は二〇〇名以上で最も多く、いわば最もありふれた華族であった。」とその実状を述べると共に、「なおマンフレッドは伯爵、バイロン家は男爵である。後の「宿魂鏡」の主人公の恋人も男爵の娘とされている。」と、バイロンの影響について触れている。(3) 透谷のバイロン観は、「マンフレッド及びフオースト」（断片、執筆推定明治二十三、四年頃）(4) に明瞭に述べられている。「マンフレッド」を「近代の鬼神を駆馳し、新創の幽境に特異の迷玄的超自然の理想を着て出でたり。」とし、「ファウスト」と並んで「第十九世紀の双児傑作と呼ばるるも豈に怪しむに足らんや。」と最大級の賛辞を贈っている。またバイロン自身に関しては、「其詩は即ち神秘なる自然の上に幻写せるバイロン自身なり」「バイロンは寧ろ詩人にして美術家の栄誉は最も少なく荷ふ事を得べきなり。」とその本質的な詩人性を強調している。自らを詩人を以て任じていた透谷にとっては、「ゲエテは古人も言ひし如く詩人よりも寧ろ美術家なり」と評したゲーテよりも共感し傾倒し得る存在であった。この文章においてもバイロンへの言及は、ゲーテに比べて分量も多く、遥かに情熱的な口調である。バイロンの作品には彼自身が「幻写」されているという捉え方からは、作中人物の爵位よりも作者バイロン自身の爵位が印象に残り、人物設定のヒントにしたことが考えられるであろう。更に、佐藤が指摘する、その数が最も多く「いわば最もありふれた華族」という子爵の実状からは、下級士族の一人であった透谷自身の境遇、外面的には選ばれた階級であるが実質的には空洞化しているという境遇が微妙に投影され、貴族の最底辺という社会的位置を自己証明にはできず、真の選民たらんと存在の根拠を追求する主人公の造形へと繋がっていったのではないかと推測される。

このように、「柳田素雄（子爵、修行者）」という命名と設定の背景をおさえてみると、この時点で既に超越的宇宙的な性質を帯びた漂泊者であり、存在の根源を探求すべく運命づけられた内面的な真の貴族であるという高い象徴性を担っていることがわかる。付け加えれば、「特異の迷玄的超自然の理想」「神秘なる自然の上に幻写せる」というバイロンの把握は、芭蕉、西行と共通する詩人の特性の捉え方であり、現実世界を相対化する超越的超常的な次元に存立すること、そのような身体性を持っていることが、透谷の一貫した詩人観であったと言える。柳田素雄は、その命名と設定の中に『蓬萊曲』という作品世界における役割を象徴しつつ登場する。

それでは素雄はその役割を担うべく、導入部分においてはどのように霊山である蓬萊山と向き合うのか。作品は次のような独白から始まる。

雲の絶間もあれよかし、
わが灯火《ともし》なる可き星も現はれよ、
　この身さながら浮萍《うきくさ》の
西に東に漂ふひまのあけくれに
なぐさめなりし斯《こ》の霊山《みやま》、
　いかなれば今宵しも、麓に着きて
見えぬ、悲しきかな〳〵。
　恋しき御姿《みすがた》の見えぬはいかに、
わが心、千々に砕くるこの夕暮

（第一齣）

素雄は、「蓬萊山麓の森の中」から「蓬萊嶽の方を眺眄」しつつ語り出す。透谷の表現が謡曲の影響を受けていることは、夙に関良一が指摘している。(5) ここでも七・五調を基調とする道行の文体で始まっていることに注意したい。謡曲の道行においては、ワキが来し方あるいは行く末の経路を地名を織り込みつつ語ることで、その土地の神々の力を授かりながら、これから起こる霊的な現象と向き合う状況を整えることになる。『蓬萊曲』においてもこの直後から、「都を出でゝ／わがさすらへは春いくつ秋いくつ、」と素雄のここに至るまでの長い回想が始まる。素雄が今いる場所は「蓬萊山麓」であるが、登頂開始後の第二齣第一場では「御山《みやま》を透りてひろがれる／裾野原、見渡す限り草ばかり、／さてかすかに見ゆる遠山々《とほやまく》、／それに交はる模糊たるけふりは／上界、下界の墻《かき》にやあらん、／その墻を踰《こ》え来しわが身の／今立つところは神が原、／払ひ尽せる浮世の塵。」と、「その墻」即ち「上界」と「下界」を分つ境界の重大さを十分に意識していることがわかる。透谷の境界についての捉え方は「処女の純潔を論ず」(『女学雑誌』甲の巻329号　明25・10)の「雲霧深く籠めて、山洞又た人力を以て達すべき道なし、輝武の眼には川一条なり、然れど霊界の幻想を以て曰へば川一条は人界と幻界との隔てなり。」という「南総里見八犬伝」の読解からも明瞭に窺える。境界を隔てた此岸と彼岸では厳然と世界の次元が異なるのである。このように、透谷の境界観を置いてみると、素雄は境界を踏み越える手前の地点に佇み、謡曲の道行同様に身体の霊力を高めていると言える。ここで気になるのは、第二齣第一場の引用に見られる「上界、下界の墻」が「模糊たるけふり」であり、例えば「川一条」のような視覚的な明確さを持たないことである。その曖昧さという点から言えば、蓬萊山全体が彼岸と此岸に介在する境界的世界ということになる。

『蓬萊曲』が「神曲」「ファウスト」「マンフレッド」の影響を受けていることは、定説である。冒頭の「蓬萊山麓の森の中」という設定は、「神曲」の冒頭で主人公ダンテが、「われ正路を失ひ、人生の羈旅半にあたりてとある暗き林のなかにありき」(6) と道を逸れた後、彷徨いつつある山麓に辿り着いたという設定に類似する。しかし、佐藤善也が指摘するように、(7)ダンテが「一の小山の麓にいたりて／仰ぎ望めば既に其背はいかなる路にあるものをも直くみちびく遊星の光を纏ひゐたりき」とあるのに対し、素雄の場合は「雲の絶間もあれよかし／わが灯火なる可き星も現はれよ、」と道標は見えない。霊山の方角を「眺眄」、即ち恨みを持って眺めるのみである。この相違に、天上の導きではなく素雄の模索が中心となる展開が予想され、改めて蓬萊山の境界性が窺える。このように霊山の姿も標となる星も見えない中で、素雄が山に対して強い情動を示していることに注意したい。「西に東に漂ふひまのあけくれに／なぐさめなりし斯の霊山、」と蓬萊山という想念だけが漂泊の心を支えていたのである。しかし、ここに至って山は姿を見せない。そこで「悲しきかなく。／恋しき御姿の見えぬはいかに、／わが心、千々に砕くるこの夕暮」と、恰も恋人に呼びかけるように深く嘆くのである。特に最後の一行は伝統的な和歌の措辞であり、素雄の詠嘆が如何に典型的であるかを物語っている。これは対象と親和したいという極めてエロス的な感情である。素雄は蓬萊山をエロス的対象として捉えているが、それは実際に関わっていく上で形成される性質ではなく、既に想念として素雄の中に存立しているのであり、素雄が他界に向き合う時の基本姿勢ということになる。

蓬萊山が内なる想念でもあることが、その位置関係を見えづらくしている。蓬萊山麓に至るまでの道行も目的地に向かう明快さがない。

都を出でゝ

わがさすらへは春いくつ秋いくつ、
守る関なき歳月を、軽しとて仇し
草わらんじ。会釈なく履きては
捨て、履きては捨て、踏みてはのこし

踏みてはのこす其迹は
　白浪立ち消ゆ大海原
越え来し方を眺むれば
　泡沫《みなは》の如くに失行く浮世。
牢獄《ひとや》ながらの世は逃げ延びて
　幾夜旅寝の草枕、
夢路はる〳〵たどりたどれど
　頼まれぬものは行末なり。
折々に音づるゝと覚しきは
　彼の岸に咲けるめでたき法《のり》の華《はな》、
からくも悶え手探れば、こはいかに、
　まことゝ見しもの、これも夢の中なる。

「牢獄ながらの世」から逃亡し得たものの、「頼まれぬものは行末なり。」とどこをどう辿れば本来の場所に到達できるのかは未だ不明である。この経路の不明瞭さを、例えば、措辞や空間設定において影響を受けたと言われている謡曲の「高砂」及び「竹生島」の道行と比べてみる。

旅衣、末はるばるの都路を、末はるばるの都路を、今日思ひ立つ浦の波、船路のどけき春風も、幾日来ぬらん跡末も、いさ白雲のはるばると、さしも思ひし播磨潟、高砂の浦に着きにけり、高砂の浦に着きにけり。(8)

（「高砂」）

四の宮や、河原の宮居末早き、河原の宮居末早き、名も走り井の水の月、名も走り井の水の月、曇らぬ御代に逢坂の、関の宮居を伏し拝み、山越地近き志賀の里、鳰の浦にも着きにけり、鳰の浦にも着きにけり。

（「竹生島」）

「高砂」は、「幾日来ぬらん跡末も、いさ白雲のはるばると、」と経て来た日数もよくわからない茫漠とした来し方の感覚を語っているが、『蓬萊曲』のように不安な感情ではない。「船路のどけき春風も、」と高砂の浦の霊力によって、極めて穏やかに夢見心地のままに目的地に到着する。「竹生島」は、「河原の宮居末早き」「名も走り井の水の月」と順調に名所を過ぎ、「関の宮居を伏し拝み」、諸神の加護を得て無事に琵琶湖畔に到達する。いずれも参詣地の神は実在するという大前提に立っており、そこに疑問の余地はない。目的地の神と参詣するワキ及びワキツレとの明朗な関係性が、夾雑物の入らない経路に象徴されている。あるいは参詣者の明朗な感情を受け止めた神の加護が、順調な経路を与えている。これに対して素雄の場合は、「牢獄ながらの世」と脱出して来た対象は把握しているものの、自分との位置関係は定かでない。「越え来し方」は「白浪立ち消ゆ大海原」のように痕跡を消し去り、「泡沫」のように跡形もなく、自分の現在地を測る手がかりは得られない。「彼の岸に咲けるめでたき法の華」も摘み取ろうとすれば幻と消えていき、彼岸への標とはならない。想念として霊山は素雄に内在するものの、実在感は極めて希薄である。これは回想の終りの部分における「過ぎこし方のみ明らかに、／行手は悲し暗《やみ》の暗《やみ》。／その常暗《とこやみ》の中を尋ねめぐり、あさりまはりて／いまだ真理《みち》の光見ず、／見るは唯いつはりの、立消ゆる漁火のみ。」という述懐に明瞭に表れている。蓬萊山における「真理《みち》の光」の実在に確信を持てないまま、素雄は登攀へと踏み出していく。

素雄に登攀の契機を与えたのは、長い回想の独白の後で聞こえて来た「空中の声」である。これは蓬萊山頂で素雄が対決することになる「大魔王」に他ならないが、「狭き世の旅は早や為さずとも、／わが住む山に登れかし。高き神気《かみげ》を／受けなば誤まれる理の夢の覚めもやせん。／雪を踏みて登らずや神の力もて。」と、素雄に誘いかける。これを受けた素雄は、「かねての望みはありながら、／いかでわれ、このわれが、／神の力なくて登るべきや雪の御山に。」とためらう。このためらいは「空中の声」の「さかしらしくも世を罵る／壮者《わかもの》、塵をあつめて造られながら！」「まだ罵るや塵の生物！」という威嚇に応えた、肉体の死という人間としての限界の自覚ということになる。しかし、その一方で、素雄には「大魔王」が挑発を仕掛けるだけの超人性も賦与されていた。素雄は、回想の中で「書《ふみ》の無き折はまた／狂ふまで読む自然《かみ》の書、世のあやしき奥、／物の理、世の態《さま》も／早や荒方は窮め学びつ、生命《いのち》の終り、／未来《のち》の世の事まで／自づから神に入りてぞ悟りにき。」と述べている。これは、「マンフレッド」の「智慧の木は生命の木ではない。哲学、科学、驚異の源泉、そして宇宙の智識。俺はそれ等を皆験してみた。そして俺の心の中には、それ等を皆従へるだけの力がある――。が、それも何の役にも立たぬ。」(9)（第一幕第一場）という台詞から学んだとされている。マンフレッドの超人的な智慧が、神にも魔にも従わぬ自己の屹立へと繫がっていくのに対し、素雄の場合はそのような一貫した性質は持たず、境界的な空間への侵入を許される資格という限定的な役割として機能している。マンフレッドの現実世界に対する覚醒と非情は徹底しており、「俺には多くの敵があつた。然し俺を取り挫《ひし》いだ者は一人もない。皆俺の前に倒れてしまつた――。だが、それも何の役にも立たなかつた。」と、地上の脅威はもはや眼中にない。しかし、素雄においては、冒頭で「牢獄ながらの世は逃げ延びて」と述べていたように、現実世界は常に自分を捕らえようとする力として存在する。この恐怖は「左程にきらはるゝわれなれば、／逃げ出んこそ易けれど／わが出る路にはくろがねの／連鎖《くさり》は誰がいかなる心ぞ。／去らばとて留まらんとすれば／笞《しもと》を挙げて追ふものぞある。」「去は去ながら捨てし世の／いまはしき縄は我を、なほ幾重／巻きつ繫ぎつ、／

逃しはやらじこの漢《をのこ》、と罵《の》る声の／いづれよりともなくきこゆるなり。」と繰り返される。

素雄は世からの逃亡者ではあっても超越者ではなく、肉体性という人間としての一般的な限界は自覚していても、自己の力の把握は甚だ心もとなく、マンフレッドのように現在の到達点を位置づけることもできない。「空中の声」に応じた「いかでわれ、このわれが、／神の力なくて登るべきや雪の御山に。」という戸惑いは、素雄が自らの卑小さを率直に吐露したものと言える。

戸惑う素雄に登攀を踏み切らせたのは、従者清兵衛が告げた、亡き恋人露姫の夢であった。露姫は清兵衛の夢に現れ、「やつれ衰ろへし姿して、／「素雄どのを何どよこさぬ」／と、ひと言は聞きしも、あとは野風／のそよ吹くのみ。」と、僅かな言葉を残して消えてしまう。露姫が直接素雄の夢に現れないという設定は、「他界に対する観念」において「ハムレット」の特徴として述べている、「狂公子にのみ見へて其母には見へざる如き妙味に至りては到底わが東洋思想の企及する所にあらざるなり。」「怨恨する目的物に見へずして狂公子にのみ見ゆるは其倫を我文学に求むるを得ず。天界と地界と所を異にするが故に、容易にその形を現ずること能はざるは沙翁の幽霊なり、」という、「自ら其他界に対する観念の遥に我と違ふところ」を形象化した試みである。透谷は「ハムレット」から、此界の論理が通用しない他界の歴然たる異次元性を読み取っている。幽霊の出現については「其現ずるは主観的願《デザ》欲《イア》を以て現ずるにあらず客観的圧抑《プレッシュア》によつて現ず、自由の意志を以て現ずるにあらず、自然の傾として現ぜしなり、」とも述べている。個人の欲望や意志によって出現するのではなく、宇宙の摂理によって出現するという把握は、「別篇　慈《じ》航湖《こふのうみ》」において露姫が、「いかにいかに／わが露姫のこゝに居るとは。」という素雄の問いかけに「わなみこれを語る可き権《ちから》なし。」と答えたことにも生かされている。このような透谷の幽霊の捉え方を置いてみると、ここでの露姫の言葉は個人的な恨みではなく、露姫が属する他界の意志を伝達しているということになる。

清兵衛の話を聞いた素雄は、一躍登攀の決意を固める。

つら〳〵思へば、このわれも、
　世の形骸《むくろ》だに脱ぎ得たらんには、
姫が清よき魂《たま》の飜々たる蝴蝶をば、
　追ふて舞ふ可し空高く。
　人の世の塵の境を離れ得で
今日までも、愚《おろか》や墟坑《あな》に呻吟《うごめき》けり。
　とても限りなき苦悶をば
　こよひ解き去り、形骸をば
世に捨てゝ行かんや。「死」とも「滅」とも
世の名を付けて、われを忘れさせ、
　彼方の御山の底の無き
生命《いのち》の谷に魂を投げいれん。

先に述べたように、透谷が考える他界の構造に即して考えれば、素雄は露姫を通して他界の本源にあるエロスの呼びかけに応じたということになる。冒頭における霊山に向けた「恋しき御姿」という情動性との繫がりから考えれば、露姫の幻は、他界のエロスが素雄に送った登攀を認める合図であるということになろう。その場合、素雄に登攀をためらわせていた自らの卑小さの自覚は、「世の形骸《むくろ》」の制約として一般化され、単純化されてしまう。他界との感応とは、「宇宙の精神即ち神なるものよりして、人間の精神即ち内部の生命なるものに対する一種の感応」（「内部生命論」）であり、如何にすればそれが可能かを地上的な尺度で測ったり、客観的な諸条件として説明したり

することはできないという認識が、素朴な形で現れている。この後の「これよりはわれわが君ぞ！／魔にもあれ鬼にもあれ、来れかし来れかし／わが道案内《みちしるべ》させてん、」という台詞は、素雄の昂揚感に伴うマンフレッド的超人像の投影と共に、地上的な識別が通じない次元という透谷の他界観の現れでもあろう。大切なのは、「姫の清よき魂の飄々たる蝴蝶」と出会うことであり、それが現実的には「死」「滅」となっても一向に構わない。この台詞は、その究極の形は死であるというエロスの本質を衝いている。従来指摘されているように、「底の無き生命の谷」という表現も下降する死のイメージである。この設定について森山は、素雄は「死によって露姫の魂と一体化し、一体化することで再生しようというのであろう。」と述べている。[10] 登場人物の行動の意味としてはその通りであるが、素雄における他界の意識化としては、媒体としてのエロスという想念を読み取ることができる。更に、恋人の魂を「飄々たる蝴蝶」と捉えていることにも注意したい。「蝶」は、荘子が夢の中で戯れ自らも蝶と化したエピソードに象徴されるように、虚のイメージを持つ。透谷は晩年に、「蝶のゆくへ」（『三籟』7号　明26・9）「眠れる蝶」（『文学界』9号　明26・9）「双蝶のわかれ」（『国民之友』204号　明26・10）と、蝶をモチーフにした虚無的な詩を残している。これらの作品における蝶のイメージと『蓬萊山』における「蝴蝶」とがそのまま重なる訳ではないが、「亡友反古帖[11]」に「蝶の夢」という戯曲の脚色が記されていたことからも、「蝶」は透谷が関心を持ち続けたモチーフであり、イメージであったことがわかる。ここでの「蝴蝶」という形容は、素雄にとっての露姫が、ダンテにとってのベアトリーチェとは異なって、未だ永遠の導き手として昇華されてはいない不確実さを孕んでいることが窺える。

　このように第一齣においては、冒頭の素雄の情動性に呼応しつつ、死に至るエロスという他界の本源が暗示されて終わる。

(二)　鶴翁との対話

「蓬萊原」に辿り着いた素雄は、昂揚感の赴くままに琵琶を取り下ろして弾き始める（第二齣第一場「蓬萊原之二」）。この「琵琶」は「わが悲哀《かなしみ》にもわが歓喜《よろこび》にも／朋友《とも》となり分半者《つれ》となる者」であり、素雄の分身である。「分半者《つれ》」と類似する表現は、『楚囚之詩』において「彼方の世界に余の半身あり、／此方の世界に余の半身あり、」と、「余」と「花嫁」の関係として用いられており、エロス的な紐帯を表す上で重要な表現であることがわかる。素雄は琵琶とエロス的な関係で結ばれているのである。また、「汝《いまし》をたのみて、調乱れながら、／わが魂《たま》の手を尽して奏でぬれば／忽如《たちまち》現世も真如のひかり！／まばゆきばかりの其光に、／かき眩まされていつしか再た曇る、わが／魂鏡《たまかがみ》、これをしもまた琵琶の音《ね》に、／再び回《か》へすほとけの面《おも》！」と、高い霊力も持つ。素雄は、「心地さはく〳〵物に思ひの繫らぬ今宵、／あたりの草花に耳かしがせ、／空を歩《ゆ》く鬼神の霊精《たま》をも／驚ろかしてん〳〵。」と、蓬萊原に満ちている霊気、精気を触発しようとする。「霊精《たま》」という言い方からは、素雄が個別の鬼神ではなく、この空間に溶解している鬼神の気、他界の気に向き合っていることが窺える。

琵琶の霊力は、仙姫を呼び出す。仙姫は、「きみ思ひ、君待つ夜《よは》の更け易く、／ひとりさまよふ野やひろし、／彼方なる丘の上《へ》に咲く草花を／たおりきつゝも連なき身、／誰が胸にかざし眺めん由もなく、／思はずも揉めば散りける花片《はなびら》を、／また集むれど花ならず。」と、失った恋を歌いつつ登場する。しかし、歌の内容とは裏腹に、仙姫は人間的な感情は持たない。「その歌のこゝろ、さて問はで／別れんことのをしさに、／無礼《ねめ》とは知れど君留めぬ。」という素雄の問いかけにも、「ほゝ何の怪しむことかは、鬼が人とて／人が鬼とて、世のものならねば／——愛るもなく、呪ふもなきものを。」と答えるのみである。「鬼が人とて人が鬼とて」という言い方は、地上の識別が通用しない他界の住人らしい捉え方である。透谷は、「処女の純潔を論ず」の中で、八犬伝の富山洞について「表面を仏界なりとせば裡面は魔界なり。表面を魔界なりとせば裡面は仏界なり。仏か魔か、魔か仏か、一なる如く他なるが如く、紛錯乱綜いづれをいづれと定め難し。」と述べているが、この変幻する複雑な性質は境界的な空間である蓬萊山にも当てはまると考えられる。先の仙姫の答え方は、その一端を表しているであろう。富山洞は「業因業果の全く盈満《えいまん》するまでは、一箭の飛んで勢の尽くるまでは落ちざるが如きを示せり。」という「馬琴の想像中に於て因果の理法をつゞめたる一幻界」であり、その時が巡って来ないと本質を現さない。蓬萊山は透谷の他界観を形象化した「一幻界」であるが、その本質を決するのは「因果の理法」ではなく、「魔力《サタニック、パワー》」（「他界に対する観念」）と「天力《ヘブンリー、パワー》」（同）の相克の結果ということになる。これに関しては、第一齣の「空中の声」が不吉な予兆となっている。

　さて、素雄は、仙姫に露姫の面影を認めて「わが妹《いも》よ、わが妹よ、彼ぞ、彼ぞ、」「わが苦しさに、恋の苦しさに引代へて、／露姫！　露姫！　汝《いまし》のみが／老ゆるも知らぬ平穏《やすらか》は？」と呼びかける。しかし、「楽し苦しを覚え」ぬ仙姫は、「露姫と！／そはいかなる人なりや？」と全く動揺しない。他界での最初のエロス的な働きかけである仙姫への呼びかけは、此界に属する素雄と他界の住人である仙姫との次元差を露呈し、すれ違いで終わる。

　続いて素雄は、道士の鶴翁に出会う（第二場「蓬萊原の二」）。この場面は、「わが眼はあやしくもわが内をのみ見て外《よそ》は／見ず。わが内なる諸々の奇しきことがらは／必ず究めて残すことあらず。」という「マンフレッド」の内面凝視に学んだ素雄の独白で始まる。しかし、続けて「且つあやしむ、光にありて内をのみ注視《みつめ》た／りしわが眼《め》の、いま暗《くらき》に向ひては内を捨て／外なるものを明らかに見きはめんとぞ／すなる。」と、独自の内と外の逆転が語られていく。「光」は現実世界の表側、日常性であり、「暗」はその内部に潜む他界性ということになろう。蓬萊原という他界においては、潜在していた「暗」が表面化したのである。即ち、素雄は内在する自らの闇を今改めて他界性として眺めている。しかし、これもまた一筋縄では行かない。「暗《やみ》のなかには忌はわしきもの這へるを認《み》る、」「暗の中には嫌はしき者住めるを認る。」「暗の中には醜きもの居れるを認る。」「暗の中《うち》には激しき性《さが》の者歩むを認る。」と、同じリズムの繰返しによって闇の存在が実体感を持って立ち上がってくるのだが、これはここまでの展開から考えれば、素雄の内なる他界性が共鳴する他界の魔性であると読める。実際、素雄は、「己れが友なる暗」とも言っている。しかし、それに続けて「今日までおのれを病ませ疾はせたりし種々《さまざま》の／光に住める異形の者の悪《にく》気《げ》なく眠れる態《さま》を／見る中に、」と、それらの「異形の者」は「光」に住んで自分をいたく悩ませたと述べるのである。この言に従えば、現実世界において素雄を迫害する諸悪は、「天　力《ヘブンリー、パワー》」「魔　力《サタニック、パワー》」の根源が存在する他界の中では非力であり、他界における階層の力学関係が直接は及ばない現実世界においてこそ、他界の中では卑小なこれらの諸悪は威力を持ち得るということになる。素雄は仙姫を呼び出す場面で、「下には卑しき神の住みて／上には尊ときものや住むらん。」「みやまの裾には鬼神棲むと聞けり、」とも述べており、山頂に住む「尊き」神の支配力によって、これらの卑小な悪は従順な姿を見せているとも考えられる。

　この段階では「尊きもの」、つまり蓬莱山を統治しているものが善か悪かは不明瞭であるが、現実世界では威力を揮う諸悪が、他界においては蓬莱原という「みやまの裾」にしか棲めない卑小な存在ということになる。素雄の内なる他界性は、現実世界においては諸悪と相容れない性質であったが、他界においては諸悪もまた「己れが友なる暗」の住人であるというのは、善と悪、光と闇の対照性から考えれば釈然としない。しかし、「処女の純潔を論ず」の中で述べられていた「仏か魔か、魔か仏か、一なるが如く他なるが如く、紛錯乱綜いづれをいづれと定め難し。」という「幻界」観を置いてみると、この錯綜した截然と識別できない状態こそが境界的空間である蓬莱山の特徴ということになろう。素雄もまた修行の途上にあって「常暗の中を尋ねめぐり、あさりまはりて／いまだ真理の光見ず、／見るは唯いつはりの、立消ゆる漁火のみ。」と嘆く、迷える存在であり、先に見たように、蓬莱山の登攀も「真理《みち》の光」あるいは「法の華」を確信したからではない。これらの諸悪も、ねじれつつどこかで素雄と繋がっていることも考えられる。

　素雄は、異形の者を見つつ「たゞひとことの足らぬ心地ぞする。」と、微妙な違和感を洩らす。この微妙な違和感が素雄と異形の者を区別し、現実世界における諸悪の相対化だけでは充足し得ない、修行者としての素雄の特質を表している。これを聞きつけた鶴翁は、「世の人に煩累《わづらひ》あるは常なり。然れども凡そ／わが道の術にて愈さぬものはなし。／きみが足らぬと言へるはいかなる事ぞ、／語り聞せよ、己れは之を立どころに愈して／ん。」と、仙人としての自信の程を見せる。これに対して素雄は、「われ未だわが足らぬところを愈す者にあは／ず。そもわが足らはぬはわがおのれの中よ／り出ればなり。（略）われ世の中に敵《あだ》をもてりき、われ世の中に／きらはしきものをもてりき、然れどもこは／わが世を逃れしまこと理由《ことわけ》ならず。／わが世を捨つるは紙一片《ひとひら》を置《すつ》るに異ならず、／唯だこのおのれを捨て、このおのれを――／このおのれてふ物思はするもの、このおの／れてふあやしきもの、このおのれてふ満ち／足らはぬがちなるものを捨てゝ去《い》なんこそ／かたけれ。」と、またも反復のリズムによって自己を突出させていく。迷いの根源は自己そのものであるというのである。これに対し、鶴翁は、「これ、これ若き旅人、その、おのれてふも／のを御することを難《かた》んずるも是非なけれ。／わが道の術《じゅつ》とはそこぞそこぞ、」と、得たりや応と語り出す。「そのおのれてふものは自儘者。そのおのれ／てふものは法則不案内《おきてしらず》。そのおのれてふも／のは向不見《むかふみず》。聞けよかし、／わが道の術は外ならず、自然に逆はぬを基《もと》／となすのみ。」と、「おのれてふもの」の本質、つまりは人間の本質を欲望であると認めた上で、「自然に逆はぬ」、即ち欲望を充足させればよいと説く。以下、「そのおのれてふ自儘者は種々の趣好《たしみ》あるも／のよ。」として鶴翁が挙げていく欲望の充足例は、「石塊《いしくれ》を拝む」「酒に沈む」「墨に現ずる山水に酔ふ」「蠹《しみ》と同《とも》に書庫《ふみぐら》に眠る」という偶像崇拝、酒色、芸術、学問であり、素朴な信仰心も世俗的な欲望も高尚だと思われている趣味も、現実世界での位置付けには関わりなく、等し並みに欲望の諸相として扱われている。欲望の並列化は、「なやみ恨めるもの」を救う「望」、「見えずして権勢《ちから》つよきもの丶繋縛《なわめ》をほどく「自由」」と、抽象的な精神や理念にも及ぶ。現実世界においては価値の上下がつけられるこれらの事項は、蓬萊山という他界においては人間の諸欲望として一括りにされ、相対化される。

これは、「序」で語られていた「瑞雲横はり仙翁楽しく棲める」という、欲望というものを持たず、快楽が常態になっている仙界の通念にふさわしい設定であると言える。透谷は、「他界に対する観念」において「竹取物語」と謡曲「羽衣」の仙女は「月宮に対する人間の思慕を仮体せしに過ぐるなし。」と、仙人の特徴は人間の願望の延長線上にあると述べていた。鶴翁は、このような透谷の仙界観に基づいて、欲望の充足を世界観の基準にするという限界が設定されている。鶴翁もまた、人間の現世的な価値と連続面を持つという点において「卑しき神」の一人なのである。欲望の必要がない鶴翁は、一段高い地点から、未だ欲望を持つ人間の一人として素雄を扱うのである。鶴翁のこの扱いに対し、素雄は、次のように反発する。

休《や》めよ休めよ、わが時間《とき》は迅きこと彼方の峯を駆けまはる電光《いかづち》に似て。わが誕生《うまれ》とわが最後とは地に近ける迷星の火となりて走り下り消え失する暇よりも速く。わが物を思ふは恰も秋の蟬の樹に倚りて小息《こやみ》なき声を振り立つるが如くにして
汝が説く詐詗《たばかり》の道にて仏となるべき性ならず。

素雄の答え方は、「マンフレッド」第一幕第一場の精霊とマンフレッドの対話から学んだところが大きい。素雄が願うのは自己を捨て去ることであるが、マンフレッドが願うのは「自己忘却」である。素雄は自らの生を「電光」「迷星」に例えているが、「マンフレッド」においては「第七の精霊」がマンフレッドの運命を司る星について、「その軌道は自由にして規則正しく、／この星に勝りて美はしき星、空に現れしことなし。／時至りて、そは／あてどなく彷徨ひ行く、形なき焔の堆塊《かたまり》となり、／軌道なき彗星となり、呪詛となり、／宇宙を威嚇するものとはなれり。／さてもなほ本然の力もて廻転を続け、／形なく、軌道もなく、／高き空に輝く不具者となり、／天空の妖怪となれり。」と述べている。また、マンフレッド自身も「魂、精神、プロミシユースの閃光、わが存在の電光、――それは汝等のものと同様に、輝き、瀰漫し、遥か遠くに飛んで行く。」と、自らの宇宙性を誇示する。しかし、マンフレッドの運命を司る星が、最後は「妖怪」（'The monster of the upper sky'）[12]になるという不羈独立の存在であり、マンフレッドもまた、自分の「存在の電光」は精霊達に負けない力を持つと自負しているのに対し、素雄の生の「迷星」は、「走り下り消え失する」と破滅の色調が強い。これは、「電光」「迷星の火」と並列して自分の思惟を「秋の蟬の樹に倚りて小息なき声を振り立つる」と例えていることからも窺える。「秋の蟬」は死が間近に迫った儚い存在である。巨大なエネルギーを放つ「電光」「迷星」も、それに比べれば微小な「秋の蟬」も、破滅という運命を持つからこそ、全速力で駆け抜け、持てる力を振り絞る。措辞には共通点が多いが、マンフレッドの覇気とは異なって、素雄の場合は「秋の蟬」と並列化したことによって表現が変容し、破滅の予兆になってしまう。「蟬」は「蝶」と同じく、透谷が好んで用いた対象であり、「亡友反古帖」には蟬が臣下の一人になっている[13]「荒野の戦ひ」という戯曲の趣向も残されている。何よりも、透谷が「脱蟬子」という号を用いていることから自身を蟬に投影していたことがわかる。素雄のこの台詞は、「マンフレッド」の措辞に触発された透谷の自画像という面も持っている。素雄は続けて「唯わが意《おもひ》は／見よ、あれなる空間を馳する雲なり。／見よ、あれなる峯を包める精気なり。」と他界に満ちる気との一体感を誇示しつつ、「人界《にんぐわい》とこの「己れ」とを離る／ゝばかり今の楽しき欲望《のぞみ》なるべけれ。」と語る。

他界との同質性に自己の根拠を見出すのではなく、「己れ」と括弧書きで自己の他者性を括り出し、自分を迫害し続けた人間社会と自分でも把握し切れない自己から共に離脱したいと言う点に、素雄の不確実性が表れている。離脱したい地点も一元的ではなく目的の地点も不明であるというのは、古典的なイメージから見れば特異な修行者である。マンフレッドの自己忘却は、それ以来邪悪な自己と化してしまった、恋人アスタルテへの仕打ちを暗示する「あの顚落の時」を指示している。しかし、素雄にはマンフレッドの明瞭な自己把握がない。マンフレッドと精霊との対話は、自己忘却の可能性という目的物をめぐる整合的な内容であるのに対し、素雄は鶴翁の答えから、「おのれてふもの」の不可解さとそこに不可避的に関わる「人界」の重さをまたも引き出してしまう。

素雄の激昂を聞いた鶴翁は、「好し人界を離れ得るとも、／汝《いまし》の如きはまことの安慰《やすみ》ある者ならじ。／考《おも》へよ、蒼《あを》穹《ぞら》にも星くずの数は限なく、／争は日として夜として絶間なく、／砕かれて、敗られて落ち来る者は／多からずや、／好しや汝が光を放つ者となり得て、／高く彼方に懸るとも、汝の願《ねぎ》は盈《み》／つまじきぞ。」と諭す。鶴翁の予言は、「彼方の峯を駆けまはる電光」「地に近ける迷星」「秋の蟬の樹に倚りて小息なき声を振り立つる」という素雄の過剰な性質に焦点を当てており、その過剰さは他界においても葛藤を生むと言うのである。これに対し素雄は、「唯わが心は、時に離れ間《ひま》に隔り、／恰も彼の芒星《ほうきぼし》と呼ばるゝ君の、／己れの軌道《みち》を、何に物煩なく駆奔る如きを／こそ楽しまんとするなれ。」と、時間からも解放された状態を「芒星」になぞらえて夢想する。この倣岸不羈なエネルギーの全開も、先に引用した「マンフレッド」の精霊との対話から学んでいる。しかし、もはや地上に対しては覚醒し切っているマンフレッドとは異なって、素雄の夢想は反動としてこの世に対する怨嗟を引き起こす。「この退屈の世、この所業《わざ》なきの世、この偽／形の世、この詐猾の世、この醜悪の世、／この塵芥の世いかで己れの心をひと時息《やす》む可き。」という反復のリズムは、更に過激な怨嗟を引き出していく。

おのれは怪しむ、人間《ひと》が智徳の窓なり、
美の門《かど》なりとほめちぎる双の眼《め》の、
まことに開けるものなりや？
開かば、いづれを観る？　まことに開かば
観る可きに、あはれ人の世の態《さま》を。
その穢れたる鼻孔《はな》を、その爛れたる口を、
その渇ける状《さま》を、その餓ゆる態を。
その膿める腸《はらわた》を、その壊《くづ》れたる内神《うち》を。
聖《きよ》しとて、気高しとて、厳格《おごそか》なりとて、
万類《よろづのもの》の長《おさ》なりとて傲《ほこ》り驕れる人類《ひと》は
わが涙の色を紅《くれなひ》になすもの。
いかでいかでわか安慰《やすみ》を人の世に得ん、
いかでいかで、道師が優しき術にて
この暴《あ》れたる心の風を静め得ん。

畳み掛ける口調は、ある種の憑依状態を作り出す。「壊れたる内神《うち》」と読み仮名が振ってあるが、これは、人間に内在する精神の腐敗を視覚化する上で効果的な措辞である。人間の開口部から始まって内奥へと腐敗の様を語っていく視線には、只ならぬものがある。「透谷子漫録摘集」の明治二十五年九月（日付は無し）には、「性霊集第四、四十八」として「禅経曰仏以四随説法随楽随治随義、仏苑曰積恩為愛積愛為仁」という記載がある。『性霊集』の第四巻は三十七節までしかなく、(14) 該当する文言も見当たらない。しかし、流布本である『遍照発揮性霊集便蒙』の第四巻には、「進李邑真蹟屏風一帖表」の注釈として「摩訶止観引禅経曰仏以四随説法随楽随宜随治随義」、「為大徳如宝謝恩賜招提寺五十戸表」の注釈として「説苑曰積恩為愛積愛為仁」(15) と、日記の記述とほぼ同じ文言がある。従って、透谷は、『遍照発揮性霊集便蒙』（以下『性霊集便蒙』と略する）を読んでいたと見なすことができよう。

透谷が『蓬莱曲』執筆の時点で『性霊集便蒙』を読んでいたとすれば、この腐乱する身体への想像は、最終巻の第十巻に収められている「九相詩」を想起させる。「九相詩」は、死が人間の体をどのように侵食するのかを、九つの相を追って克明に語っている。その「方塵想第四」において「膿猶瘀爛菷九孔所流汁一界甚臭穢」という一節があり、膿が皮膚に滲み爛れ、人体の九つの孔からその汁が流れ出すと述べているが、素雄の視線はこれに近似する。後に「「力《フオース》」としての自然は、眼に見へざる、他の言葉にて言へば空の空なる銃槍を以て時々刻々「肉」としての人間に迫り来るなり。」（「人生に相渉るとは何の謂ぞ」）と述べた透谷は、衰滅という肉体の限界に人一倍敏感であり、『性霊集便蒙』という媒体によって、肉体に宿る精神及び精神を宿す肉体の腐乱、即ち人間の芯まで腐敗に侵された状態を表現する言葉を獲得したことも考えられる。

自己の棄却という願望で始まった素雄と鶴翁の対話は、この世に対する測り知れない素雄の怨嗟を引き出し、収拾がつかない状態に至ってしまった。素雄は、時間にも支配されない絶対的な自己を夢想する一方で、現実世界に対しては文字通り恨み骨髄の呪詛とも言うべき罵詈を吐く。その視線が内攻しても外なる現実世界に向けられても、過剰さを内包する自己を露呈してしまったのである。鶴翁もその点を捉えて、「希有なるかな。わが術は然らん者／に施さん由なし。／汝はおのれを頼みて生く可き者ならず、《ママ》／またおのれをたのみて死ぬ可き者ならず、」と、

「自然に逆はぬを基となす」という現状を充足させる基本姿勢では対応し得ない素雄の自己の突出に匙を投げる。「極楽——地獄——岐《ちまた》は明らかに／この二道《ふたつ》に別る。其の何れをも汝が／択ぶまゝならん。」という言葉を残して鶴翁は去る。極楽か地獄かという素朴な選択肢は、現世的な価値観の延長線上に位置する仙人らしい発想である。これを受けた素雄は、「咄！　わが行く可きところ／この二道の外なきや？／極楽？　地獄？　抑もわが／露姫は何方へや行きし？／汝が逝にし世は何方？　そこぞ／わが行く可きところなる。地獄、極楽は／わが深く意に注《と》むるものならじ。／汝あらば地獄いかで地獄ならん。／汝なくば極楽いかで極楽ならん。」と、露姫の行方に思いを戻す。

マンフレッドにとってのアスタルテが一貫して「あの顚落の時」の要因であり、「俺は彼女を愛した——そして彼女を破滅に陥れてしまった。」という犠牲者であるのに対し、素雄の場合は唐突である。自己の突出と現世への呪詛の後で、素雄は露姫を通して他界の本源であるエロスに回帰し、感応しようとするのである。そのエロスの前では地獄、極楽という現世的な他界の識別は無効である。

(三)　露姫との対話

鶴翁が去った後、素雄は、「われ我心を知る能はず。われわが足の行く／所を定むる能はず。何を願ひてこゝなる／荒野《あれの》に入り来りしや。」と、何者かに誘導されるように蓬萊原の「荒野」に至る（第三場「蓬萊原之三　広野」）。「わが願ふところ如何？　わが思ふ所如何？」と自問しつつ、自分にその力はないが、「これを為《な》では、／死せるものを呼活さでは、わが美くしの者、／わが慰藉《なぐさめ》の者、わが露姫を／呼び出ることかなはじ。」と、「死せるもの」即ち「過ぎし世々」を造った「巨人《こじん》」を呼び出して、その魔力によって露姫を甦らせたいと願う。この着想もまた、マンフレッドがユングフラウ山頂において、アリマネス大王にアスタルテの亡霊を呼び出してもらう場面から得ている。しかし、素雄は、この段階では自らの限界に従って「こよひしも、死せる者を呼活ることのいよ難／からば、われから、好し、死の関を踏踰えん。」と、生の側に死を呼び込むのではなく、自分から死の側に赴こうとする。

　そこに登場した樵夫の源六が、「彼処の無底坑《そこなしあな》」こそが「死の坑」であり、「誰れ言ふとなく彼の／坑の中には美くしき姫ありて誰が為めに織／る衣ならん梭の音。／ほのかに聞けば彼の梭の音《ね》は、／変はり無き歌を唱ふとなむ。／恨める男《ひと》のありて、其男の来ん迄は彼の坑／に梭の音を絶たぬ可しとよ。」と素雄に教え、露姫の存在を暗示する。「無底坑」の「死の坑」という表現は、『性霊集便蒙』の「九相詩（「青瘀想題三」）」における「鬼吏永無脱死坑深無底」という一節に触発されたことが考えられる。それと共に、森山によれば、露姫のこの設定は「日本の民俗信仰にいう機織女に基づいているもの[16]」であり、「神のおとずれを待たした」という本義が、神にも等しい唯一無二の男性を待つイメージとして生かされていることになろう。マンフレッドにおけるアスタルテの亡霊が、マンフレッドの求めに完全には応じず、謎を残して消えたのに対し、露姫の造形には最初から、素雄との運命的な絆が暗示されている。これを聞いた素雄は、「其処は恐しき地獄の道／なるを知り玉はぬや。」と源六が引き止めるのも構わず、「何をか恐れん、わが恐るゝところは／世なりかし。死は帰へるなれ、／死は帰へるなれ！／おさらばよ！」と、欣喜雀躍して「死の坑」に赴く。この場面においても、他界の露姫に会うことは、露姫という個体を越えてエロスの究極と合体することであるという素雄の意識が顕在化している。死はエロスを内包し、エロスは死に至るという透谷の恋愛観が象徴された設定である。

　続く第四場「蓬萊原の四、坑中。」において素雄は、「死の坑」に向かって「暗《やみ》の源なる死の坑よ！／人世の凡ての業根を焼尽して、人を／善ならしむると聞ける死の坑よ！／吾人《われひと》の限なき情緒《きづな》を断切りて、／黒暗《くらやみ》のうちに入らしむると言ふなる／死の坑よ！／善悪の岐を踏みたがへしも踏み守りしも一／様並等《びやふだふ》に安寂なる眠に就かしむると聞ける／死の坑よ！」と呼びかける。「死」は現世における迷妄も悪行も全て無に帰して同じ地点に就かせるというのである。その中で「吾人の限なき情緒」は些か性質を異にしている。他の二つが「人を善ならしむる」「一様並等に安寂なる眠に就かしむる」と一様に決まった状態に赴くのに対し、これは「黒暗のうちに入らしむる」と、どのような状態に化すのかは不明である。エロス的な関係のみは、成仏を妨げる煩悩として排除されるのではなく、他界での再生あるいは変容の可能性として迷妄や悪行とは差別化されている。「暗の源」「彼処の無底坑」あるいは第一齣における「底の無き生命の谷」という他界の把握は、測り知れないエロスこそが他界の根源であり、それは現象としては地上の死であるかも知れないことを繰返しイメージした表現である。

素雄が「死」に対して「汝《いまし》が中に、ひとりの姫を、日となく夜とな／く休まぬ梭の音を作《なさ》しむるはいかに。／(略) 暗の暗なる死よ！　われ汝を愛す、／然れども、汝がこの梭の音《おと》の理由《ことわけ》を、／詳《つば》らにわれに語らぬうちは／われ我身を汝に任さじ。」と、自分の死の交換条件として「梭の音の理由」を語ることを要求すると、「「死」の使者《つかひ》」である一醜魅が現れる。交換条件を持ち出す辺りも、マンフレッドが人間という制約の下で最大の霊力を持っているのとは異なって、素雄の性質の不徹底性を表している。素雄の求めに応じて現れた魅は、「凡そ死の使者数多あるうちに、われは「恋」／てふ魔にて。世に行きて痴愚《おろか》なるものを捉／へ来る役目に従ふなり。」と名乗り、「わが乗入る後は賢きものも愚《おろか》になり、／痴愚なる者も賢くなる。」とその魔力を語る。透谷は、「粋を論じて伽羅枕に及ぶ」(執筆推定　明治二十四、五年頃)[17]の中で「恋愛の性は元と白昼の如くなり得る者にあらず。(略) 恋愛が人を痴愚にし、人を燥狂にし、人を迷乱さすればこそ古今の名作あるなれ、而して古今の名作は爰を以て造化自然の神を貫くを得て名作たるを得る所以なり。」と、恋愛はその狂的な特徴に本質があると述べている。「「恋」てふ魔」が語る恋の魔力もこの恋愛観と重なっており、エロスの他界性は秩序を攪乱する狂気として現れることがわかる。エロスとは、地上的な視点から見れば危険な本質を孕んでいるのである。

ここで素雄は、恋の魔に「われ恋てふものを嫌はぬにあらねど、其恋／の本性を極めぬにもあらねど、止み難きは／露姫を思ふの情！／美くしき恋しの姫の姿となりて、いまわが／前に現はれよ。」と命令する。この設定は、マンフレッドが最初の場面において精霊達に「汝達の中で最も強いものが、一番ふさわしいと思はれる姿で現れろ。」と命令し、「第七の精霊」がアスタルテの姿で現れたことと類似する。しかし、「マンフレッド」の場合は、精霊達が自己忘却というマンフレッドの要求を拒んだ後で、「何か、汝の瞳に、価値あるように映るやうな、欲しいものはないか。」と促した時の命令である。アスタルテの虚像を見たマンフレッドは、「あゝ、これが真実で、汝が狂想でもなく、擬態でもないとすれば、俺はこの上ない幸福になれるのだが。俺は汝をしっかと抱かう。そして俺達は再び――」と話し出すが、美女の姿はかき消え、マンフレッドは「俺の胸は圧し潰されてしまった。」と言って気絶してしまう。「第七の精霊」がアステルテの姿を借りたのは、魔と抜き差しならぬ関係を持ってしまったマンフレッドへの呪詛ということになろう。マンフレッドは、アスタルテの虚像を見たことによって自分の行為の意味を改めて思い知らされ、衝撃を受けるのである。これに対し、素雄は、「美くしき恋しの姫の姿となりて」と、自分から露姫の姿を要求している。これはそもそも、「マンフレッド」においてアスタルテの虚像の出現は、自己忘却の要求という一貫したモチーフの下での展開であるのに対し、『蓬萊曲』の場合は、「おのれてふもの」の棄却に関しては、鶴翁との対話において一旦そのモチーフが終了し、異なるモチーフの展開として恋の魔と素雄な対話が構成されているからである。

この後、素雄は、恋の魔の化身である露姫に切々と胸中を語る。これは、「マンフレッド」第二幕第四場でアリマネス大王がマンフレッドの求めに応じてアスタルテの亡霊を呼び出す場面に相当する。「マンフレッド」においては、精霊がその姿を借りたアスタルテと、アリマネス大王が呼び出したアスタルテとは明確に区別され、マンフレッドは後者に対してのみ「聞いて呉れ。俺の言葉を聞いて呉れ。」「さ、口をきいて呉れ。」と乞い願う。ネメシスやアリマネスが威嚇しても口を利かなかったアスタルテは、マンフレッドの願いに応えて「マンフレッド！」と呼びかける。これを聞いたマンフレッドは、「もつと続けて呉れ、もつと。俺はその声にのみ生きるのだ。――さうだ確かに御身の声だ。」と唯一の希望を抱く。アスタルテは、「だが、もう一言。俺は許されたのか。」という問いかけには「さようなら。」と答えず、マンフレッドが続けて「どうか、もう一言。俺を愛してゐると云つて呉れ」と懇願すると、「マンフレッド！」という言葉を残して消えてしまう。アスタルテがマンフレッドに許しを与えたか否かは微妙であるが、マンフレッドが魔に魂を渡すことなく、自分の罪を背負ったまま傲然と死ぬ、つまりマンフレッドという固有の存在のままで死ぬための後押しをする役割であると言える。これに対して、先に述べたように『蓬萊曲』においては、〈自己棄却〉と〈恋愛〉とは独立したモチーフとして設定されており、露姫と恋の魔は直接的には自己棄却に関わらない。素雄が恋の魔に露姫という仮像を要求し、しかも仮像に向かって実在の露姫に対するかのように語りかけるのは、「死の坑」に棲んで機を織りつつ「恨める男」を待っている露姫も、恋の魔と同質の狂気を持っているからである。更に言えば、素雄は恋の魔に対して「流石に、暗の源泉《みなもと》なる死の坑の鬼なるかな、／みにくき面《つら》なるよ。」「汝が醜くき面見ては、／流石にわれも語り難きぞ。」と軽口とも言うべき気安さで話しかけている。マンフレッドが精霊に向かって「俺の魂の上にかゝつた強い呪ひ、つまり俺の内にもあり、外をも取り囲む思念《おもひ》にかけて、俺は汝達を俺の意志に従はせて見せる。――さあ、現れて来い。」と、支配するか、されるかという緊張感を持って呼びかけるのとは対照的である。精霊達は最後の場面にも現れて、死にゆくマンフレッドの魂を自分達の側に取り上げようとするが、マンフレッドは頑強に抵抗しつつ死んで行く。アリマネスの下にある精霊は「土の児」たるマンフレッドに服従を迫る役割であり、対峙する関係にある。しかし、素雄の恋の魔に対する口調からは親しみすら感じるのであり、素雄と他界との心理的な近さが窺える。これは、第二場の鶴翁との対話を通して噴出した現世への憎悪と表裏一体の関係である。

素雄は、「露姫よ、露姫よ！／これを二度目なる今宵の逢瀬、／何ど物言はぬ。／露姫よ、露姫よ！　わが汝《いまし》を愛するは世に／言ふ恋にはあらぬかし。／何ど物言はぬ。／露よ露よ、わが汝を思ふは、世の物を思ふ／の情《なさけ》にはあらぬかし。／紅蓮《ぐれん》大紅蓮、浄園浄池ありとも、汝なくて／われに何の楽かあらん。／何ど物言はぬ。」と畳み掛ける。「紅蓮大紅蓮」について佐藤は、本来は八寒地獄の第七・第八の紅蓮地獄・大紅蓮地獄を指すが、「ここでは文意から見て、極楽浄土の池に咲く蓮華の意に転用したものか。」、また「浄園浄池」については「浄土の園や池。造語か。」と注釈を付けている。[18] 佐藤の注釈に従えば、「紅蓮大紅蓮、浄園浄池ありとも、」という形容は、世俗的には最も羨望される極楽の価値をも相対化するような、世俗性を超越した想念をイメージする表現ということになる。これは、第二場において鶴翁が去った後に素雄が、「汝あらば地獄いかで地獄ならん。／汝なくば極楽いかで極楽ならん。」と露姫に呼びかけるが、それと同じ想念である。「世に言ふ恋」「世の物を思ふの情」との差別化は、ミナとの恋愛において得た透谷の実感であり、想念である。「〔石坂ミナ宛書簡〕一八八七年九月四日」は、「君も御承知の如く日本人のラブの仕方は、実に都合の能き（御手前主義）訳に出来て居《れ》ります、彼等は情欲に由つてラブし情欲に由つて離るゝ者にしあれば、其御手軽るき事御手玉を取るが如し、吾等のラブは情欲以外に立てり、心を愛し、望みを愛す、」と、「日本人のラブ」の「情欲」から「吾等のラブ」の「心」という根拠を区別している。これが後年の評論において「高尚なる意あるものには恋愛の必要特に多し、そは其心に打ち消す可からざる弱性と不満足と常に宿り居ればなり、恋愛なるものはこの弱性を療じこの不満足を愈さんが為に天より賜はりたる至大の恩恵にして男女が互に劣情を縦にする禽獣的欲情とは品異れり。」（「歌念仏を読みて」『女学雑誌』甲の巻321号明25・6）と、プラトン的なエロス観へと発展していく。世俗の恋から差別化された地点は、透谷の体験に基づいた恋愛の立脚点であり、それが素雄の他との相違を強調する素朴な言い方に投影されている。

素雄は「其やつれし姿は、われを恨める心なりや。」と憶測しつつ、第一齣冒頭と同じく、世を捨てた経緯を再び語る。ただし、第一齣においては露姫との別れについて、「つらく別れし恋人は、はかなくも、／無常の風の誘ひ来て／無き人の数に入れりと聞きしより／花のみやこも故郷も／空しくなりて、われをのまむとする／菩提所《おくつき》のみぞ待つなる可し。」と、身を切られる思いをした上に露姫の死が厭世に拍車をかけたと述べている。それに対してこちらは、「恋てふものゝ綱手の力足らなくて、／世の荒浪に流れ出でゝは捨小舟《すておぶね》、／寄せてはかへり、かへりてはまた寄する／無情の波。」と、自分の遁世には恋の非力も関わっているのだという露姫への恨み言に変っている。この部分は、「思出れば／六とせの往日《むかし》に早やなりし、世に檄すること／ありて家出の心急《いそが》はしく世をはかなみつ、」と遁世の時点を明示しつつ始まる。既に指摘されているように(19)、「六とせの往日」には、明治十八年の透谷の自由民権運動からの離脱が重ねられている。「己れを迷ひつ如法闇夜《あんや》」「梨の杖ひとつ、これに生命《いのち》の導《しるべ》させ、」という措辞は、「富士山遊びの記憶」の「今の苦界は如何ばかりか、盟ひの友にも言ひ兼ぬる世みちを渡る杖ひとつほんに暗みとは月無き夜を云ふになん、日なき昼をば何と云ふ、」という戯作調に隠された苦渋、あるいは「此身には五尺の杖は唯一本少しも曲らぬ杉の杖」と反復される杖にすがる自画像と通底する。ただし、『蓬萊曲』では志操堅固を暗示する「杉の杖」ならぬ「梨の杖」であるのは、佐藤が指摘するように(20)、前行の「思ひ残すこと」を受けた掛詞（無し）であると共に、「生命の導」たる役割を果たさず「をちこちにさまよひて長の年月」が過ぎてしまった無力さも暗示していよう。このように透谷が自らの原像をこの部分に投影したことが、「想世界と実世界との敗将をして立籠らしむる牙城」（「厭世詩家と女性」）とはなり得なかったミナとの恋愛を引き寄せてしまったのであろう。

素雄は露姫に、「浮世の旅の修行の間を、／しばしは離れ乖《そむ》くとも／いつかは元の比翼の空、／高砂の尾上の松を下に見て／連れ飛ぶべしと思ひきに、げにつれなき別れなりし。／露姫！　露姫！　何ど物言はぬ。」と、二人の運命的な絆を懸命に訴える。連理の松比翼の鳥は古典的なイメージであると共に、プラトン的な霊魂半裁説を想起させるエロス的表現でもある。素雄は、露姫との「つれなき別れ」を体験しても、自分の責任としてその結果を引き受けるのではなく、恋愛を超越的な想念として捉え、求めようとする。マンフレッドは、アスタルテの亡霊に「俺が御身を愛し過ぎたと同じやうに、御身は俺を愛し過ぎたのだ。俺等が愛し合つたやうに愛するといふことは、致命的な罪悪であるかも知れぬが、俺等はかくもお互に苦しめ合ふために生れて来たのではなかつた筈だ。」と、実体的に二人の関係を捉え、互いの過ちを認める。しかし、素雄は、超越的なエロスが二人の上に降りてくるのを待っている。これに対し露姫は、「露なれば、露なれば、／消え行く可しと予《かね》て知る、／露なれば、露なれば／草葉の陰を宿と知る。／露なれば、露なれば／月澄む野辺に置く可しと知る、／露なれば、露なれば／ひとたび消えても再た結ぶなれ。／露が身を恋しと思はゞ尋ね来よ／すみれ咲くなる谷の下みち。」と、歌を返す。結びの短歌について森山は、長歌における反歌形式であることを指摘し、「恋しくば訪ね来てみよ」の歌は、本来託宣の形式に発し、「男女の歌の掛け合い同様、謎を解くことによって婚姻が成立する古い民俗であって、文芸の趣向に用いられてきた。その内容は「信田妻」の葛の葉の歌と同型である。」と述べている。[21] 露姫は、素雄に謎をかけることで更に他界の奥へと誘いこみ、深奥部のエロスと合体させる役割を担うと共に、「ひとたび消えても再た結ぶ」という儚さは、露姫の現世における死と他界での再生を暗示していると言えよう。

第五場「蓬萊原の五」では、素雄は再び仙姫に出会う。仙姫は、素雄の琵琶の音に合わせて「美くしや大空歩むひかりのひめ、／物をおそれずひとりたび、／星をあたりに散り失《い》なせ、／雲を行手に消えしむる。／われもひとり住むなり、この山に、／寂しと思ふけふこよひ。／松が枝伝ひて降り玉はずや、／かたり明さむ短夜を。／羽衣無き身を如何にせん、／君を恋ふとて舞ひ難し、／つばさ並べて舞ひたらばと／仇し思ひぞ是非なけれ。」と、月を仰いで歌う。「自らは楽し苦しを覚えねど」(第一場) と人間的な感情を持たなかった仙姫が、ここでは一人棲いを「寂しと思ふ」のである。琵琶が仙姫を呼び出したのは二度目である。琵琶が素雄の「分半者《つれ》」であり此界と他界の媒体であることと、素雄が蓬萊原の裾野からかなり奥の地点に達しているらしいことから考えて、素雄の境界的な性質が仙姫に作用する力が強まり、仙姫はその此界性に影響されたということになろう。また、仙姫が仙女の象徴とも言うべき「羽衣」を持っていないことも注意される。境界的な空間には此界的な要素も入り込むのであり、透谷は、「紛錯乱綜いづれをいづれと定め難し」（「処女の純潔を論ず」）という「幻界」の特徴をここでも形象化したのであろう。素雄が、「仙姫よ、仙姫よ、露姫は君に其儘似たる者／よ、仙姫よ、仙姫よ、君は其儘露姫なるよ。／露姫！露姫！　わが汝《いまし》思ふ心知らずや。」と切々と訴えると、仙姫も「其の露姫に似たると云ふ、／君が恋人に似たると云ふ／わなみも今宵は、何故か寂しき心地のする。」と、素雄の「悲さ」に呼応する。「寂びしと思ふ心地けふまでは覚えざりし、／何故とも知らず寂しきなり。」と、仙姫は、琵琶によってもたらされた人間的な感情を通して素雄の悲しみに共鳴することが可能になったのである。仙姫は、「寂しき心地」のままに素雄を自分の棲家に誘う（第三齣第一場「仙姫洞」）。

仙姫洞では、蓬萊原の全ての物に訪れた眠りが素雄には訪れない。素雄は「なほあやしきは露姫なり。我が安まぬ／胸の彼には通はずやある、彼がむかしの／恋はいかにせし？／眠てふもの恋の友ならじ、彼れの恋、／ありしまゝなれば、いかでおのれを／斯くまでに寂しき洞《いほ》に覚めて／あらせん。」と、この露姫が真の露姫であるのかを疑う。素雄は、今度は露姫を仙姫として捉え、「さても美はしや仙姫。いづこの宝の／山よりぞ、このめづらしき珠玉《たま》を取りもて／来て、誰がたくみの業《わざ》にてや彫《え》り成せるぞ／この姫を？」「天が成せる真の美」「霊ぞ神ぞ、おごそかなる！」と賞賛する。「緩くは握れど、きみが掌中《たなか》には、尽ぬ／終らぬ平和と至善、／かたくは閉づれどきみが眼中《まなか》には、不老不死《おひずしなず》の詩歌と権威をあつむるとぞ／見ゆる、」という形容からは、仙姫（と化した露姫）に「宇宙万有の上に臨める聖善なるもの」「聖善なる天力《ヘブンリー、パワー》」（「他界に対する観念」）を具現化するという透谷の意図が窺える。イメージとしてはベアトリーチェである。しかし、ここでまた、素雄は、「抑も誰やらんこの姫は？　わが露姫／か？　いな、われ然らぬを悟りぬ。／然らぬか、然らぬか、わが露姫の姿なるを／いかにせん。是幻なる可きや？　これ現なる可きや？／これ実なる可きや？　これ偽なる可きや？／わが想と、わが恋と、わが迷とが、ともに／わが為のたくみとなりて／この原に、露姫を、この原の気より／つくりいでしや？」と、煩悶する。素雄が「この原に」「この原の気より」と、蓬莱原の他界性を強く意識しているのが注意される。先に述べたように、境界的空間である蓬莱山は、「仏か魔か、魔か仏か、一なるが如く他なるが如く紛錯乱綜いづれをいづれと定め難」い、「幻界」的性質が濃厚である。それと共に、恋の狂的な性質が他界に属すること、他界との呼応によって生じることが、改めて表出されている。

ここで素雄は、「笑止、笑止、誰に科あらん、われを迷はせし／もの、このおのれの外ならぬに、われを眠らせぬもの、このおのれの外ならぬに。」と、我に返る。この台詞は、作品のテーマがまた〈自己棄却〉へと戻る予告である。素雄が「わが暗に求め、光に叫び、天にあさり地／に探れる露姫は、／このくるしき胸の、乱るゝ絃《いと》をおさむる／者にはあらぬ。」と、打ちのめされ露姫を起そうとしているところに、青鬼が哄笑しつつ現われる。青鬼は、「恋とはいかなる痴愚《しれもの》を迷はす雲ならん、」「仮な／る、偽なる、まぼろしなる恋てふもの故に／――人の美はしき顔《おも》は値なき動物《いきもの》のひとつ／と見ゆるぞあはれ！」と、辛辣な言を吐く。これに対して素雄は、「扨は一度も恋てふものを味はぬ鬼よな、汝／が蒼き面《つら》にては、誰が恋衣縫ふおろかをせ／ん。何ど変化《へんげ》の術をもて、美くしき男となり／て、世に来り、優しき乙女の門《かど》に立たずや。」と、恋の体験を勧めるのみで、本質的な反論をすることはできない。素雄の答えを聞いた青鬼は、「戯むれぞ。われ恋てふものに狂う愚《おろか》ならず。／わが婦《おみな》を見るときは、其の何が故に優しき／かを疑はぬ事なし。／美なし、情なし、わが胸には。いかで汝《いまし》が迷／へるこゝろをくむを得ん。／来よ、この仙姫を呼覚して彼が恋心いかな／らんを尋ぬべし。」と素雄をそそのかす。ここには、「美なし、情なし、わが胸には。」という人間の情を持たないいかにも鬼らしい台詞とは裏腹な、女性への猜疑心が露呈されている。これは、「嗚呼不幸なるは女性かな、厭世詩家の前に優美高妙を代表すると同時に醜穢なる俗界の通弁となりて其嘲罵する所となり、」（「厭世詩家と女性」）と述べるようになる、透谷の女性への覚醒を代弁していると言える。

素雄は青鬼に、「さても汝《いまし》が顔色の蒼く苦きことよ、／何に悲しきことありて然はなれる。」と、恋の魔に対するのと同様に気安く、むしろそれ以上に同情的に話しかけている。青鬼は、「御山にはわが権《ちから》の元なる王《きみ》住みて、われに／は山の根を守れと命じ玉ひて登ることを許／されず。」という魔の最底辺にとどまることを強いられており、影響力が極めて限定されているという点で恋の魔よりも哀れな存在である。蓬萊原は「鬼と魔が身を養ふ可き、気の中の物」が非常に希薄であるため、いわば栄養不足で「蒼く苦き」顔になってしまい、恋に迷う「痴愚」を嘲笑して憂さ晴らしをする他はない、鬼の中でも卑小な存在である。素雄も鬼の話を聞いて、「実にあはれなる鬼よ。／鬼の中にも汝が如き幸なき者を見るはわが／期《おも》はざりしところなる。」と、同情を禁じ得ない。このように、人間から見ても卑小でありその魔力を恐れるに足りない青鬼であるからこそ、素雄は、「其仙姫はわが物なれば汝が荒さべる手を触《つ》／けしむること能はず。」「然れども、われ必ず汝を誡めん、こ／の仙姫を覚ます勿れ。」と、青鬼の挑発、あるいは戯れを厳しく斥けることが可能なのである。卑小とは言え、どんな魔力でも仙姫（露姫）に近づけてその神聖さを害わせてはならない。この設定には、実世界の恋愛には既に覚醒し、現象としての恋愛に対しても疑念を持ちながらも、なお恋愛という想念を存立させようとする透谷の意思が表れている。「其仙姫はわが物なれば」と素雄がいみじくも述べているように、素雄は仙姫（露姫）の実態に関わらず、「彼自身の意匠」（「厭世詩家と女性」）である恋愛を把持しようとするのである。素雄の恋愛を直接的に妨害しようとするのが卑小な青鬼でしかなく、素雄はそれを簡単に阻止できたという設定に、恋愛という想世界の最後の砦が崩壊してしまうことへの透谷の深い恐れが窺える。

青鬼は、恋愛というテーマの維持に関して重要な役割を果たしていると共に、蓬萊山における魔のヒエラルキーを語ったことにおいて、この境界的空間が邪悪な魔力に支配されていることを示し、登攀を続ける素雄がいずれ「わが権の元なる王」と対峙しなければならないことを改めて告げている。破滅の予感を新たにしつつ、場面は第二場へと進行する。

㈣　大魔王との対話

遂に素雄は蓬萊山頂に達し、「大地は渺々、天は漠々、／三界諸天の境際明らかなり。」と、一切衆生が生死輪廻する全世界を見下ろす。素雄が遥かに眺めているのが、「三界諸天」「六道八維」という輪廻を免れ得ない世界の極限であることに、蓬萊山の境界性が象徴されている。それはまた、「鉄囲――金剛――須弥、――幻現二界の中／に眺《み》る。」という「幻現二界」の幻と現実が交錯する状態からも窺える。素雄は「無辺無涯無方の仏法も、玄々無色の自然も、／この霊山に於てこそ悟るなれ、／こざかしき小鬼！、無益《むやく》なる世の智慧！／大地大ならず、蒼天高からず！／我眼《まなこ》！　我心眼！　今神に入れよ、／この瞬間《ひととき》をわが生命の鍵とせん。」と叫ぶ。ここには森山が指摘するように、[22]「無辺無涯無方の仏法」という仏教思想と「玄々無色の自然」という老荘思想とが混在している。また、「大地大ならず、蒼天高からず！」は、「富士山遊びの記臆」の漢詩の一節、「四望意気豪　山是不高気是高」と共通する心性である。ここからは、透谷が、富士山頂での超常的な感応体験に基づいて後に「内部生命論」において「瞬間の冥契」性を強調するようになる、超越のまさに「瞬間」を表現せんとしていることがわかる。「玄々無色の自然」に類似する表現は、佐藤が指摘するように、[23]「松島に於て芭蕉翁を読む」の中にあり、「我も凡ての物も一に帰し、広大なる一が凡てを占領する」「冥交」「契合」状態として「玄々不職の中にわれは「我」を失ふなり」とされている。これは老荘思想的な語彙であると共に、透谷のインスピレーション体験を表現する語彙でもある。しかし、蓬莱山頂での神秘体験に仏教的、老荘思想的語彙を多用していることは、「他界に対する観念」に表れている透谷の東洋的他界思想に対する批判から考えて、「聖善なる天力《ヘブンリー、パワー》」及び「邪悪なる魔力《サタニック、パワー》」の中心には至っていない霊山における神秘体験の限界をも示していよう。

「幾千仭」の断崖の上に立った素雄は、「人か？　神か？　人の世は夙く去りて／神の世や来れる？／神ならねば、いかで、この業は？」と、自分も遂に神になったのかと自問するが、「依々《なほ》形骸《むくろ》あり！　形骸、形骸！／塵の形骸！　昨日の儘の塵の／形骸！　咄、なほ人なる。」と、「形骸《むくろ》」を脱却し得ていないことに気づく。

天地に盈つる霊、照覧あれ照覧あれ、
日を鋳り、月を円めしもの、耳を傾け玉へ、
われ世の形骸を脱ぎ去らんと願ふこと久し。
霊山に上りて、魂《たま》は、魂は浄められしかども、
未だ存《のこ》る形骸やわが仇《あだ》の巣なる。
悪鬼夜叉に攻め立られて今迄の生命は、長
き一夜の、寝られぬ暗《やみ》の中《うち》。
脱去らしてよ、この形骸、この形骸！

素雄は、造物主に形骸からの脱却を祈る。これは、台詞としては第一齣の「つら〳〵思へば、このわれも、／世の形骸だに脱ぎ得たらんには、／姫が清き魂の飄々たる蝴蝶をば、／追ふて舞ふ可し空高く。」という登攀の直接的な契機と対応する。しかし、それは他界のエロスとの一体化（〈恋愛〉）というモチーフを中心化した場合であり、

現世との対峙、葛藤に照準を合わせた場合は、「おのれてふもの」の棄却（〈自己棄却〉）が対応するモチーフになる。

「おのれてふもの」の棄却は、「おのれてふ物思はするもの」「おのれてふあやしきもの」「おのれてふ満ち足らはぬがちなるもの」（第二齣第二場）として把握されており、必ずしも「形骸」つまり肉体の桎梏としては意識されていなかった。霊山に登って魂を清めるという発想に関して佐藤は、『神曲』の浄罪山の構想との関連も考えられるが、七つの台を回りつつ、大罪の一つ一つが浄められるとする中世キリスト教よりも、六根清浄の題目を唱えつつ、頂上で祈願をする富士講等、山岳信仰の延長上にあると考えた方がよさそうである。」と述べ、「富士山遊びの記憶」に見られる富士講への言及に触れつつ、「透谷の感性はその知的理解を裏切って、素朴な山岳信仰を受け入れやすい性質を持っていたといえよう。」と推察している。[24] 形骸からの脱却という発想について森山は、「マンフレッド」の形骸観、旧約聖書「創世記」第三章の「お前は塵だから、塵に返る」という形骸観に基づく「死の宿命」観、『荘子』徳充符篇における「真の徳すなわち形骸を超えた高い内面性をもつ超越者」への志向といった思想が混融していると述べている。[25] 佐藤、森山が指摘するように、登攀直後の感慨を述べているこの場面では、透谷の富士登山における身体感覚が濃厚に投影され、また、実存を賭けた登攀を果たした素雄にその意味を確認させるべく自己の存立の根拠を問い直す発言をさせたということになる。確かに、素雄は、ここに至るまでに「塵のわれ」（第一齣）「塵の児」（第三齣第一場）と肉体性を塵として捉えているが、素雄の自己棄却の関心の持ち方に即せば、桎梏を形骸に帰着させるのは自己把握を単純化、形式化してしまったという印象を否めない。更に言えば、津田洋行が「キリスト教でいえば、霊は肉によって堕落するのである。「魂」（霊）が浄められているならば、「形骸」（肉）はすでに克服されていなければならない。」と指摘するように、[26] キリスト教とも老荘思想とも異なった、魂と形骸の奇妙な分離を見せるのである。素雄の台詞が、第一齣における「空中の声」の「まだ罵るや塵の生物！／狭き世の旅は早や為さずとも、／わが住む山に登れかし。高き神気を／受けなば誤れる理の夢の覚めもやせん。／雪を踏みて登らずや神の力持て。」という挑発に照応し、「塵の生物」と「神の力もて」という視点に沿っていることに注意したい。即ち、この場面の素雄は、己が形骸性を過剰に意識しており、「聖善なる天力《ヘブンリー、パワー》」たる造物主に祈ることによって、他界の「邪悪なる魔力《サタニック、パワー》」と対峙し得る此界の人間という役割を担うのである。

　素雄の蓬莱山登攀は、他界の内奥から誘導するエロスと表層的に挑発する大魔王という二重の要因を持ち、登攀の過程において対話という契機を得ることによって、破滅的な自己や現世への憎悪が噴出し、突出してしまった。しかし、ここでの素雄は、そのように突出した地点から発言しているのではなく、登攀し大魔王と対峙するという役割に即して発言しているのである。山頂に大魔王が棲むという設定について津田は、『新約聖書』の「マタイによる福音書」中のイエスが高山でサタンの試練を受けた例を挙げて、「高峻な山岳には悪魔が住むという発想は、西洋、特にキリスト教に特有なものである。」と述べ、「透谷が蓬莱山＝富獄に大魔王を住まわせたのは、明らかに『マンフレッド』を通しての西洋の山岳観（ルソーとは違う悪の象徴）を下敷にしている。」と指摘している。[27] 津田の指摘からも窺えるように、『蓬莱曲』の構想には、他界的な空間における「邪悪なる魔力《サタニック、パワー》」を体現する「遠大高深なる鬼神」が必要不可欠だったのである。

　素雄の祈りを聞きつけた三個の鬼王が小鬼を率いて登場し、素雄に服従を迫る。そこに大魔王が現れて「うち捨てよ、引去れよ、鬼共。／この男、塵とは言へど面白き、／骨のあればぞ、こゝへは呼びしなれ。」と、鬼共を退ける。素雄に対する鬼共の態度とそれを退ける大魔王の設定は、「マンフレッド」のアリマネス大王とそれに付き従う精霊達にほぼ同じである。ただし、マンフレッドが誘われることなく自らアリマネス大王の宮殿に入っていったのとは異なって、大魔王は、「こゝへは呼びしなれ。」と素雄の登攀を促したことを明らかにしている。「マンフレッド」との更なる相違は、「汝がことはわれ始め終り尽《み》な知る、」という大魔王が、「愍然《あはれ》塵の子かな！　抑も何故に斬くはなり／し。」と素雄に対する関心を露わにし、素雄もこれに応じてここまでの経緯を語ることである。「マンフレッド」においてこれに相当する場面は、マンフレッドとアルプスの妖精との対話である。マンフレッドは「大地の子なるこの俺が、汝をかく呼び出し、暫しの間汝を眺めることを許して呉れるであらうということを――。」と、「美はしい精霊」に呼びかけ、それに応えて「汝は俺に何を求めるのか。」と妖精が出現する。マンフレッドは、「汝の美はしさを眺めること」という一時の慰藉を求め、会話の成行で自分の過去を語ることになる。これに対し素雄は、対峙すべき大魔王に内心を曝け出してしまう。ここには、両者の敵対性よりも類縁性が露呈している。

素雄は「望にも未来にも欺かれ尽くし」た後、「自然《おのづから》にわが眼、塵の世を離れて高きが上に／弥高く形而上《かたちのうへ》をのみぞ注視《みつめ》」るようになり、「蒼空に精魂《たま》を舞ひ遊ばしめた」状態で、初めて恋を知ったと語る。恋は「この世の中に、忌／はしき地獄を排して、一朝に変れる極楽園」を造ったが、「忽如《たちまち》に悪鳥花を啄み去り、／暴風《あらし》も草をなぎて行けり、／恋てふ者も果なき夢の迹、これも／いつはれるたのしみと悲しみ初にき。」と、その虚妄を悟ったのである。これは「恋てふものゝ綱手の力足らなくて、／世の荒浪に流れ出でゝは捨小舟、」（第二齣第四場）という認識の変奏であり、恋愛の現世における、言い換えれば実世界における限界を再び語っている。ここにもミナとの恋愛、結婚が直截に投影されるのである。この後、素雄の自己把握は抽象的な次元に飛躍する。

おもへばわが内には、かならず和らがぬ両
つの性《さが》のあるらし。ひとつは神性《かみ》、ひとつ
は人性《ひと》。このふたつはわが内に、
小休《こやみ》なき戦ひをなして、わが死ぬ生命の尽

くる時までは、われを病ませ疲らせ悩ます
らん。

これは、「マンフレッド」の「主権者だと自ら名乗るわれ等、半ばは卑しい人間、半ばは神性を有するわれ等は、沈潜することも、飛翔することも出来ないで、やがては死によつて支配されるのだ。――われ等の混淆した本質は、その本質の中にある各々の要素を、互に衝突させ、堕落と矜持との息を吸ひ、賤しい欲望と高尚な意志とに対して闘ひを続けながら、遂に死に支配されてしまうのだ。」（第一幕第二場）という台詞をほぼなぞっている。「半ばは卑しい人間、半ばは神性を有するわれ等」とは 'Half dust, half deity,' であり、繰り返される「塵骸《むくろ》」「塵の児」という把握と通底している。しかし、マンフレッドが「主権者だと自ら名乗るわれ等（'we, who name ourselves its sovereigns,'）、あるいは「人間は――凡そ自ら名乗つてゐるやうなものではない。」（'men are—what they name not themselves,'）と、自分も含めた人間全体の宿命として語っているのに対し、素雄は自分に固有の特性として捉えている。それは、「内なる斯のたゝかひには、／眼を瞑《ふさ》ぎて、いたづらに胸の中なる兵士《つはもの》を／睨むのみ。」と外界を遮断して内閉的な心性を形成してしまう。マンフレッドは、神にも塵にも徹し得ない人間の限界を認識することによって、最期に至って「俺は俺の力を頼む。」「俺自身が俺の破壊者だつたのだ。」と、そのように不徹底な自己に徹する自己を獲得した。しかし、この特質を「内なるたゝかひ」として内攻させ、しかも「眼を瞑」いでしまう素雄に、マンフレッドのような究極の自己は現れない。素雄における自己は、まさに「このおのれてふあやしきもの」なのである。

「神性《かみ》」と「人性《ひと》」との葛藤という把握は、後に「心機妙変を論ず」（『女学雑誌』甲の巻328号　明25・9）において「此二者は常久の戦士なり。九竅《きうけう》の中にこの戦士なければ枯衰して人の生や危ふからむ。神の如き性を有つこと多ければ、戦ひは人の如き性を倒すまでは休まじ、（略）人の如き性を有つこと多ければ終身悩々として煩ふ所なく憂ふる所なからむ。この両者の相闘ふ時に精神活きて長梯を登るの勇気あり、闘ふこと愈多くして愈激奮し、その最後に全く疲廃して万事を遺る、この時こそ、悪より善に転じ、善より悪に転ずるなれ、」と、「人の生」に不可欠な構造としてダイナミックに論じられ、葛藤の極に大悟が訪れるという、「内部生命論」の「冥契」にも繋がる論理が成立する。しかし、ここにおいては「他界に対する観念」の中で'There are more things in heaven and earth,／Than are dreamed of in your philosophy.' と「ハムレット」の台詞を引用し、「我牢獄」で「デンマルクの狂公子を通じて沙翁の歌ひたる如くに我は天と地の間を蠕ひめぐる一痴漢なり、」と述べた意識に重なると考えられる。即ち、内部の相剋は、未だ葛藤から冥契に至る過程としては把握されず、帰属すべき基盤がない個の実存の実感として語られているのである。

素雄の述懐を聞いた大魔王は、「われ其たゝかひ／を止め汝を穏やかに、楽しき者となさん、」と言って、眼下の都を燃やし、破壊する。炎上する都を眺める素雄は、異様な感情の昂揚を見せる。

むつみ遊びしものも優しかりし乙女子も、
わが植たりし草も樹も、
ひとつは髑髏となりて路に仆れ、
他は死の色に変れる。あれ、あれいまはしや悪鬼ども灰を蹴立て、飛びつ躍りつ挙ぐるかちどき。
白鬼、黒鬼、赤鬼、青鬼、入り乱れ行き違

ひ、叫びつ舞ひつ、鼓撃ち跳ね遊び、祝ひ
歌唱ひ、酒筵ひろげ、酔ふてはなほも狂ひ
躍り、
落散る骨をかき集めて打たゝき、
まだ足らぬ、まだ足らぬと
つぶやく声のきこゆる。

「乙女子」が「髑髏」に変る死の光景は、やはり『性霊集便蒙』の「九相詩」を連想させる。「方乱想第五」には「玉顔亦膿血芳体徒敗腐」、「鏁骨猶連相第六」には「平生市朝華則今白骨人」と、美貌は膿となり麗しい体は腐敗し白骨と化すとあり、死が肉体を侵食する様を見据えて凄惨である。この凄惨さの直視が超常的な知覚の引金となって、素雄の眼は躍り狂う鬼を見、耳は彼等の勝鬨をとらえる。「九相詩」では「膚血異夜月青柳非復華」(「白骨離想第八」)「髏膝已尽滅棺槨猶成塵」(「成灰想第九」)と、死骨は決して甦らず、全ての骨はばらばらになりやがて無くなってしまうことを説く。しかし、素雄の眼下の光景においては、「落散る骨」を鬼共がかき集め更なる死骨を求めているのであり、「九相詩」の冷徹さには見られなかった欲望の生臭さ、悪意が感じられる。また、「白鬼」「黒鬼」「赤鬼」「青鬼」は、燃え上がる都の「白き火」「黒ろき火」「赤き火」「青き火」にそれぞれ対応している。これらは、それぞれ「高廈珠殿」「群籍宝典」「酣酔踏舞」「茅屋廃家」という人間の様々な欲望が燃える色であり、まさに人間の業火である。鬼共は人間の業に付け入るのであり、その魔力の前には為す術もない。鬼共の行為を描く憑かれたようなリズムは、「まだ足らぬ、まだ足らぬ」という際限のない蹂躙の欲望を呼び寄せる。鶴翁との対話において露呈し噴出してしまった人間への呪詛が、ここでは更に過激に人間というものの蹂躙へと突き進んでいる。亀井秀雄が、「悪鬼に自己同一化している表現」であり「深層構造的にみれば、素雄の願望を大魔王が実現してみせた」と指摘するように(28)、これは鬼共の破壊の快感に同化しなければ表出し得ない台詞であり、大魔王は素雄の隠された破壊願望を表に引きずり出したのである。

大魔王による都の破壊は、「人性」が発揮される舞台を消滅させることであり、「人性」という「形骸」からの脱却を祈る素雄の願望と表層的には整合する。しかし、素雄の蓬莱山登攀の根源的なモチーフは、「聖善なる天力《ヘブンリー、パワー》」を本質とする他界のエロスと一体化することにあった。この点から見れば、素雄と「邪悪なる魔力《サタニック、パワー》」の頂点に立つ大魔王は対立しなければならない。炎上する都を見て嘆き悲しむ素雄は、大魔王から「何ど左は悲しむぞ。」と尋ねられて、「出でしとて世はわがまことに悪む所ならず、／まことに忘れ果る所ならねばなり。」と答える。現実世界に対するこの愛着は、マンフレッドの覚醒と大きく異なる。マンフレッドにおいてはアスタルテ亡き後、「俺は何者をも恐れない。」「地上の何者かに対して、心秘かに愛情を感ずることもない。」という態度が一貫しており、「多くの時と骨折と、恐ろしい試練と、苦行とに依つて、俺は俺の眼を永遠といふものに精通させた。」(第二幕第二場)と、超人的な禁断の呪術力を獲得した。従って、アリマネス大王の宮殿で精霊達がマンフレッドに向かって、「この蛆虫奴、押し潰せ。切れ切れに引き裂いてしまへ。」と罵るのを「第一の運命の女神」が制止して、「彼の苦悩は不滅のもの。われ等の苦悩と同じことだ。彼の知識、力、意志は、天上の元素を制し止める己れの肉体と両立する限り、肉体などから滅多に生れ出ない位強いものである。」と説明するのも納得がいく。しかし、素雄の場合は、未だ地上への愛憎を抱えている。憎悪の感情については、大魔王が都の破壊という究極の形で体現させてしまい、相容れないのは愛情の部分ということになる。

大魔王は素雄にも恭順を迫る。これに対して素雄は、「叱！　悪魔！　狂ひぞ、狂ひぞ、／汝が雲の住居、汝が飛行の術、汝が制御の／権《ちから》はわが友とするに足《たれ》ど、／限なき詛ひの業、尽くるなき破壊の業は過／去未来永劫の我が仇ぞ。」と抵抗する。地上への愛情を梃子にして、他界性という点では魔と同じ次元を共有しても、その性質は正反対であることを強調する。素雄は更に、「往け、往け、往かずば、わが真如の剣《つるぎ》の／鋒尖《きつさき》を見せんか、いかに。」と、「聖善なる天力《ヘブンリー、パワー》」によって戦おうとする。大魔王は「滅ぼすは易き業なれど、滅ぼすは、／滅ぼすは、泡沫を消すより迅速《はや》けれど、／流石に、汝を滅ぼさんには。」と躊躇しつつ、素雄を殺すのではなく、手足の力を奪い萎えさせてしまう。マンフレッドが、精霊達への支配力によって悪魔から同質性を認められるのに対し、素雄はその他界性が曖昧であり、道士の鶴翁に「おのれてふもの」を顕示した後、恋の魔や青鬼に親しげに接し、大魔王に対しては己れの内面を吐露する一方で対決の姿勢を明らかにする。即ち、大魔王に「流石に、汝を滅ぼさんは。」と言わしめる程の呪術力を示す場面もなく、また「聖善なる天力《ヘブンリー、パワー》」へと収斂するには性格設定が希薄であるため、この対決は唐突な印象を否めない。大魔王が素雄を弄んだ後、「わが力知らずや。／あはれのものかな！　思ひ知れ！／いざ行かん、空しく時を費やしけり。／おさらばよ、塵！」と言い捨てて消えるのも、「マンフレッド」の最終場面（第三幕第四場）において精霊がマンフレッドの魂を奪おうとする緊迫感はなく、戯れの口調である。手足の力を無くしてしまうという設定は、「マンフレッド」の最終場面において、マンフレッドの魂を救うべく登場した僧院長に対し、マンフレッドが、「あれを御覧になれば、歳老いた貴方の手足は麻痺れて不随になるかもしれません。」と警告を発して引き取らせようとする件に着想を得ているであろう。僧院長は、「俺は今までたゞ一人で生きて来た。同じやうに一人で死ぬのだ。」というマンフレッドの屹立した意志を翻すことはできなかった。その僧院長が蒙るかもしれぬ危害を模して素雄に与えている点に、「聖善なる天力《ヘブンリー、パワー》」の求心力の弱さが窺える。透谷は、現実世界の破壊願望という素雄と大魔王の接点を作ってしまった上で「天力《ヘブンリー、パワー》」と「魔力《サタニック、パワー》」を峻別し、素雄に「天力《ヘブンリー、パワー》」を体現させようとしたのである。この場面では、「天力《ヘブンリー、パワー》」に発する他界のエロスは直接的には現れない。即ち、潜在願望と理念が乖離した状態で善悪の対決の構図を描いているので、対決のモチーフが脆弱になってしまうのである。

大魔王に弄ばれた素雄は、「無念、無念、われなほ神ならず霊ならず。／死ぬ可き定にうごめく塵の生命なほわれに／纏へる。」と自分の宿命に絶望し、「この身、生きて甲斐なし、ありて要なし。／思ひ極めて、いで一躍して奈落の真中に！」と自死を決意する。この決意に至る経緯に関して森山は、「大魔王が都を炎上させたのは、素雄の退路を断って、結果的には死によるエロス再生に手を貸したことになる。」と述べているが[29]、エロス的願望の根源性から考えて妥当な読みである。蓬萊山という境界的空間における悪の勝利と善の敗北をも超えた次元から、他界のエロスは発するのであり、透谷は些か性急に素雄をその地点へ赴かせようとしている。

断崖から今まさに投身しようとした素雄を抱き止めたのは、第二齣第三場でも登場した樵夫の源六である。この設定も従来指摘されているように、「マンフレッド」におけるマンフレッドと「羚羊猟師」との対話の場面（第二幕第二場）を模している。ただし、「羚羊猟師」がマンフレッドの苦悩の突出を際立たせるために、善良で純朴な性質を賦与されているのに対し、源六は先の場面においても、またここでも、素雄が更に他界の奥へ踏み込む決意をする契機をもたらす役割を果たしている。源六が「おそろしく狂ふかな。さても旅人よ、／この琵琶を覚へずや。わが鬼ならぬはこれ／にても知りたまへ。」と言って、素雄が仙姫洞に残した琵琶を差し出すと、素雄は、「往け！　逝け！　わが先駆せよ！」と叫んで琵琶を投げ下ろしてしまう。「自然《かみ》の手に弾かれて、わが胸と汝が心《むね》とを／契り合せつゝ、／落ち行くなり、落ち行くなり！／ヱー、ヱー其音は、ヱー、ヱー其の琵琶の、／ヱー、ヱーわが琵琶の其音はわれに最期を／促するなる！」と、落ち行く琵琶の音を聞きつつ、素雄は自死の決意を更に固める。森山が指摘する通り[30]、「琵琶は最後の瞬間まで、素雄の伴侶であり案内者であった」のであり、「別篇　慈航湖」の冒頭で露姫が琵琶をかき鳴らしつつ素雄の目覚めを促していることを考え併せれば、「「自然の手」に弾かれて鳴る琵琶の音は、素雄をして死を通して他界に再生させる合図でもあった。」ということになる。

素雄は、源六を振り切って投身しようとするが、源六は、「危ふし、危ふし、さても怪しの旅客《たびゞと》かな。」とそれを阻もうとする。身動きの取れない素雄は、「来れ死！　来れ死！／この崖を舞ひ下らでも、わが最後の力、世／に充つる精気の力と相協《かな》ひてわが死を到す／に難きことやある。」と死を招き入れる。透谷が素雄に投身という形を取らせなかったのは、佐藤善也が指摘するように[31]、死の訪れを受け止めるマンフレッドの臨終場面の示唆もあろう。

「マンフレッド」からの影響をもう一箇所挙げるとすれば、第二幕第二場において断崖に佇むマンフレッドが、「俺は衝動を感ずる――が、飛び込まない。危険であることは分つてゐる――が後へは引かぬ。俺の頭はぐら〳〵する――けれども足はしつかりしてゐる。何か俺を引き止める一種の力がある。その力が、生きることこそ俺の宿命だと強ひる。」と、投身の衝動に駆られながらも踏みとどまる場面を考えることができる。しかし、マンフレッドが、死が向こうから訪れるまでは自らの苦悩を一身に引き受ける宿命を確認しているのに対し、素雄は自己の生を全て自己に帰属させるために思いとどまるのではない。源六の阻止があったからこそ、文字通り身動きが取れなかったのである。源六の阻止は、奈落への投身よりも直接的な形での死との一体化を引き寄せることになる。「わが最後の力、世／に充つる精気の力と相協ひてわが死を到す／に難きことやある、」という言い方に注意したい。素雄と「世に充つる精気」、即ち他界の気とが呼応し、協働することによって、死は素雄の体内に入り込むことが可能になる。素雄は源六に投身を阻止されたことによって、宿命の確認ではなく、死に至る他界のエロスとの一体化という本来の願望を確認し、実行し得たのである。

死！　来れるよ汝《なんぢ》！
来れるよ汝！笑めるもの！
来れ、来れ、疾く刺せよ其針にて。

いま衰ろへぬ、いま物を弁えぬ、いま消え
行く、いま死、いま死！　死よ、汝《いまし》を愛す
なり。死よ、汝《いまし》より易き者はあらじ。
おさらばよ！

「来れ、来れ、疾く刺せよ其針にて。」は、新約聖書の「死の棘」に由来する措辞であるが、性的な暗喩ともとれる表現であり、全く無防備に死を迎え入れる素雄の姿がある。「いま死、いま死！　死よ、汝《いまし》を愛す／なり、」と、死への呼びかけは、'imashi' という一連のリズムとなって恍惚感をもたらし、「汝を愛すなり」と感極まった言葉が吐かれる。善と悪の対決、そして善の敗北もその中に溶解してしまうような形で、他界のエロスは素雄の上に訪れるのである。

大魔王は、素雄に内閉する自己を語らせ、現実世界の破壊という潜在願望をも露呈させてしまった。その一方で、都の炎上は素雄に愛着の情を抱かせ、エロス的感情を喚起することになる。「限なき詛ひ」と「尽くるなき破壊」を業とする大魔王は、反エロス的存在であり、両者の本質的な対立はエロス性をめぐってということになる。しかし、エロス性は対決の直接のモチーフにはならず、素雄は「真如の剣」という理念的な立場から大魔王に抵抗し、善と悪の対決の構図が描かれる。大魔王に弄ばれた素雄は、敗北感に打ちのめされて投身しようとするが、源六に阻止されて、本来の願望であった死に至る他界のエロスを呼び寄せることとなる。大魔王との対決は、本質的な対決点を鮮明にし得ないまま破壊願望という類縁性を引き出し、図式的な対決から敗北への構図は、素雄の性急な自死の決意を端緒として他界のエロスとの一体化という根源的なモチーフに回帰することになる。このように、大魔王との対話は、対決軸のずれが身体性と理念性のずれを引き起こしたままで展開するという、迂回と飛躍を孕んだ他界のエロスに到達する経緯なのである。

(五)「慈航湖」の世界像

『蓬萊曲』の別篇である「慈航湖」は、未定稿である。「蓬萊曲別篇を附するに就て」という透谷の但し書きがあり、「余が自責《セルフ、トーメント》の児なる蓬萊曲は初め両篇に別ちて世に出でんと企てられたり。即ち素雄が山頂に死する迄を第一篇となし、慈航湖を過ぎて彼岸に達するより尚其後を綴りて後篇を成さん」と、当初の構想が述べられている。「慈航湖」とは、佐藤善也によれば(32)、「慈航」即ち弘誓《ぐぜい》の船が渡る湖のことであり、「衆生を彼岸（悟りの世界）に救いとろうとする仏の誓願を舟にたとえたもの」を指す。彼岸に達するためには、「三界諸天」を見下ろす、いわば輪廻する世界の極限に聳える蓬萊山から更に水の境界を渡らなければならないのである。この構想に関して佐藤は、藤村の「亡友反古帖」に「彼が二十二歳より二十三歳の頃までの反古と思はるゝ者」として「地獄極楽巡遊日記」が挙げられていることから、ダンテの『神曲』の影響を推察している(33)。「亡友反古帖」には、この他にも同時期の構想として「人間村漫遊記」「別乾坤探索日記」があり、佐藤が指摘するように、人間界の諸相と異次元界の諸相への関心を窺わせる題名は『神曲』の影響を想起させる。

蓬萊山から慈航湖を経て彼岸へ、という彼岸へ至る世界構造も、浄火の山を登ってレーテ及びエウノエの川を渡り天堂に達するという『神曲』の世界構造に類似する。残された「慈航湖」からはどのような彼岸の世界像が窺えるだろうか。「慈航湖」は、露姫の次の台詞から始まる。

　これは慈航の湖《うみ》の上。波穏かに、水滑らか

に、岩静かに。水鳥の何気なく戯はれ游げる。松の上に昨夜《ゆふべ》の月の軽く残れる。富士の白峯に微けく日光《ひのめ》の匍ひ登れる。おもしろき此処の眺望《ながめ》を打捨てゝ。
いざ急がなん西の国。

従来指摘されているように、この部分の措辞は、謡曲「竹生島」「羽衣」等に示唆されていると考えられる。「所は湖の上、所は湖の上、国は近江の江に近き、山々の春なれや、花はさながら白雪の、降るか残るか時知らぬ、山は都の富士なれや、」（「竹生島」）「げにのどかなる時しもや、春の気色松原の、波立ちつづく朝霞、月も残りの天の原、及びなき身の眺めにも、心そらなる気色かな。」（「羽衣」）と、これらの道行に見られる湖、波、富士、松、残りの月という景物とほぼ重なっていることがわかる。即ち、霊力が宿る典型的な風景美である。「竹生島」ではこの後「九生如来の御再誕」なる弁才天が現れ、「羽衣」では漁夫の白龍に羽衣を返してもらった天女が、「南無帰命月天子、本地大勢至」と礼拝して「東遊の舞」を舞う。「本地大勢至」とは「月天子の本地である大勢至菩薩、の意」[34]であり、いずれも仏が神の形を借りている。露姫も「いざ急がなん西の国。」と、彼岸を目指して船を漕いでいることは明白であり、神仏の霊験新たかな地へと移行する空間という点で謡曲的空間と共通する。しかし、露姫が、「おもし／ろき此処の眺望を打捨てゝ。／いざ急がなん西の国。」と言っていることに注意したい。「打捨てゝ」とはかなり強い口調であり、霊力が及ぶ範囲として出発地から到着地への連続性を前提とする「竹生島」や「羽衣」には見られない、「慈航の湖」と「西の国」との次元差を暗示する言い方である。これは、『神曲』の、地上の楽園からレーテの川を渡って彼岸に至り、更にエウノエの川を渡って天堂に達するという構想が、透谷の念頭

られき）の跡をこの中に見る[36]」と宇宙の原理を説く（「天堂」第一曲）。その後も神の摂理を教えつつ天界を上って行き、遂に至高の第十天（天堂）に到達する。ベアトリーチェは、ダンテを伴うという行為だけではなく、天の摂理をも教えることによってダンテが高次の天界へ上っていくことを可能にするのである。即ち、『神曲』においては、神の摂理を理解することによって更なる次元への上昇が可能になるという、厳然たる次元差と秩序によって世界が成立しており、ベアトリーチェは、ダンテを導く存在として不可欠な役割を果たしているのである。しかし、露姫は、ベアトリーチェのように自分の行動の意味を神の摂理において語る機会を与えられていない。従って、行為としては素雄を彼岸へと伴っても属する世界の次元差はあまり感じられず、先導者としての存在感が希薄である。素雄もまた、露姫に「露姫よ、一昨日は恋の暗路《やみぢ》の侶連《つれ》、／昨日は世の苦悩《なやみ》の安慰者《なぐさめ》。／昨夜《ゆふべ》は変りて眠を乱す者なりしを、／忽ち今朝は倶誓の慈航の友。」と呼びかける。ここには先導者として露姫を仰ぎ見る眼差しはない。「一昨日」から「昨夜」までの一連の不安定な関係性が「忽ち今朝は」と至上の恋愛へと一躍したことに対して、人智を超えた彼岸の力を感じ、驚嘆するばかりである。未だ彼岸の周縁部にしか位置し得ないという点において、露姫と素雄はほぼ同質である。露姫は、ベアトリーチェのようにダンテをより高い地点へ導く性質は与えられていない。冒頭の「おもしろき此処の眺望を打捨てゝ。」という次元差の暗示は暗示のままに終って、その世界像は示されない。

露姫における先導者という役割とその内実の希薄さは、作品の展開に歪みをもたらす。素雄と露姫の傍らに霊鳥が止まり、「悟れ！　悟れ！　夢より醒るもの。／祝へ！　祝へ！　世より帰るもの。／魔はこれより汝が敵ならず！／よろづのもの尽《み》な汝が友なる可し！／たのしめよ、たのしめよ！」と寿いで飛び去る。全てのものが無条件に親和的な状態にあるとすれば、そこからは序列も階層も生まれず、中心も存在しない。ダンテのように一つずつ上天を目指す必要はない。関良一は、「透谷子漫録摘集」の明治二十三年九月九日に「「新蓬萊」なるもの書き初めたり。琴のねきよくひくときにひとりの女出て来りてそゞろに感ず。これが弁才天なること。」という記述があることに着目し、「「弁才天」は、文学的には謡曲「竹生島」が隠約のうちに働いていたのではないかと思う。」と推測している。(37)「慈航湖」での露姫の原像は、弁才天に拠っているということになろう。そうであるとすれば、弁才天の本地は如来であるという説に示唆を得て、如来、菩薩という悟りの次元に応じた仏の呼称を模しつつ、彼岸における露姫の位置を明確にし、どの程度神の摂理及び彼岸の世界構造を語らせるかを定める書き方もあったであろう。実際、透谷は、蓬萊山頂の場面においては、「三界諸天」「六道八維」と、仏教的用語を借りて、蓬萊山が境界的空間の極限に位置することを示してもいた。しかし、透谷は、「慈航湖」においてそのように書くことはせず、「聖善なる天力《ヘブンリー、パワー》」と露姫を絶対的な序列における関係の中で捉えることはしなかった。

露姫が三度目に琵琶を鳴らした時に、素雄は入眠状態の中で「空しく澄むかな梵音。われ己れを悪魔の手／に任せ、——否な、任せしとは言へ、わが／好意《こころ》にて与へたれば。其の音いかに美くし／とも、其の調いかに甘しとも、わが地獄《よみ》の／路を閉づ可きや。」と口走る。これは、大魔王が都を炎上させて素雄の潜在願望を体現したことに対する罪の意識であるとも考えられる。しかし、彼岸に到達する過程においてそのような罪の改悛を求められることはない。「めづらしきこの和平《やはらぎ》の／湖は、これぞ神の境《には》に入る可き水ならん、」と素雄が語る「慈航の湖」は、素雄の罪もその中で浄化し去ってしまう。神は絶対的な頂点から罪人を裁くのではなく、彼岸により近い空間においてエロスの力を強力に発揮し、地上での善も悪もいわば絶対的なエロスの中に溶解してしまうのである。霊鳥は、「悟れ！　悟れ！　夢より醒るもの。」という言葉を残して飛び去ったが、この悟りは摂理の理解という理念的な性質ではなく、絶対的なエロスの享受である。露姫は、理念的な性質の先導者ではなく、既に彼岸のエロスを享受している者という意味での先導者である。「倶誓の慈航の友」とは、絶対的なエロスを共有する相手ということであり、附言にある「彼岸に達するより尚其後」は二人の永遠の恋愛の成立が中心になると想定される。しかし、序列や階層を設定しないままに永遠の恋愛を表現するのは、比較、差別化の対象を持たないため、極めて困難である。透谷は、後に「歌念仏を読みて」において、お夏と清十郎の恋愛について「其情は初に肉情《センシユアル》に起たるにせよ後に至て立派なる愛情《アツフエクシヨン》にうつり果は極て神聖なる恋愛《ラブ》にまで進みぬ。」「高尚なる意あるものには恋愛の必要特に多し、そは其心に打ち消す可からざる弱性と不満足と常に宿り居ればなり。恋愛なるものはこの弱性を療じこの不満足を癒さんが為に天より賜はりたる至大の恩恵にして男女が互に劣情を縦にする禽獣的欲情とは品異れり。」と述べている。「神聖なる恋愛《ラブ》」は、「肉情《センシユアル》」「禽獣的欲情」更には「愛情《アツフエクシヨン》」とも区別されることによってその内実を特定し得る。また、「弱性と不満足」があってこそ、それを充塡する存在として精神の方向性を示すことができる。

それでは実際に、どのように描けばよいのかということになるが、透谷は、「詩の神に入りたる詩人の為すところは説明に力を籠めずして却つて写実に精を凝らすにありき。（略）人間に不完全の認識あるよりして何物かを得て之を贖はんとの欲望は天地間自然の理なれば、此欲望の一転して他の美妙なる位地に思慕を生ずる実情を描写するを詩人の本領とは言ふなり。」（「歌念仏を読みて」）と述べる。「不完全の認識」即ち不満の自覚が前提にあり、そこから生じる欲望が高次の精神的世界を発見する心の動き、状態を描くということになる。この「不完全の認識」という前提、「弱性と不満足」という出発点を外してしまうとどうなるか。最初から「よろづのもの尽な汝が友なる可し！」という完全なる親和的状態を設定している「慈航湖」は、まさに「神聖なる恋愛《ラブ》」を描き得る前提を外してしまった状態である。

実世界に対する最後の砦、「理想の牙城」になる必要がない状態で、「禽獣的欲情」及び「愛情《アツフエクシヨン》」から〈恋愛〉を差別化するためには、理念的な表現を必要とする。透谷は、『蓬萊曲』本篇においては、仙姫の姿を借りた眠れる露姫を「堅く結べる其の花の口元には、時代《ときよ》をし／知らぬ春含み、（略）緩くは握れど、きみが掌中には、尽ぬ／終らぬ平和と至善、／かたくは閉づれどきみが眼中には不老／不死の詩歌と権威をあつむるとぞ／見ゆる。」と、理念的な美の体現として形象化していた。しかし、彼岸から素雄を迎えに来た露姫には高尚な精神を体現する言葉を与えない。露姫の像が漠然としており、「慈航湖」における露姫の言動に微かな違和感を覚えるのは、素雄を同じ世界の住人として迎え入れようとしているにも関わらず、「何ど物言はぬ。」（第二齣第四場）「何が故に眠る？」（第三齣第一場）という蓬萊山での無言の状況と同様に、「わなみこれを語る可き権なし。」と依然として他界を語る言葉を持たず、美的な形象化が実在感を伴わないためである。いわば、眠れる状態で捉えた露姫の美が、語り、動く存在としての身体を持たないのである。

透谷は、『蓬萊曲』別篇において、本篇で描いたエロスを探求する過程での障害、葛藤、対決を踏まえて、親和を前提とする根源的なエロスによって成立する世界の諸相と、その究極の一体化を描こうとしたのだと考えられる。根源的なエロスの世界においてこそ、素雄と露姫の永遠の恋愛、神聖なる恋愛が成立する筈であった。しかし、蓬萊山登攀の根源的なモチーフを牽引して来た露姫の言動、即ち肉声が消去された状態を、異次元の世界である「慈航湖」においても保持してしまったために、展開が甚だ困難になってしまった。根源的なエロスを神聖なる恋愛の基盤となる天上的な本質として捉えるならば、その表現は身体性と共に理念性も持たなければならない。しかし、透谷は、露姫に蓬萊山での不可解な態度の意味を語らせず、恋愛における超越の理念性を具体化する機会を逸してしまった。あるいは、理念を語る言葉が平板な説明になることを警戒したのかもしれない。しかし、露姫に彼岸の住人としての世界観を語らせなかったことは、逆に露姫の身体性も削ぎ落としてしまった。境界的世界との次元の相違が形象化されないままに、霊鳥は、「魔はこれより汝が敵ならず！／よろづのもの尽な汝が友なる可し！」と素雄に教える。蓬萊山における素雄の葛藤、激昂、対決は、境界的空間での行動として完結してしまい、彼岸との次元差を語る視座を形成しないため、この親和的な状態がどのように「肉情《センシユアル》」や「愛情《アツフエクシヨン》」とは異なる

〈恋愛〉の空間たり得るのかは見えてこない。透谷は、彼岸での身体性を語り急いで、それを表現として自立させるための差別化の視点は獲得し得なかったのである。

この理念性と身体性のずれは、既に本篇において生じていた。「真理《みち》の光」を探求する「修行者」である素雄は、蓬莱山麓に到着し、「空中の声」（大魔王）から登攀の誘いを受ける。従者の清兵衛から亡き露姫の夢を聞かされた素雄は、登攀によって「世の形骸《むくろ》」からの脱却を図ると共に、亡き露姫に再会しようと決意する（第一齣）。蓬莱原に登った素雄が自分の「分半者《つれ》」である琵琶を奏でると、もはや人間的な感情を持たない仙姫と化した露姫が現れる（第二齣第一場）。素雄は、道士鶴翁との対話によって現実世界への憎悪を突出させ、再び露姫の行方を探す（第二齣第二場）。蓬莱原の広野において源六から「死の坑」に棲む姫の話を聞いて（第二齣第三場）そこに赴くと、「死」の使者である恋の魔が現れ、露姫に姿を変えて、原の更に奥へと素雄を誘う（第二齣第四場）。再び仙姫に出会った素雄は、今夜始めて寂しいという感情を知ったと言う仙姫の洞窟に招かれる（第二齣第五場）。素雄は、眠る仙姫の美を賛えつつも仙姫が露姫と同一であるのか否か悩み、恋の本質を疑い、苦悶する。そこに青鬼が現れて恋を嘲り、仙姫に戯れようとするが、素雄はこれを制止して、「魂を洗ひ清めん」ために山頂を目指す（第三齣第一場）。このように、露姫の追跡というモチーフと真理の探求（形骸からの脱却）というモチーフが、露姫（仙姫）の中で重なる気配を見せつつも、平行して展開していくのである。

蓬莱山頂に達した素雄が大魔王に向って形骸の桎梏を語ると、大魔王は都を炎上させてしまう。素雄は、狂喜乱舞する悪魔の昂揚に同化する心性を見せると共に都への愛着を新たにし、「詛ひ」「破壊」と自分は相容れないと断言して、「真如の剣の鋒先を見せんか、」と大魔王に対決を挑むが、大魔王に弄ばれて敗北感に打ちのめされ、自死を決意する。断崖からの投身を源六に阻まれた素雄は、源六が携えて来た琵琶をまず投下し、体内に死を招き入れる（第三齣第二場）。大魔王との対決において真理の探求者としての素雄の性質が前面化されるが、素雄の心性に即せば、愛着という心情の有無、エロス性と反エロス性が対立の軸になる筈であった。本篇の極点であるこの場面において、エロス性とは善なる力の発露であり具象化された真理であることを明示したならば、作品の根源的なテーマである他界のエロスは、身体性と理念性を共に表現する視点を獲得したであろう。しかし、露姫の追跡という恋愛のモチーフと形骸からの脱却という真理探求のモチーフは、遂に結節点を持たなかった。あるいは、常に他界と素雄の介在者であった琵琶の役割を焦点化し、芸術的な親和力を身体化された理念として明示したならば、それも結節点になり得たであろうが、そのようには形象化されなかった。「慈航湖」における恋愛はその天上性を立体化する視点がないままに、エロスの絶対性を語ろうとする意識だけが先行して、実質的な表現の推進力は止まってしまったのである。

透谷は、『蓬萊曲』において〈恋愛〉という新たな思想を存在の根拠に関わるテーマとして展開しようとした。しかし、〈恋愛〉の他界性は、現実世界に対する激しい憎悪を噴出させ、炎上する都を幻視させる破壊力に至った。しかし、透谷が最も重視した他界の根源的なエロス性は、身体化された理念としては描き得ず、善悪の葛藤も対決もその中に溶解してしまう世界の入り口を描くにとどまった。一つのテーマが孕む破壊と親和、身体性と理念性のずれを露呈しつつ、遂に結節点を見出せないまま世界像の構築を中断してしまったことに、透谷の苦闘の先駆性を見ることができるのである。

注

（1）森山重雄『北村透谷――エロス的水脈』の「III『蓬萊曲』(1)『蓬萊曲』の基本構造」。
（2）（1）に同じ。
（3）『日本近代文学大系第9巻　北村透谷・徳冨蘆花集』のP70頭注5。

（4）執筆時期の推定は、『透谷全集』第1巻（昭25・7　岩波書店）の「解題」（勝本清一郎）による。掲載は、『女学雑誌』415号（明28・10）の「亡友反古帖」（島崎藤村）である。

（5）関良一「北村透谷と和漢文学」（『明治大正文学研究』24号　昭33・6）『日本文学資料叢書　北村透谷』（昭47・1　有精堂）所収。

（6）引用は『神曲　地獄』（山川丙三郎訳　大3・11　警醒社）による。

（7）佐藤善也『北村透谷、その創造的営為』（平6・6　翰林書房）の「II　変幻する重層世界『蓬莱曲』の劇空間」。

（8）以下、「高砂」「竹生島」「羽衣」の引用は『日本古典文学全集第33巻　謡曲集一』（小山弘志・佐藤喜久雄・佐藤健一郎　校注・訳　昭48・5　小学館）による。

（9）引用は『バイロン全集』第1巻所収の「マンフレッド」（岡本成蹊訳）による。

（10）（1）に同じ。

（11）『透谷全集』（明35・10　文武堂）所収。

（12）引用は“The Works of LORD BYRON Poetry. Vol.4”（OCTAGON BOOKS, INC. 1966）による。

（13）脱蟬子という号は、「孤飛蝶」（詩、『女学生』明25・8　夏期号外）「星夜」（小説、『女学雑誌』甲の巻322号　明25・7）「幽境の逍遥」（評論、『平和』3号　明25・6）「文界要報」（評論、『女学雑誌』甲の巻330号　明25・10）「閑窓茶話」（評論、『女学雑誌』甲の巻338号　明26・2）等で用いられている。

（14）『日本古典文学大系第71巻　三教指帰　性霊集』（渡邊照宏・宮坂宥勝　校注　昭40・11　岩波書店）に基く。

（15）引用は『真言宗全書』第42巻（昭9・11　真言宗全書刊行会）による。原引用本文には訓点がついているが、白文で引用した。

（16）（1）と同書の「III『蓬萊曲』(2) 仙姫と露姫・素雄の悲死と再生」。

（17）執筆時期の推定は『透谷全集』第1巻（（4）に同じ）の「解題」（勝本清一郎）による。初出は（11）に同じ。

（18）（3）と同書のP118頭注8、9。

（19）佐藤善也、（3）と同書の補注219、220。　森山重雄、（16）と同書。

(20)（3）と同書のP119頭注17。
(21)（16）に同じ。
(22)（16）に同じ。
(23)（3）と同書のP139頭注21。
(24)（3）と同書の補注241。
(25)（16）に同じ。
(26)津田洋行『透谷像構想序説』の「第二部　透谷と自然　三　透谷における〈自然〉　3『蓬萊曲』における〈自然〉」。
(27)（26）に同じ。
(28)亀井秀雄『身体・この不思議なるものの文学』（昭59・11　れんが書房新社）の「第六章　闇の視力」。
(29)（16）に同じ。
(30)（16）に同じ。
(31)（3）と同書のP164頭注9、補注289。
(32)（3）と同書のP166頭注3。
(33)（3）と同書のP166頭注5。
(34)（8）と同書のP358頭注13。
(35)引用は『神曲　浄火』（山川丙三郎訳　大3・11　警醒社）による。
(36)引用は『神曲　天堂』（山川丙三郎訳　大3・11　警醒社）による。
(37)（5）に同じ。

II

武島羽衣の美意識

一 「詩神」における和歌的措辞

塩井雨江、武島羽衣、大町桂月の合同詩文集である『美文韻文花紅葉』は、明治二十年代から三十年代にかけて夥しく作られた美文韻文集の嚆矢である。美文韻文は、現在では忘れ去られてしまった近代文学史上の一ジャンルであるが、滑川道夫が、「言文一致の運動がようやく普及してきたこの時期（引用者注：「日露戦争への接近時期」を指す。）にあっても、なお古い美文意識にとりすがって文章道と結びつけている層がすくなくなかった。落合直文、大和田建樹、塩井雨江、大町桂月、武島羽衣らの修辞法による美文集・文範類は依然として大部数を出版している。」（『日本作文綴方教育史Ⅰ 明治篇』[1]）と述べているように、一時代を築いた。同じく滑川によれば、美文の命脈は、文範（作文の手本書）として大正期まで連綿と続いていくのであり、当時の表現意識に対して侮れない影響力を持ち得たと推測される。

『美文韻文花紅葉』の作者である雨江、羽衣、桂月は、共に落合直文に師事し、東京帝国大学国文科に学んで擬古的な雅文をものしたことにより、大学派あるいは擬古派と呼ばれた。彼等の作品が愛好された理由（久松潜一によれば六十数版を重ねたという[2]）について、日夏耿之介は、「伝来の雅語の使用に、他人に卓れた秀抜の詩感を託して一家の詩風を作ったが、時代の歓迎はまことにその値以上であった。当時は（その後暫くは）言語の表面の「優美」が伝統的感情に共鳴したのと日本的感情の温和な流麗な発露が普通一般人の無条件的好尚を牽いたからである。」（『明治大正詩史』[3]）と、時代の美意識との同調性を挙げている。当時の新体詩の作法書及び韻文の作法書を見てみると、石橋玄潮『新体詩指南』（明33・4　大学館）では、「人の心に浮びたる想像を歌ひ出づるまゝに之に雕琢を加へ、うるはしく言葉の花とにほはすを詩の本領とす可し。」「狭義即普通に所謂詩は人の詩想をやるに調べある姿即語を以てするをいふ、或は言数、或は押韻などの雕琢を経て、調を有する詩想の発揮なりといふ可し。」と述べており、「うるはしく言葉の花とにほはす」「調べある姿」に至る「雕琢」、即ち規範化し得る美を想定し、そこに接近する表現の修練を重視している。江藤桂華『韻文作法』（明33・5　新声社）では、詩を散文と韻文に分けて、「散文とは即ち現今称する所の美文（散文詩）にして無韻の詩たり」とし、美文とは「美なる思想」「美感を挑発せしむる」具体物であると定義している。これらの先験的、規範的な美を前提とする古典的な美意識に立脚した創作方法が、新時代の作物である「新体詩」の作法書たり得たことを考えると、「時代の歓迎はまことにその値以上であった」かどうかは再考の余地があるが、「言語の表面の優美」を嗜好する根強い傾向があったことは窺える。

『美文韻文花紅葉』の三人の作者のうち、大町桂月は、「雅語ながら豪宕勁抜の気魄ある詩文をかいた。」（日夏）[4]と評され、他の二人とは性質を異にする。塩井雨江と武島羽衣については、「雨江は擬古派中で最も自然な繊麗な情趣に富む詩の作者であった。」「羽衣は早くから「文学界」にも作を寄せ、三人の中で一番詩に志ある詩人であったが、雨江よりも、更に非力な情感と稚い思想とを王朝の麗句に粧ったもの。」（以上日夏）[5]「この三人の中で、その措辞においてその詩想において最も優れてゐるのが羽衣である。」（本間久雄）[6]「羽衣は新体詩にすぐれ、桂月、雨江は散文にすぐれていると言ってもよい。」（久松）[7]「その古典的修辞の技巧においては擬古派中の第一人者といってよかろう。」（引用者注：雨江を指す。）「優美典雅な情趣美の創造という点では羽衣はたしかに雨江に劣る。ただその反面に叙情の流露においてはむしろ雨江に勝り（略）」（以上笹淵友一）[8]と、従来の評価は一定していない。ただし、同時代評ということになると、羽衣への注目度が高い。高山樗牛は、土井晩翠の賞揚を目的とした文章の中ではあるが、藤村、羽衣、晩翠の三者を比較しつつ、「吾れ羽衣の辞を取りて其想と調とを取らず、想は浅近にしにあったからかもしれない。この表現に、謡曲的な措辞を借りつつも、その平面的な移動空間との差別化を図ろうとする透谷の意図が窺える。失神したままの素雄を乗せて船を漕ぐ露姫も、彼岸への先導者という点でベアトリーチェと同じ役割を果たしている。

露姫が、素雄が蓬萊山頂から投げ下ろした琵琶を五たび鳴らすと、素雄は漸く覚醒する。素雄が露姫に「こゝはあやしき霞の中。いかにいかに／わが露姫のこゝに居るとは。」と尋ねると、露姫は「そは語るまじ。蓬萊が原にて仙姫と化りて／きみに合ひしときにも語らざりし、死の坑／にて梭を止めて相見しときにも語らざりし、／すみれ咲く谷の下道なる洞《いほ》にても語らざり／し。／わなみこれを語る可き権《ちから》なし。」と答える。ここで、蓬萊山の仙姫は露姫の化身であったことが本人の口から明かされるが、その理由と経緯に関しては、「わなみこれを語る可き権なし。」と問いかけが退けられる。透谷は、露姫にこのように言わせることによって露姫を司る「聖善なる天力《ヘブンリー、パワー》」の存在を暗示し、他界の存在が「自由の意志を以て現ずるにあらず、自然の傾として現ぜしなり。」（「他界に対する観念」）であることを具体化しようとしたのであろう。「自然の傾」という言い方からは、天の摂理は整合的な論理では把握し切れない飛躍として現れるという趣も感じられる。透谷は、露姫に天の摂理を説明する権利を与えないことによって、彼岸の秩序と深遠なるその世界の一端を示そうとしたのかもしれない。しかし、露姫に先導者としての役割の内実を語らせなかったこと、即ち「聖善なる天力《ヘブンリー、パワー》」の意図を説明させなかったことは、露姫を介して彼岸の世界構造を明らかにする機会を逸してしまったことになる。ベアトリーチェは、地上の楽園においてダンテの前に現れた時、ダンテの犯した罪を叱責しつつ、「彼いと深く堕ち、今はかの滅亡《ほろび》の民を彼に示すことを措きてはその救ひの手段《てだて》みな尽きぬ[35]」とその理由を述べてレーテの水を飲ませる（「浄火」第三十曲）。この後、ダンテを伴って天界の第一天（月天）に至り、そこで「凡そありとしあらゆる物、皆その間に秩序を有す、しかしてこれは、宇宙を神の如くならしむる形式ぞかし／諸ゝの尊く造られし物、永遠《とこしへ》の威能《ちから》（これを目的《めあて》としてかかる法《のり》は立て

て調は単調なればなり、然れども想清く情まことなるに於ては、蓋し又当代の詩人なるべし。」（「晩翠の詩」[9]）と、羽衣の措辞が「まこと」の情を表現し得ている点を高く評価している。また藤村は、「武島氏のうたは、よみ口沈《おち》つき、自然と位そなはり、花やかなるうちにもおのづからあはれのこもりて姿のとゝのひたると詞の用ゐざまの正しきとにては、当時この人に及ぶものあるまじく候。」（「月曜日の手紙」[10]）と、「おのづから」情感が籠りしかも端正な措辞について、当代の第一人者であると賞賛している。藤村の羽衣への注目、ひいては美文韻文集への関心については、野山嘉正が、「当時なお旧集の体裁（引用者注：詩文集を指す。）は盛行とまで言えぬとしてもひき続きその位置を確保していたし、したがって藤村はその体裁を横目でにらみながら、自己の清新のゆくえを明らかにする必要があった。藤村が孤立していたというのではなく、それはかなりの量に及ぶ「美文韻文」と銘打たれた作品集の存在によって傍証できる。」（「藤村の詩業――『一葉舟』以後――」[11]）と、美文韻文的表現が大勢を占めていたこと、その規範的存在としての羽衣との差別化を図ることが、新たな表現を獲得する上での指針であったことを指摘している。

樗牛は、羽衣の措辞から「まこと」の情を、藤村は「おのづから」の情の表出を読み取っていることに注意したい。先に見たように、後年の評家の中には否定的な意見もあり、樗牛や藤村の評価とはずれが生じている。実際、『美文韻文花紅葉』における雨江と羽衣の作品を読み比べてみると、雨江の方がドラマ的で、対句や連の呼応を巧みに用いた隙のない構成であり、概して羽衣は、構成に関しては平板である。日夏が、羽衣に「非力な情感」しか感じなかったのも、笹淵が、「優美典雅な情趣美」の欠如という点では日夏と同意見であるのも、構成力の有無に帰するところが大きいであろう。逆に、構成力ではなく措辞の力による表現が、樗牛や藤村の表現観においては、「おのづから」流露する「まこと」の情として受容され、重視されたのである。二人が異口同音に感情の真率な表出を指摘し、更に藤村は、「姿のとゝのひたると詞の用ゐざまの正しき」と的確かつ端正な措辞としても評価していることから、羽衣の措辞は、先験的理念的な美の形象化として把握されていたことがわかる。この把握の視点は、先に挙げた石橋や江藤の作法書とも共通する。即ち、羽衣の措辞は、日清戦争後の時代における美的表現の一典型であり、新たな表現を創造するためには、そこからの差別化を図らねばならない存在として位置づけられていたと考えられる。美文韻文集としての『花紅葉』の表現は、羽衣によって象徴されていたのである。以下、『美文韻文花紅葉』におけ る羽衣の作品を通して、時代の美的表現の一典型たり得たその内実を探っていきたい。

本間久雄は、羽衣の措辞について「彼れは、詞に又、詞づかひに細心の注意を払ひ、力めて典拠のある古典雅語を用ゐて、而も一字一句苟もすることなく、雕琢に雕琢を加へた人であり、そこには常に労苦の跡歴然たるものがある。(12)」と述べ、武島達男は、「百千練磨《ママ》の修辞法の基礎の上に微妙な感覚の差で詩情を賦活創造するということは現代人多くの敢えて関係なしとする所であろう。(13)」と語っている。羽衣は、実作のみならず、『修辞学』『新撰詠歌法』『霓裳歌話』等、西洋の文学論・文体論を援用した詩論・歌論も盛んに著している。本間が言う「典拠のある古典雅語」の使用や、達男が言う「百千練磨の修辞法の基礎」は、『霓裳歌話』の「初学のものゝ読むべき歌書」において、『怜野集』『草野集』を始めとする類題和歌集を推薦していることからも例証される。

本章では「詩神」という作品を対象に、羽衣が挙げている類題和歌集の措辞との比較を行ないつつ、先験的理念的な美の一典型たり得た表現の特徴を考察していく。「詩神」は、『帝国文学』初出（1巻7号　明28・7）では「ミューズ」と題されており、西洋的なモチーフを意欲的に取り上げようとする羽衣の姿勢が窺える。前出した江藤桂華の『韻文作法』は、「不適当は真理に非る也随て美に非る也、真美に反せるものは詩に非ず」（「第六　新体詩創作の注意」）という「真美」の好例として「詩神」を挙げ、「言を巧みに飾りて、森厳幽美なるミューズを描写し来る、髣髴として神韻縹渺、遠く何物をか望む如し、此の種の思想を謳ふの時に於ては、用語は雅言なる可く、措辞は優婉を主とす可し、（略）詩神は美也、艶也、処女の神也、これを写すの筆は羽衣一派の特長たるを覚ゆるなり。」と賞揚している。江藤によれば、「思想」に対する措辞の「適当」が詩的表現たり得る「真美」を作る。羽衣は、「ミューズ」に「適当」する「雅言」と「優婉」なる措辞を用いることによって、「美」の「神韻」を表現し得たと言うのである。「詩神」は、まさに美の体現であるモチーフの選択と的確な措辞によって、理想的な詩の表現たり得た作品なのである。

また、俗界と隔絶した山奥に住む美女という人物設定から見れば、最も近い時期の作品に、雨江がスコットの“The Lady of the Lake”を翻訳して好評を博した『今様長歌湖上之美人』（明27・3　開新堂）がある。異界の美女というモチーフは、小説では幸田露伴の「対髑髏」（明23・6『新葉末集』春陽堂）、劇詩では北村透谷の『蓬莱曲』が、既に扱っており、明治二十年代浪漫主義の一つの傾向性だったようである。『蓬莱曲』における芸術の象徴としての琵琶と、その音色に感応する仙姫という設定は、小琴を奏でつつ芸術について語る「詩神」と類似している。また、雨江は、『湖上之美人』の「ことわりがき」において、「原書には巻頭巻末に、琴を誘ひ琴を送りたる一段あり。されど、此の湖上の美人の物語りには、深き関係あらず。殊に幾度か苦心したれど、面白き訳出来ず、余りに書肆の催促せば、熟稿の隙なく、されど、わけのわからぬ句を置かむも本意ならねば、こは再版の節に、載する事として此度は省きぬ。」と述べている。作中、ダグラス、エレン父娘に仕える「伶人《うたびと》」アランの琴歌が、エレンの心情を雄弁に語り、またエレンにダグラスの動向に関する予兆を教え、物語の進行に大きな役割を果たしているが、その琴に関する挿話を組み込んで訳出し得なかったと言うのである。羽衣は、擬古派の一人である身近な雨江の翻訳に刺激を受け、雨江が困惑した琴の象徴性を独立させて、美という概念の擬人法的な形象化を試みたのではないだろうか。琴の象徴性と美の擬人化の連動に、『蓬莱曲』の示唆があり得たか否かは不明であるが、「詩神」の表現は、明治二十年代の他界的なモチーフへの関心を共有していたのである。「詩神」は、同時代的な他界のモチーフを美という普遍的な概念への志向性において形象化した点が注目される。

羽衣は、「初学のもの〻読むべき書」において、「さてかく万葉佳調、怜野、古今選、草野、鰒玉、鴨川の諸集を熟読して、歌の姿しらべ、風致など心うと共に、歌に用ゐるべき言語を豊富ならしめる事を努めよ、（略）すぐれたる詞のみを集めたる書を見て可なるべし、これらにて最も宜しきは有賀長伯の和歌分類、並に歌林雑木抄なり」(14)と、手本にすべき類題和歌集を挙げている。そこで、羽衣が挙げている、(1)万葉佳調 (2)怜野集 (3)古今選 (4)草野集 (5)鰒玉集 (6)鴨川集 (7)和歌分類 (8)歌林雑木抄の八つの類題和歌集の用例と「詩神」とをつき合わせてみることにする。(15) なお、煩雑さを避けるために、各類題和歌集は、それぞれ以下のように略して記することにする。

(1)万葉佳調→[万] (2)怜野集→[怜] (3)古今選→[選] (4)草野集→[草] (5)鰒玉集→[鰒] (6)鴨川集→[鴨] (7)和歌分類→[分] (8)歌林雑木抄→[雑] である。

(一)　異界的な空間

ここはいづこか①しら雲の
　五百重しきたつ山の奥
②み空にはふる夕風も、
　たゞこゝとにひゞくなり。
③岩もる清水ほのかにて、
　④鳥もかよはぬかたそばや、
⑤夢にもうとき⑥谷の戸は、

　　木がらしのみやたゝくらん。
神⑦さびたてる槇のねの
　　岩⑧やの苔をまくらにて、
あやしき琴によりゐつゝ、
　　しづかにねむるをとめあり。

（第一～三連）

①しら雲の五百重しきたつ

万　あごのやまいほへかくせるさでのさきさではへしこがゆめにしみゆる　市原王（上巻　相聞）

鴨　谷　松柏千重に五百重にとちられて谷ふところはいふせかりけり　御杖（太郎集　雑部）

分　いほへの雲　夫木　みそらには五百重の雲のはれすのみあままもおかぬさみたれの空　前大納言（巻之一　天象部　雲）

用例には、深い山、林、雲が自分と対象を隔絶している様子が歌われている。「五百重」とは圧倒的な自然の障壁力を示す詞である。羽衣は、先例の表現を踏まえつつ、生活空間から隔絶した圧倒的な自然の中であることを明瞭に位置づけて、作品を開始する。一方で、「五百重しきたつ」という辞は、記紀歌謡の「八雲立つ出雲八重垣妻籠に八重垣作るその八重垣を」を想起させる。記紀歌謡的なイメージを連動させることによって、この作品空間の根源性を最初に提示しようとしたのかもしれない。更に言えば、「八雲立つ」の歌は「八雲の道」即ち和歌の道の始まりとされているが、「詩神」の第十四連に「和歌の浦わの葦辺鶴」が女神の琴の音に合わせて歌ったという回想がある。「しら雲の五百重しきたつ」は、「八雲の道」と呼応することによって、芸術の始原的空間であることを暗示しているとも考えられる。

②み空にはふる夕風

万（前略）にぎたづのありそのうへにかあおなるたまもおきつもあさはふるかぜこそよらめゆふはふるなみこそきよれ（後略）　人麿（下巻　長歌部　相聞　石見のくにより妻にわかれのほりくる時によめる歌）

『万葉佳調』にのみ用例があった。これ以外に、『新編　国歌大観』[16]（以下『大観』と略す）から、版本が現存する歌集、[17]即ち羽衣が目を通した可能性が考えられる歌集の用例を挙げてみる。以下、『大観』から引用する場合は同様とする。

一〇六六　やすみしし　わがおほきみの　ありがよふ　なにはのみやはいさなとり　うみかたづきてたまひりふ　はまへをちかみあさはふるなみのおとさわく（後略）　田辺福麻呂（『万葉集』巻六）

一六四八　天雲の　むかぶす空は　朝はふる　風こそいぶけ　汐けのみ　かをれる海は　夕はふる　浪こそさわげ（後略）　（『琴後集』巻九　擬送遣唐使歌並短歌）

一六七三（前略）あやしくも　いませる神の　神ながら　神さびせすと　あらぶるときは　朝はふる　風こそいぶけ　夕はふる　風こそさわげ（後略）　（同　木曾のみたけを見さけてよめる）

『大観』にも三つの用例しかないが、対句的な構成によって雄大な視点から自然の力を捉えた、極めて万葉的な措辞である。羽衣は、対句的には用いず、大きな翼が空を扇ぐようなイメージを「夕風」に集約させて、遍在する自然ではなく、特定の空間における神秘性を表現しようとしている。

③岩もる清水

草　対泉避暑　むすふてのしつくやこほる山陰のいはもる水になつしなけれは　千陰（夏部）

鰒　防　まつかけの岩もる清水むすひあけて梢の風は思はさりけり　房守（三篇　夏部）

分　水　御集（紫禁）(18)　消かへり誰か岩もる水のあはのあはでも袖の色しみえねは　順徳院（巻之三　地儀部下　水）

雑　詞のみを集めた部分の「夏、泉」に、「岩まもる」とある。

「岩もる水」「岩まもる水」は、夏の清涼感を表す典型的な詞ということになろう。羽衣は、この清涼感を生かしつつ「ほのか」な音を立てることによって、空間の静寂と清浄さを表出している。

④鳥もかよはぬ

これは、俗謡的な措辞であり、例えば、近世の代表的な歌謡集『松の葉』には「鳥もかよはぬ山なれど、住めば都よわが里よ。(19)」（「第一巻　三味線本手目録　二　鳥組」）という一節がある。類題集に同じ措辞はない。類似する用例としては、次のものがある。

草　山家鳥　庭津鳥声もきこえぬ山里に暁つけてふくろふのなく　契沖（雑部）

二七一　花はちり鳥はまれなる此にしもさくやまぶきは心ありけり　前大僧正仁澄（『大観』『玉葉集』巻二　春歌下）

六八一　世の中をいとふあまりに鳥の音もきこえぬ山のふもとにぞすむ

大炊御門右大臣（『大観』『新後撰集』巻九　釈教歌）

四四四　鳥の音もきこえぬ山にきたれどもまことの道は猶遠きかな

藤原仲実朝臣（『大観』『続詞花集』巻十　釈教）

ほぼ同じ状況を表す「鳥の音もきこえぬ」という和歌の措辞が、都からの距離感については間接的な表現、現在地を基点とした把握であるのに対し、「鳥もかよはぬ」は、距離関係を直接的に述べている。「五百重しきたつ山の奥」へ奥へと踏み込んでいく構成においては、日常的空間を基点にした距離感の方が自然であり、異空間へ入り込んでいく感覚を喚起し得る。羽衣は、「典拠のある古典雅語」（本間）と俗謡的表現を単純に区別するのではなく、作品の文脈に応じて「細心の注意」（同）を払いつつ、時に俗謡的措辞も用いたと考えられる。

⑤夢にもうとき

類題集には見当らないが、『大観』には「七九八　ささ枕よはの衣をかへさずは夢にもうとき都ならまし　法印長舜」（『新拾遺集』巻九　羇旅）「一三七二　うたたねの夢にもうとくなりにけりおやのいさめのむかしがたりは　源親長」（『続拾遺集』巻十八「雑歌下」）がある。

⑥谷の戸は、木がらしのみやたゝくらん

怜　山家(20)　代明てくる人だにもなし芝のとを峰の嵐の吹たてしより

大弐三位（雑之部上）

怜　山家風　千槇のとをみ山おろしにたゝかれてとふに付てもぬるゝ袖かな

俊頼（雑之部上）

怜　山家戸　代 淋しさはなれぬる物を柴のとをいたくなとひそ峰のこがらし　式子内（雑之部上）
草　山家嵐　人またぬ山さとなきは柴のとをたゝくあらしにおとろきもせす　成章（雑部上）
草　山家春　われそこの谷の戸さゝて守るへきふるあつけよ春のうくひす　長流（雑部上）
鰒　山家松　夕間暮谷の戸たたく松風はうき世の外のうき世なりけり　高岡貞行（六篇　雑部）
鴨　山家夕　世の中のゆふとゝろきは谷の戸に寝にくる鳥の羽音なりけり　規（四郎集　雑部）
分　「巻之二　地儀部上　谷」の詞のみ集めた部分に、「谷の戸」がある。

「谷の戸」を「木がらし」が叩くという「詩神」そのままの用例はない。人里離れた「柴のと」「槇のと」を「嵐」「み山おろし」「こがらし」が叩くというのは、いかにも山住みらしい蕭然とした情趣である。「谷の戸たたく松風」も、「松風」が伝統的な自然美を表出し、荒涼たる情景を美的に成立させる。これらに比べて「詩神」の場合は、より散文的である。「谷の戸」及び「木がらし」の硬質で乾いた語感によって、前行の「鳥もかよはぬ」という中心からの距離感を、生物の進入を拒む峻厳なイメージへと展開し、空間の異界性を強調している。和歌的な語彙を用いつつも、和歌的な伝統美からの差別化が図られている。

⑦神さびたてる槇のね

怜　社頭松　続 幾帰り波のしらゆふかけつらん神さびにけり住吉のまつ　顕公（雑之部中）
怜　浦松　拾 大淀のみそぎ幾よに成ぬらん神さびにたる浦のひめ松　兼澄（雑之部中）
怜　島松　万 我命を長との島の小松原幾夜をへてか神さびわたる　読人不知（雑之部中）
怜　杉　万 いつのまも神さびにけるかかぐ山のほこ杉が本に苔おふるまで　足人（雑之部中）

草　松　いくめちのをかひの松は梢には雲ゐたなひき神さひにけり　成章（雑部中）
草　杉　杣山に神さひたてるいはひ杉いつの宮木にひきはもらせし　春満（雑部中）
鰒　名所松　近江の海浪もときはの色見えて神さひたてりから崎の松　易興（三篇　雑部）
鰒　島松　わたの原おきつ島わのいはね松神さひたても波はをれとも　繁里（四篇　雑部）
鰒　社頭松　諸人のいのるちとせをいつ超ていかきの松は神さひにけむ　山東正周（七篇　雑部）

「神さぶ」対象は、「住吉のまつ」「長との島の小松原」「かぐ山のほこ杉」「から崎の松」と、特定の場所（地名）に由来する松や杉、あるいは「いはひ杉」「いかきの松」という神木や神域の樹木である。即ち、神の霊験新たかな固有の場所、対象を寿ぐ措辞である。これに対し、「槇」は、檜、杉、松などの総称であり、ある樹木を特定するのではない。羽衣は、「神さびたてる」を「槇のね」へと繋げることによって、霊験譚から空間の神秘性を独立させようとしている。ちなみに「おく山のおく霜やたひかさぬとも真木のみとりは千代もかはらし　真淵」（草「雑部中　真木」）「わけ入もおほつかなしや花も実も見し日はまれの槇の茂山　春満」（同）「かけくらし槇のしけ山つれ〱にいつを月日のあかりともみす　信実」（万「巻之五　草木部　槇」）「寂しさはその色としもなかりけり槇立山の秋の夕くれ　寂蓮」（同）「幾度もしくるとみえてみねの雲つれなき槇の名をや見まし　信実」（同）と、槇は、鬱蒼たる深山を象徴している。羽衣は、「槇」が喚起する深山のイメージを踏まえつつ、「神さびたてる」と形容することによって、舞台空間の神秘性を強調している。

⑧岩やの苔

怜　崛苔　千　宿りする岩やの床の苔莚いくよに成ぬねこそいられね　覚忠（雑之部中）

草　苔　おく山の岩根におふるこけむしろいくよかさねしみとりなるらん　涌蓮（雑部中）
鰒　苔　位山みねのいはほの苔衣雲ゐにちかきみとりとそ見る　依平（二篇　雑部）
鴨　巌上苔　うこきなきいはほの上の苔むしろたれいにしへにしきはしめけむ　道基（五郎集　雑部）

いずれも、高峻で年古りた岩山の光景である。羽衣は、用例とほぼ同じ措辞を用いて、前行の「神さびたてる槙のね」が喚起する神秘性を増幅しつつ深山の奥に至り、「詩神」を登場させるのである。「詩神」の舞台空間は、「しら雲の五百重しきたつ」という記紀歌謡的な措辞によって、日常からの隔絶、自然の霊威を明示することから始まる。「み空にはふる夕風」は、同じく万葉的ではあるが、措辞をそのまま踏襲するのではなく、朝・夕、風・波の対句表現を取らないことによって、自然の霊威の特定性を印象付ける。「岩もる清水」の和歌的な清涼感を清浄かつ静寂な空間の形成へと生かしつつ、「鳥もかよはぬ」という歌謡的直接的な詞によって、再び日常からの距離感を強調し、「谷の戸は、木がらしのみやたゝくらん。」と和歌的な措辞を散文的にずらすことによって、伝統的な寂寥感とは異なる峻厳なる自然を表現しようとする。この伝統的な情趣からの差別化を受けて、「神さびたてる槙のね」の神秘性が異界として成立する。このように、羽衣は、伝統美の中に吸収されてしまう場合は、和歌的な措辞を歌謡的、散文的にずらし、神秘性を強調し得る場合は和歌的な措辞を踏襲しつつ、「詩神」の舞台たり得る次元を形象化していく。

　異次元の空間を表現するこれらの言葉の選択には、雨江の『湖上之美人』の刺激もあったのではなかろうか。『湖上之美人』は、スコットランドの王ゼームスが狩りの途中で山路に迷い、山奥へ入り込んで、湖で舟を漕ぐエレンに出会うところから物語が始まる。山奥へと踏み迷っていく光景は、「八重なす山の　山かげの　山鳥の声しづかなり。」（「第一章その三」）「八重の山なす　ホラが峰　のぼりもはてぬ　そのうちに」「神のましますたか

ねをも　崩さむ音は　今いづこ。／鬼の住むてふ　いはやをも　くだかむ力は　今いづこ。」（同「その四」）「苔むす岩の　外にまた　かたしくしとねは　あらざれど」（同「その十六」）と、「詩神」と類似する措辞が見られる。雨江は、翻訳の表現について「彼れは薔薇と云はむ所は、おのれは桜と云はまほしく、彼れにては面白く思う所も、我目にては拙く、彼れは綿密周着をよろこび、おのれは粗疎おぼろげなるをよしとす。（略）か、る有様なれば、ま、彼の意を取りて、我が国風に歌ひたる事もあり。また彼の句のま、訳したる所もあり。」（「ことわりがき」）と、彼我の美意識の相違を踏まえての訳出の苦心について語っている。これは、ミューズという西洋的な概念を形象化する上で、参考になったであろう。雨江の「彼の意を取りて、我が国風に歌ひたる」措辞の喚起力をその内部で更に差別化し、強化した表現が、「詩神」ではないかと考えられる。

(二)「詩神」の登場

⑨霞のたもと霧のそで、　⑩岩根の草の花かづら
⑪玉しく露をかざしつゝ、　⑫雲をかたしくありさまは、
⑬くれなゐ匂ふ梅が香に、　桜の花のさきぬらん、
⑭柳のしなひなよゝかに、

桃のゐまひも見ゆるなり。⑮

（第四、五連）

⑨霞のたもと霧のそで

［選］早春　続後撰春上　さほ姫のころもはる風なほさえてかすみのそでにあわ雪ぞふる　嘉陽門院越前（一上　春）

［選］浦霞　続古春上　さほひめの床のうら風ふきぬらし霞のそてにかゝるしらなみ　藤原光俊朝臣（一上　春）

［選］月前霞　新拾雑上　よこ雲はみねにわかるゝ山ひめのかすみの袖にのこるつきかけ　寂蓮法師（一上　春）

［草］湖上霞　ふせの海や春ふかゝらし垂姫のかすみの袖もおもかくしせり　春海（春部上）

［鰒］霞　あし引のとほ山松のむら立も霞のそてのあやとこそなれ　細野安章（五篇　春部）

［鰒］行路霞　かり枕むすふ軒はも遠からし霞のそてに梅かゝそする　森本汎近（五篇　春部）

［鰒］野霞　うすくこきみとりの色をかや野姫たつや霞の袖に染らん　小栗広伴（七篇　春部）

［鴨］山霞　おほひえをはたちはかりの山をさへ霞袖につゝみはてつゝ　梅田忠敬（五郎集　春部）

［雑］暮秋河霧　家集（草根）　今はとて帰る朝か秋のきる衣川波霧にしほれて　正徹（秋上）

「霞の袖」「霧の衣」が成句であり、「霞のたもと」「霧のそで」はない。『大観』にも用例は見当たらなかった。「霞の袖」は、「さほ姫」「山ひめ」を形容する詞である。羽衣は、佐保姫の霞の袖という女神像を踏まえつつ、春のイメージに限定されないために、措辞をずらしたのであろう。霧は秋の景物であり、春と秋を対句的に構成することで、一つの季節に特定されない、より全円的な美を表現しようとしたのであろう。

⑩岩根の草の花かづら

草　巌上躑躅　さきいてゝ中に思ひのありしともいわねのつゝし色にみえけり　春満（春部下）
草　蔦　うき秋にかわかぬ露をかなしともいわねのつたの色に出ぬる　春満（秋部下）
鴨　挿頭花　山さくらつま木の上に折りそへていたゝく賤も花かつらせり　親子（太郎集　春部）
鴨　山躑躅　かめのをの山のいはねの岩つゝし千世まつかけを心とやさく　繁里（次郎集　春部）
鴨　巌上躑躅　たはゝりしいかなる神の血にあえて岩根のつゝし色にいつらん　翁満（四郎集　春部）
分　初花かづら　新千載　棹姫の初花かつらかけそえて春の色なる青柳のいと
入道前太政大臣（巻之七　器財人倫部　鬘）
分　草のかづら　御集（拾玉）　それとなき草のかつらの上までも秋は木のはの色に出ぬる
後柏原院（巻之五　草木部　草）
雑　「春上、柳」に「初花かつら」と題して右と同じ歌がある。
雑　さほ姫の雲のかつら　宝治百　いそくとも寄てやみまし棹姫の雲の鬘の青柳の糸　資季（春上　柳）
雑　花のかつら　宝治百　青柳の花のかつらの永き日に打たゆけと道そはるけき　蓮性（春上　柳）
雑　巌上躑躅　千兼（師兼千首）　咲初る山の岩根の岩つゝしいはねとしるき春の紅　師兼（春下　躑躅）
雑　岩根のきく　十題百首　谷川の岩根の菊や咲ぬらん流れぬ波の岸にかゝれる　後京極摂政（秋下　菊）

岩根の躑躅、岩根の菊、岩根の蔦、と、個別の草花についての用例がある。また、「花かづら」は、佐保姫、青柳と共に用いて春の情景を表している。「岩根の草の花かづら」は、前行の佐保姫的な女神像と連動しつつ、「岩根」という前連の「岩やの苔」から引き続く高峻さを強調することによって、女神の崇高美を形象化しようとしている。

⑪玉しく露をかざしつゝ

用例は見当たらなかったが、『大観』には以下の歌がある。

三九　たをやめの柳のかづら春かけて玉のかざしにぬけるしら露　入道前太政大臣（『新後撰集』巻一　春歌上）
二六五　たつたひめかざしの玉のををよわみみだれにけりとみゆるしら露　藤原清輔朝臣（『千載集』巻四　秋歌上）
八九一　たつた姫みわの檜原のしら露にをるやかざしの玉ぞみだるる　（『壬二集』院百首　雑）
二五九三　緒をたえしかざしの玉とみゆばかり君にくだくる袖のしら露　（『拾遺愚草』恋）
二〇〇九　白露のかざしの玉のをみなへしよそひことなる花の面影　後水尾院（『新明題和歌集』巻三　秋）
六五三　よそふべきにほひよ誰としら露の玉をかざしの青柳のいと　（『春夢草』上巻　柳露）
一二三〇　白露を玉のかざしの俤はたれとかねたる朝がほの花　（『逍遥集』巻三　秋歌　露底槿花）

「白露の玉のかざし」という詞は、春（青柳）にも秋（龍田姫）にも用いられている。従って、これをほぼ踏襲した「玉しく露をかざしつゝ」は、龍田姫のイメージも喚起するのであり、「しづかにねむるをとめ」が、佐保姫像と龍田姫像を併せ持つ完全、円満な美であることが明瞭になる。和歌的な措辞からのずれによって生じた佐保姫像との相違の暗示は、イメージの二重性を持つ和歌的な措辞を踏まえることによって、想像の焦点を結ぶのである。

⑫雲をかたしく

[分] 雲をかたしく　夫木 嵐吹たかねの雲をかたしきて夢路も遠しうつの山こえ　前大納言（巻之一　天象部　雲）

用例はこれのみであるが、人里離れた奥山の隔絶感が端的に表現されている。『大観』ではもう一例、「六〇七四 から衣雲をかたしくみねの庵夜さむを月に思ひやりつつ」（『雪玉集』巻十四）がある。険阻な旅路に眠る感慨ということで言えば、「岩がねの床に嵐をかたしきて独やねやらんさよの中山　有家」（『新古今集』[怜]、[選]、[分]に収録されている）も、その孤絶感において上の二例と共通する。羽衣は、これらの先例が喚起する人界からの隔絶感を、「詩神」の超越的なイメージとして生かしたのであろう。前連の「岩やの苔をまくらにて」に呼応しつつ、「霞のたもと」「霧のそで」「露をかざしつゝ」という天象に纏わる一連の文脈において、この空間の次元を一段と高遠に感じさせている。

⑬くれなゐ匂ふ梅が香

[怜] 雪中紅梅　新 をられけり紅にほふ梅花けさ白たへに雪はふれゝど　宇治前関白（春之部上）

[草] 梅香近袖　紅のうめのはつ花さきしより香さへふかくそ袖にしみける　蘆庵（春部上）

[鰒] 紅梅　紅ににほへるうめはかつさけるほとこそ色の盛也けれ　常操（三篇　春部）

[雑] 紅にほふ　家集（雲玉） 梅の花紅匂ふ日影にもそともの雪の枝の静けさ　逍登院（春上　梅の香）

⑭柳のしなひ

[鰒] 雨中柳　立こむる霞の底にふる雨を柳か枝のしなひにこそ見る　船曳大滋（七篇　春部）

用例はこれのみである。管見では『大観』にも見当たらなかった。

⑮桃のゑまひ

用例は見当たらない。『大観』では、「六二四　やまびとはうゐていづくに帰りにしもも花ゑみとへどこたえぬ」（『漫吟集』巻三「春歌下　桃」）のみが、似通った用例である。より一般的には、「四一六三　はるのその　くれなゐにほふ　もものはな　したでるみちに　いでたつをとめ　大伴家持」（『万葉集』巻十九）あたりが想起される。「柳のしなひ」と「桃のゑまひ」という組合せ及び表現は、「四二一六　もものはな　くれなゐいろに　にほひたる　おもはのうちに　あをやぎの　ほそきまよねを　ゑみまがり（後略）　大伴家持」（同）あたりから示唆を得たのかもしれない。先例こそ殆ど見られなかったが、「しなひ」「ゑまひ」の肉体性は、女神のエロスを感じさせ実体感を与える上で効果的である。第四連で示された全円的な美は、第五連において、典型的な春の景物を踏まえつつエロス性を強調することによって、肉体を伴って絢爛華麗に立体化する。ここにおいて「詩神」は、崇高かつ華麗な美をまさに体現するのである。

(三)「詩神」の目覚め

⑯塵にしそまぬあめつちの
　なしのまゝなるすがたには、
おもてやさしとおもふらん、
　いでがてにする⑰峰の月。

⑱松にふき立つ夜嵐に、
⑲かりねの夢やさめぬらん、
⑳けむれるまみを打ひらき
㉑かたへの小琴かきなでぬ。

（第六、七連）

⑯塵にしそまぬあめつち

草 清風隔世塵　とはに吹松のあらしによのちりをはらひつくせしすみか也けり　千蔭（雑部上）
草 寄塵述懐　山としもならはこの身をかくさなんうき世の塵よゝしつもれかし　春海（雑部中）
草 釈教　世のちりにつゆもけかすな心もて心をあらふのりのもろひと　春海（雑部下）
餕 山家　迯れきて住人多し山里も終にうき世の塵やつもらん　古樹（六篇　雑部）
分 ちりの世　家集（実隆）ちりの世の思ひを残すやとならはくもりやせまし蓬生のやと　逍遥院（巻之一　天象部　塵）
分 身のちり　新六（六帖題）朝ことに洗ふとすれとつもるらんみのちりはかりいかて清めん　為家（巻之一　天象部　塵）
分 心のちり　続邦高 あるがうちの心のちりも払はなん月影みかく庭の秋風　那高（巻之一　天象部　塵）
分 うきよのちり　基綱 うつもるる松のふるはのした庵のうきよの塵はしらて住らし　基綱（巻之一　天象部　塵）
雑 ちりに交る光　続（続拾遺）末のよの塵にましはる光こそ人にしたかふ誓ひなりけれ　祝部成良（雑　神祇）

用例は、いずれも仏教的な浮世、即ち塵界を意味している。また、聖書においても、人間の消滅する肉体を塵からの被造物として「塵の身」であるとする。しかし、塵の「世」や「身」ではなく、「あめつち」に掛けることによって、未だ分化する以前の原初的な天地を想起させ、神の住む根源的な空間がイメージされる。

⑰峰の月

[怜] 峯月　代 三笠山峯より出る月かげの天津空にも照まさるかな　京極前関白（秋之部下）

[選] 新後冬 見るまゝに雲もこの葉もさそはれて嵐にのこるみねの月かけ　後西園寺入道（二下　冬）

[草] 嶺月　うき雲のおりしつまれる時まちてやゝすみのほるみねの月かけ　枝直（秋部下）

[鰒] 松上月　いたつらに思ひし峯のひとつ松こよひ月こそすみのほりけれ　＊作者名は記載されていない。（初篇　秋部）

[鰒] 峯月　小くら山雲のかけはしとたえして嵐に越る嶺の月影　福田久鎮（三篇　秋部）

[鴨] 峰月　峯たかみ松をはなれてゆく雲のたえまに月のかけそほのめく　和田実行（太郎集　秋部）

[雑] 松月出山　新後撰 嶺たかみ松のひゝきに雲はれて嵐の上に月そ成行　前摂政左大臣（秋下　月）

[雑] 月前嵐　家集（拾玉）月影の出入峯は松の嵐ふくれはのへにおきの上かせ　前大僧上慈鎮（秋下　月）

「嵐」や「松」と共に詠んだ用例が多く、関連性が深いことがわかる。従って、次連の「松にふき立つ夜嵐に」は、極めて自然な表現の展開である。羽衣が、「いでがてにする峰の月」と、出で難て、つまり月を昇らせていないことに注意したい。月の欠如は、月にも優る「詩神」の清艶な輝きを印象付けて、「松」と「嵐」を伴う一幅の情景を完璧な画にしている。

⑱松にふき立つ夜嵐

恰 山家夢 新瀧の音松のあらしもなれぬれは打ぬるほどの夢はみせけり　家隆（雑之部上）
恰 庭松 新昔みし庭の小松に年ふりて嵐の音を梢にそきく　西行（雑之部中）
選 雪中松樹 続後冬きゝなれしあらしの音はうつもれて雪にそなひくみねの松はら　家隆卿（二　冬）
選 山家 新撰雑中軒近き松のあらしのたゆまむもまくらにひゝくたきのおとかな　西園寺右大臣（四　雑）

＊恰の「山家夢」の家隆と同じ歌も、「四　雑」に収録されている。

草 寒松　ふゆふかき門のひと木の松にのみよもの嵐のなこりをそきく　千蔭（冬部）
草 寒松風　岩かとにたつや一木の松にのみのこるあらしのおともすさまし　千蔭（冬部）
草 山家嵐　ひゝきくる松のあらしをまちとりて軒はにさわく山のしたしは　蘆庵（雑部上）
草 山家松風　のかれこしよをわすれすは山にすむ松のあらしも聞うからまし　涌蓮（雑部上）
鰒 寒松　吹しをるあらしにたへて年さむき後もみとりの茂岡のまつ　犬塚友直（二篇　冬部）
鰒 寒松　かくなから春を待へき松か枝の心もしらすふくあらし哉　畠山年平（四篇　冬部）
鰒 山家松　山深みあはれさひしきすまひかな嵐も庭の松をこそとへ　常操（三篇　雑部）
鴨 松上月　嵐ふく松の梢の月みれは玉にこゑあるこゝちこそすれ　八木立礼（三郎集　秋部）
鴨 庭松　山ならぬ庭にも松の年ふれはあらしのおとの高くきこゆる　善応（四郎集　雑部）
鴨 山家松風　ねられぬは都へかへる夢もみすのきはに近き松のあらしに　深月（次郎集　雑部）
鴨 松雪深　ふきあれし嵐の音もうつもれて雪にしつまるにはの松かえ　俊徳（四郎集　冬部）
分 「巻之一　天象部　嵐」の詞のみを集めた部分に、「まつのあらし」がある。

多くの用例がある。「山」「年ふる」「夜」「夢」を共に詠み込むことによって、人気を拒絶する峻厳なる情景が構成されている。「松にふきたつ夜嵐」は、これらの措辞が表象する情景を集約して峻厳の美を表出すると共に、「松の夜嵐」と「夢」との関連性を踏まえて、次行の「かりねの夢」へと表現を緊密に展開していく。

⑲かりねの夢

[怜] 旅宿夢　代 嵐ふく峰のさゝやの草枕かりかねの夢は結ふともなし　公相（雑之部上）
[怜] 旅夢　千 草枕かりかねの夢に幾度かなれし都に行かへるらん　隆房（雑之部上）
[草] 旅宿恋　くさ枕露のちきりをむすひてもかりねの夢はいふかひもなし　宣長（恋部上）
[鴨] 旅恋　草まくらうしやかりねの夢をたに結ひもはてぬしのゝめの床　鶴雄（五郎集　恋部）

用例は、いずれも旅上という設定であり、儚さを伴う。同じ詞を用いることによって、「詩神」の状況に不安定感が生じ、新たな展開への導入となる。

⑳けむれるまみ

今回扱った類題集に用例は見当たらなかった。『大観』には「六五三二　嵐ふく松のみどりのみだれてはとほ山姫のまゆもけぶれる」（『草根集』「遠山松」）があるが、『草根集』に版本はなく、江戸中期ころの書写かとみられるノートルダム清心女子大学蔵本の写本が底本である（「解題」による）。この歌の情景設定は「詩神」と酷似しているが、果たして羽衣は、写本に目を通し得たであろうか。「翠黛」と言えば、美人の眉、あるいは黛を引いたように見える遠山を指すが、この成語から究極の自然美である「詩神」の形容を着想し、眠れる状態を表現するために、「まゆ」ではなく「まみ」と用いたのかもしれない。また、「けむれるまみ」ならぬ「けむれるまゆ」と言えば、源氏が北山で垣間見た、「つらつきいとらうたげにて、まゆのわたりうちけぶり、」（「若紫」）という紫の上の様子が思い浮かぶ。羽衣は、類縁的に喚起されるイメージを踏まえて、「詩神」の清浄美を表現しようとしたとも考えられる。

㉑小琴

怜　松風調琴　拾琴のねに峯の松風かよふらしいづれのをよりしらべ初けん　斎宮女御（雑之部中）

選　「四　雑」に「松風入琴夜」として怜と同じ斎宮女御の歌が収録されている。

草　松風入琴　嶺高き松吹かせにつまことのしらへにかよふおとそえならぬ　涌蓮（雑部中）

鰒　月前松風　宮人の月にかきなす琴のねを松ふく風におもひやる哉　亮澄（初篇　秋部）

鰒　月前松風　影すめる月の都の琴の音と聞なすはかり松風そふく　依平（三篇　秋部）

鴨　松風入琴　かきならすことにむかしやしらふらん峰の松かせひらきあひつゝ　重興（三郎集　雑部）

鴨　寄琴恋　いかなれば玉の小琴のたま〳〵も我まつ風にかよはさるらむ　克俊（四郎集　恋部）

「琴」あるいは「小琴」は、「峰」「月」「松風」と共に一首の冷涼たる美を形成している。第六、七連は、峰の月、松の夜嵐、夢、小琴と、先例の措辞をほぼ踏襲しつつ、安定感の高い情景を展開している。第一～三連においては空間の異次元性が顕示されていたが、ここでは伝統的な荘厳美を凝縮することによって、「塵にしそまぬあめつち」の清浄美を具現化している。この美の中心は、「峰の月」を「いでがて」にした「詩神」であり、第四、五連の春の花々による艶麗なエロス性と一対になっている。ここに「かりねの夢」が無常感を呼び込んで、ある変化を予感させる。

(四) 「詩神」の述懐

あはれわが琴きゝねかし、
　天とつちとのそのなかに、
人のなさけと真心を、(22)
　汝が緒にすげし玉琴よ。

ひとたびなれをかきなせば
　玉のひゞきもいづるなり。
一たびなれをすがゝけば、
　こがねの声もきこゆなり。

あらぶる神もなごむなる(23)
　なれがくすしきしらべには、
世のうたびとのもてはやす
　花のあはれもなにかせん。

㉔しこのえみしもひそむなる
　なれがこよなき色ねには、
世のうたびとのめであそぶ
　月のあはれもなかりけり。
その汝をしもよそにして、
　心うきたるをり〳〵の
月と花とにあくがるゝ
　世のうたびとのはかなさよ。

（第八～十二連）

㉒人のなさけと真心を、汝が緒にすげし玉琴よ

[怜] 寄糸述懐　代むすぼるゝ心のをこそ悲しけれ思ひしとけばとけやすき身を　慈鎮（雑之部中）

[草] 寄緒述懐　ぬれきぬをぬひにのみぬふいつはりに人は心のをゝそすけゝる　長流（雑部中）

[馥] 寄琴恋　かきならす手馴の琴の一すちの玉のをすけていつかひかれん　隆子（四篇　恋部）

[馥] 琴　古のよ竹のことにすけしをはいかなるふしにしらへなしけん　佐菅広足（五篇　雑部）

[分]「巻之七　器財人倫部　緒」に[怜]と同じ慈鎮の歌が、「心の緒」という題で収録されている。

「緒」がすげるのは「心」であり、「琴」もまた「玉の緒」をすげる。羽衣は、先行する措辞を踏まえつつ、「緒」

を介して「心」と「琴」を繋ぐことによって、「琴」に芸術の理念性を象徴させたのである。

㉓あらぶる神もなごむなる

怜　荒和祓　六　ねぎごともきかであらふる神だにもけふはなごしの祓てふ也　したかふ（夏之部）
草　荒和祓　御祓河かせのまに〱おほぬさも荒振神もはなちてそやる　契沖（夏部）

いずれも夏越祓を詠んでおり、「あらぶる神」と言えば神々の中でも邪悪な性質が強調される。

㉔しこのえみしもひそむなる

「しこのますらを」ならぬ「しこのえみし」は、類題集にも『大観』にも見当たらなかった。蝦夷と言えば、古代における東国平定が想起され、あるいはこの時代だと北海道も入ってくるのかもしれない。明治二十年代中期は、原抱一庵『暗中政治家』（明24・6　春陽堂）遅塚麗水「巨人《をとこ》石《いわ》」（『国民之友』142号　明25・1）「蝦夷大王」（『都の花』81〜83、85〜87、89、90、92、93、95、98、99号　明25・4〜26・1）と、北海道を舞台にした政治犯や土着民の反乱をモチーフにした小説が書かれている。いずれも〈闇〉や〈謎〉を強調し、北海道を畏怖すべき空間として把握している。[21] 当時のこのような作品を置いてみると、「しこのえみし」は、「あらぶる神」と対になる神話的英雄的な像を喚起すると考えられる。この対句的措辞は、『古今集』（「仮名序」）の「目に見えぬ鬼神をもあはれと思はせ、（略）猛きもののふの心をもなぐさむるは、歌なり。」という一節を踏まえつつ、対象の魔力を強化することによって、それらをも服従させる芸術の真理を主張している。

女神は、「玉琴」の音は「花のあはれ」「月のあはれ」を超越すると語り、「月と花とにあくがるゝ／世のうたびとのはかなさよ。」と、琴を顧みず季節に浮かれる詩人達の軽薄さを嘆く。前連までにおいては「月」と「花」を中心に女神像を形象化し、ここではその「月」と「花」の情趣を比較対照の基準として芸術の本質に語り及ぶ。形象化し得ない超越的な真美が芸術の本質であるということになる。㉒の措辞にある「真心」とは、明治二十年代までの歌壇の中心的存在であった桂園派の歌論の用語でもあった。香川景樹は、「誠実よりなれる歌」は「感と調との間に、髪を容るの隙なく、一偏の真心より出れば」「おのづからなる調べ」をなすと述べ（「歌学提要」[22]）、田山花袋や松岡（柳田）国男が師事した松浦辰男は、「歌の精神」を「天性に原づくを以て主となす、天性即ち真心にして道を修むるの根本なり」[23]としている。「人のなさけと真心」は一連の文脈から考えて、これらの近世的な歌論に見られる天地の道理に基づく心性をより普遍的に理念化しようとした概念であると言える。羽衣は、その歌論において「げに実際を離れて真実をうつすといふことは実に歌絵画などなべて美術の精神也。」「美術の目的は天然を模擬せずして、必ずや其一皮を剝ぎ、其銹を落し、曇りを拭ひ、其垢を去り、穢を清めたる天然の真相を模する也。正味をあらはす也。是真相や吾人之を美と名く。」（『新撰詠歌法』「第一篇 歌の本質及分類 第一章 歌の本質」）と、「真実」「真相」の把握を重視し、理念的な美を志向している。羽衣はまた、「歌は感情のありのまゝをうつすものにあらずして感情の真相即ちその誠を歌う也」（同）「歌は実景をうつすものにあらずして景色の精美をうつし感情のありのまゝをあらはさずして感情の至誠をあらはすもの」（『霓裳歌話』「歌の想像」）と、「真相」を「誠」「至誠」とより伝統的和歌的な語彙で言い換えてもいる。自らの詩的基盤である和歌的な表現を、どれだけ芸術として普遍化し得るかという羽衣の姿勢が窺える。

琴に芸術の本質を象徴させるという設定は、『蓬萊曲』の琵琶と共通する。『蓬萊曲』では、主人公の柳田素雄が「汝をたのみて、調乱れながら、／わが魂の手を尽して奏でぬれば／忽如現世も真如のひかり！」と歌う。超越性への志向は同じであるが、透谷が貪欲に和歌的伝統的な表現から翻訳的語彙までを吸収しつつ造語も企てたのに対し、羽衣の場合は、和歌的な表現が内包する近代性を追求しようとするのである。

(五)〈芸術〉の形象化

高角山のみねの月、⑳
さしづる影のいときよく、
よなく〳〵なれをてらしけん
光ぞ今はしのばるゝ。

和歌の浦わの葦辺鶴、㉖
さやけき声のいとたかく
年ごろなれに合せけん
むかしのねこそこひしけれ。

思へば幸無わが琴よ、
こゝらのよはひへぬれども、
時にもあはでいたづらに、
嵐の庭にうもるとは。㉗

あはれわが琴あなあはれ、
　いざさはまたもねむらばや。
世にすぐれたるうたびとの
　汝をたならさんきはみまで、
やをら小琴をかきいだき、
　㉘月にうらむと見るほどに、
やがてそひふす㉙岩がねの
　夢はいづこかたどるらん。

（第十三～十七連）

㉕高角山のみねの月

万　いはみのやたかつのやまのこのまよりわがふるそでをいもやみつらむか

人麿（下巻　長歌部　相聞　石見のくにより妻にわかれのほりくる時によめる歌）

怜「雑之部上　別妹」に右と同じ歌が収録されている。

選「五　別」に右と同じ歌が収録されている。

用例はこれのみであったが、『大観』を参照すると、「八七九　いはみのやゆふこえくれてみわたせばたかつの山に月ぞいざよふ　中納言為氏」（『続古今集』巻十「羇旅」）「三五一　石見がたたかつの山に雲晴れてひれふる峰を出づる月

かけ　後鳥羽院御製」（『新後拾遺集』巻三「夏歌」）「一〇九　いはみがたふけ行くままにつきぞすむたかつの山に雲やきゆらん　後徳大寺実定」（『林下集』）等がある。『大観』の用例は、いずれも歌枕である「高角山」とそこに懸る「月」によって、人麻呂的、万葉的な旅情を追体験している。先例を踏襲した措辞は、歌聖と称される人麻呂像を喚起し、「月」はいわば芸術的な聖地の光としての象徴性を帯びる。

㉖和歌の浦わの葦辺鶴

万　わかのうらにしほみちくればかたをなみあしべをさしてたつなきわたる　赤人（下巻　長歌部　雑歌　紀伊の国に幸の時よめる）

怜「雑之部中　浦鶴」に右と同じ歌が収録されている。

選「四　雑」に右と同じ歌が収録されている。

草　浦鶴　わかの浦のあしの葉かくれすむたつの霜に鳴音はきく人もなし　成章（雑部中）

鰒　鶴　千代を経て老せぬ和歌の浦の名はあしへになるゝたつや知らん　大平（初篇　雑部）

これも万葉的な寿ぎの光景に起因する歌枕である。羽衣がこの歌枕を用いたのは、やはり万葉的な歌枕である「高角山」と対にして、山と海による芸術発生の根源的な空間を構成しようとしたためであろう。かつては「琴」がこの地の「月」や「鶴」と共鳴し合っていたと歌うことによって、聖なる時代からの懸隔を強調するのである。それと共に、これらの措辞は、冒頭の「しら雲の五百重しきたつ」「み空にはふる」という記紀歌謡的、万葉的な措辞と呼応しつつ、芸術空間の根源性という作品の大枠となっている。

㉗嵐の庭にうもる

選　落花　新勅雑一　はなさそふあらしの庭の雪ならてふりゆくものはわか身なりけり　西園寺入道（四　雑）

分「巻之一　天象部　嵐」に「嵐の庭」として右と同じ歌が収録されている。

用例はこれのみであるが、「嵐の庭」と聞いてすぐに思い浮ぶのは、『百人一首』にも入っているこの歌である。例歌を喚起することによって、歳月の遥かな経過を実感させると共に、連を隔てて「松にふき立つ夜嵐」（第七連）との照応関係を作りつつ、作品の収束に向かう。

㉘月にうらむ

怜　対月述懐　代　さらず共空に知らん身のうさを月にむかひて恨みつるかな　頼政（雑之部中）

怜　月前述懐　代　徒にながめておつる涙かな過さぬ月のうらめしきまで　為家（雑之部中）

怜　月前恨恋　代　待兼て独ながむる有明の月にぞ人をうらみはてつる　讃岐（恋之部中）

草　寄月恨恋　うき人のつらさにくもるをり〳〵を月におほせてうらみつる哉　千蔭（恋部中）

鰒　月前鹿　すみわたる月のよすから鳴鹿はおもひくまなき妻やうらむる　渡辺興子（二篇　秋部）

雑　月前恨恋　子（題林愚抄）くもるとも見ざりしものをとはぬまの恨にかはる秋の月影　平斉時（恋）

月に対する述懐は、涙をこぼしつつ恨む情動性であり、恋の恨みであることが多い。この情動的な辞を用いたことによって、女神の嘆きが深いエロス性として表出される。このエロス性は、第四、五連の春の花による形容と呼応し合う。

㉙岩がねの夢はいづこかたどるらん

[怜] 旅宿嵐　新 岩がねの床に嵐をかたしきて独やねなんさよの中山　有家（雑之部中）

[怜] 寄夢恋　新 逢ひみてもかひなかりけりぬば玉のはかなき夢にたとる現は　興風（恋之部下）

[選]「五　旅」に「旅宿風」として[怜]と同じ有家の歌が収録されている。

[鰒] 旅　日かす経てやつるゝ袖に岩かねの床うちはらふ夜さへ有けり　光秋（三篇　雑部）

[分] 岩ねの枕　新後撰 しのふ山岩ねの枕かはすともした行水のもらさずもがな　光俊朝臣（巻之二　地儀部　石幷岩巌）

[分]、[怜]、[選]と同じ有家の歌が「巻之二　地儀部　石幷岩巌」に収録されている。

同一の辞は見当たらなかったが、「岩がね」「岩ね」は「床」「枕」に掛かるので、そこから「夢」という詞は派生する。またこの措辞は、「岩やの苔をまくらにて」（第三連）「かりねの夢やさめやらん」（第七連）に照応している。先に述べたように第十三～十七連は、既出の措辞との照応関係によって措辞を構成しつつ、終結部分として成立している。

「時にもあはで」「世にすぐれたるうたびと」が出現するまではこの世に存在し得ないという現実と芸術との乖離は、やはり『蓬莱曲』に類似する。『蓬莱曲』において「琵琶」は、「朽ち行き、廃れはつる味気無き世に／ほろびの身、塵の身を、あはれと／音に慰むるもの。」であり、素雄の「朋友《とも》」「分半者《つれ》」であった。琵琶は蓬莱山頂から投下されて彼岸への素雄の先導者となり、素雄は彼岸で再生する。琵琶も素雄ももはや現実社会では存立し得ない。「詩神」においても、琴と女神は一体の関係である。境界的空間から彼岸に渡った素雄に対し、女神はそもそも彼岸的であり、いわば彼岸から異界に降りている存在である。真の芸術家が現れる世になるまで、女神は異界の奥深く姿を潜めるのである。現実社会における芸術の不在を、透谷は此岸の側に立って描き、羽衣は彼岸の側に立って描いたと言える。

両者の視点の相違は、真理の追求という芸術の把握は同じでも、どのように追求し得るかという把握する位置の相違による。第一部で見たように、透谷は、他界と人間とのエロス的な感応に芸術の根源を見出していた。これに対し羽衣は、「歌に用べき言語は日常の言語より一層醇化し砥礪し銑錬したるものを要す。即ち塵俗の気を脱したるものを要す。こゝに於てか古語は屢々詩中に導かるゝに至る也。」（『新撰詠歌法』「第二篇　歌の体製　第一章　歌の用語」）と、「塵俗の気を脱したる」超越性の表現を古語という言語の位相に特定しようとする。「古語を用ゐる時は、其語の生れし時代の古昔なりといふの故を以て聯想上おのつから益々尊く益神聖となり、以て其思想をます〳〵けたかく世のつねならざるに至らしむるを得べき也。」（同）と、思想性と言語の位相とを同調させる。従って、「俗語は其素性いやしくして常に粗野卑賤の心を聯想せしめ易き傾向あり。」と、歌語としては俗語を認めず、香川景樹の「雅俗は音調にありて詞にあるものならず、さるをひたすら俗言をうとみ古言をのみ雅なりと思ふはいふにたらず」という雅俗観に対し、「一を知りて二を知らざるの言也。調に雅と俗のあるはもとよりさること也。されど如何ぞこれ言語の雅と俗ならんや。」と、既存の体系性に基づいて表現を実体的に把握しようとする。透谷が、他界と自己の「瞬間の冥契」を表現の根源的な契機であると見なしたのに対し、羽衣は、雅語という超越性の形象化に立脚することによって普遍的な芸術を構築しようとする。表現と対象の把握を固有の体験の中で同時的一体的に位置づける透谷に対して、羽衣においては、表現は言語体系として自立しており、表現の位相に従って対象を把握する視点や次元も差別化されるのである。このように自立した体系性としての表現の把握は、当時の標準的な言語観ではなかったかと考えられる。第一節に挙げた『韻文作法』の江藤桂華は、「詩神」について「此の種の思想を謳ふの時に於ては、用語は雅言なる可く、措辞は優婉を主とす可し」と注意を促していたし、藤村もまた、羽衣の「詞の用ゐざまの正しき」ことを評価していた。表現に関する同時代的な認識を共有しつつ、異界の美女という同時代的なモチーフにおいて自らの芸術観を作品化してみせたのが、「詩神」である。「詩神」は雅語的な表現体系において、和歌的な措辞をずらすことによって和歌的な情趣からの差別化を図り、芸術という近代的な理念を表現しようとした。雅語という既存の〈芸術〉的な言語の位相を、芸術という理念のもとに普遍化しようとした表現の方向性が、規範的な美としての感受を可能にしたのである。

注

（1）「第三章　自由発表主義作文期　二　日露戦争へ接近時期の作文教授　㈠概観──思想の表彰と知徳の啓発　3　国家主義教育の推進」（昭52・8　国土社）

（2）『明治文学全集第41巻　塩井雨江　武島羽衣　大町桂月　久保天随　笹川臨風　樋口龍峡集』（昭46・3　筑摩書房）の「解題」。

（3）「第一編　草創時代　第三章　草創後期　第十節　大学擬古派の隆替と藤村」（巻ノ上　昭23・12　巻ノ中　昭24・5　巻ノ下　昭24・11　創元社）引用は『日夏耿之介全集』第3巻（昭50・1　河出書房新社）による。

（4）（3）に同じ。

（5）（3）に同じ。

（6）「武島羽衣」（『続明治文学史　上』昭25・9　東京堂）引用は（2）と同書の「研究篇」による。

（7）（2）に同じ。

（8）『日本近代文学大系第53巻　近代詩集Ⅰ』（昭47・11　角川書店）の「解説」。

（9）『太陽』（3巻24号　明30・12）引用は『樗牛全集第2巻　文芸評』（大15・1　博文館）による。

（10）『落梅集』（明34・8　春陽堂）所収。引用は『藤村全集』第1巻（昭41・11　筑摩書房）による。

（11）『一冊の講座　島崎藤村』（昭58・1　有精堂）所収。

(12)（6）に同じ。
(13)（2）と同書の「月報」第63号所収「父の思い出湧き出づるまま」。
(14)（2）と同書所収。
(15)『万葉集佳調』長瀬真幸編　寛政六（一七九五）年刊　東北大学狩野文庫所蔵本
『怜野集』清原雄風編　文化三（一八〇六）年刊　明27・8　大阪交盛館版
『古今選』本居宣長編　文化五（一八〇八）年刊　『増補 本居宣長全集』第10巻（昭13・2　由川弘文館）所収。
『草野集』木村定良編　文政五（一八二二）年刊　明27・5　大阪交盛館版
『鰒玉集』加納諸平編　文政十一（一八二八）年・初篇～安政元（一八五四）年・七篇刊　明27・4　大阪交盛館版
『鴨川集』長沢伴雄編　嘉永元（一八四八）年・初篇、同三年二篇、四年三篇、五年四篇、七年五篇刊　明27・4
大阪交盛館版
『和歌分類』有賀長伯編　元禄十一（一六九八）年刊　東北大学狩野文庫所蔵本
『歌林雑木抄』有賀長伯編　元禄九（一六九六）年刊　東北大学狩野文庫所蔵本
以上を用いた。
(16)『新編　国歌大観』歌集・索引　各10巻（昭58・2～平4・4　角川書店）
(17)『増補版　国書総目録』全8巻（平2～3　岩波書店）による。
(18) 御集、家集という表記、及びかなり略してある表記は、『大観』を参照しつつ歌集名を（　）で補足した。
(19) 引用は『日本古典文学大系第44巻　中世近世歌謡集』（新間進一・志田延義・浅野健二校注　昭34・1　岩波書店）による。
(20)「凡例」で対応する歌集名を挙げている。万→万葉集、古→古今集、後→後撰集、拾→拾遺集、後拾→後拾遺集、金→金葉集、詞→詞花集、千→千載集、新→新古今集、勅→新勅撰集、月→月詣集、続詞→続詞花集、代→万代集、六→古今六帖、である。
(21)『闇中政治家』については、九里「明治二十年代の文学に現われた「闇」――原抱一庵『闇中政治家』の場合――」

（『宮城学院女子大学研究論文集』76号　平4・12）において考察した。

(22)　内山真弓編　天保十四（一八四三）年成立　弘化四（一八四七）年刊　引用は『日本歌学大系』第8巻（佐佐木信綱編　昭33・5　風間書房）による。

(23)　宮崎湖処子「歌人松浦辰男氏を訪ふ」（『国民新聞』明24・3・25）

＊『美文韻文花紅葉』の引用は『明治文学全集第41巻　塩井雨江　武島羽衣　大町桂月　久保天随　笹川臨風　樋口龍峡集』による。

二 「戦死卒」における雅語的表現

『美文韻文花紅葉』に収められている「戦死卒」は、『帝国文学』（1巻4号　明28・4）が初出である。この時期は、日清戦争を背景に軍歌や戦争詩が盛んに作られ、新文学待望論が頻出していた。当時の主な雑誌における論調を見てみると、『太陽』は、日清戦争勃発について「鬱積せる国民の声は歌と為つて顕はれ詩と為つて響き」「遂に模倣的を離れて創作的の新体詩を促し出ださんとする時期は来れり」と、国民的文学として固有の表現が生まれる好機であると見なす。しかし、「皆一気呵成の作にして健全なる文学上の製作物と称し難き」と、拙速な作品が殆どであるという現状も認識している。その理由を「創作物を出だすに勉めずして精神を修養することに従事せり。其寂寞たり荒涼たるは当然の結果のみ。」と、国民的精神を涵養する時期であると述べて、その自覚を促がそうとする。「而して此二十七年に播種せるもの。果して如何なる収穫を吾人に送るべきか。吾人は幾多数ふべからざるの希望を以て之を俟つものなり。」と、国民的精神が速やかに表現に反映されることを強く期待するのである（1巻2号　明28・2「文学欄」の「明治二十七年の文学界」）。これに対し『帝国文学』は、「文学は国民思想の反響なり。預め其因を自家に具ふるに非れば一切諸縁は何によりて之に執着せん。」と、戦争が国民的文学の要因として内在的なモチーフたり得ることを疑問視する。「百万の血髑髏は一双の蛺蝶と何れか多く詩人の情を惹くべきかは未だ俄かに判ずべからず」と、世俗的実際的な価値基準を文学にあてはめることを警戒しつつ、「所謂戦争文学の外、世又文学なからんとす」る「島国人民の狭量小胆」を批判している（1巻2号　明28・2「雑報」の「戦争と文学」）。更に

「戦争文学」（1巻8号　明28・8）では、「徒に腥風、血雨、積屍、鉄蹄等の文字を陳列して外面上の戦争を写すは、毫も文学の趣味なく、人を動かすに足らず、戦争以後に於ける断腸恨後事少なからずとせんや。筆を執る者宜しく眼を内面の極微に着すべし。」と、文学が文学として自立するためには戦争を語る通俗的な型に陥るのではなく、「内面の機微」の探求が必要であると述べている。

『太陽』は、国民が共有する心性が固有の思想を形成し、そこから近代的な文学が生まれることを期待しているが、『帝国文学』は、その心性が実際的な価値基準のみを強要して、文学の自立性を阻害することを危惧する。軍歌や戦争詩の隆盛という現状をめぐる両者の認識は、かなり隔たっている。この懸隔は、両者の具体的な作品評価にも表れている。前出の「明治二十七年の文学界」（『太陽』）は、『読売新聞』に掲載された「わしのとなり」（牛込閑々堂主人）を、「何ぞ其語の諧謔にして意匠の斬新なる。豈一材料として此に漏すべきものならんや」と賞揚する。

わしの隣の鍛冶屋のお爺さん。何を打つかと覗ひて見たらば、玉も散る様な日本刀。何を切るのと尋ねて見たりや、大槌小槌は声張りあげて、ソレ〳〵ソレ〳〵豚尾漢〳〵

『太陽』にとっては、清人に対する露骨な侮蔑と敵愾心の表出が、和歌的美意識に束縛されていない、生活実感から生じた国民意識であると考えられたのである。しかしこの歌は、「戦争以後に於ける断腸恨事少なからずとせんや。」（前出、「戦争文学」）「戦時の文学は幾分か狂せさるを得ず。戦勝国の文学に於て、吾人は初て偉大なる胸度と、鬱勃たる元気を望むを得べきなり」（1巻6号　明28・6「雑報」の「凱旋」）と述べている『帝国文学』は容認し得なかったであろう。

『帝国文学』の作品評は、「軍歌の流行」（1巻1号　明28・1「雑報」）において、『読売新聞』『国民新聞』の各懸賞軍歌一等作品を揶揄的に紹介していることから窺える。

今左に読売新聞に一等賞を得たる『要塞砲撃』の数節を掲ぐ

八重の潮路を凌き来て　勇み乗込む威海衛
眠り馴れたる敵兵の　迷ひの夢や破らなむ

唯一撃に威海衛　微塵とばかり打くだき
劉公島の内海をば　血潮の海と為呉れむ

大砲の響は雷霆か　砲丸の光は稲妻か
要塞よりの仇弾は　浪間に落ちて水烟

我艦隊の砲撃に　見事砲塞砕きしが
思ひよせたる敵艦は　影だになきを如何にせん

読者は数百編中の白眉なる此歌によりて読売新聞の軍歌が幾何の価値あるかを推察するを得べし（略）其（引用者注：『国民新聞』の新体詩募集を指す。）一等賞を得たるものゝ中に『海洋島の歌』あり、簡単なるが故に左

に掲ぐ

みそらに煙たなびくは、もろこし船のありかぞと、まもるまもなくけなげにも、進みより来て我船を、ねらひて放つ筒音に、いさみたちつゝ我船のつはものたちのをゝしさは、打出す玉をはづさじと、すゝみ進みてねらひつゝ、あるひは沈めあるは焼き、残れるものは打はらひ、いとゆるやかに勝うたを三度とたなへて帰りけり

之れ民友記者が「詩品風調意想に於て所謂専門詩人よりも脱然として高」しとなさしもの、而も記者は専門ならざる詩人が斯の如き歌を作りしことを以て文学一変の兆（！）なりとせり

「要塞砲撃」は漢文調、「海洋島の歌」は雅文調という文体の相違はあるものの、戦意発揚という戦争を語る最も通俗的な型に従って、破綻なく七・五調に仕上げている。通俗的な型の内部での洗練は、「内部の機微」を文学的なモチーフとする『帝国文学』にとっては評価の対象になり得ない。

この時期の詩壇の状況については、『早稲田文学』が総括している。「時論一般」（第一次第一期89号　明28・6「彙報」）は、「征清事件も一段落となりたれば爰に新聞紙、雑誌に見えたる過去数ケ月間の持論を参照し大勢の一斑を観察せん、（略）他の一は征清事件以来国家観念といふ自覚心強く成り来て大抵の議論みな之れに由来するさまとなれる事之れなり。」と、国家という近代的意識の勃興を指摘する。翌年になって「明治二十七年中に起れる我が国振古未曾有の大事件、即ち征清の盛挙は、広く俗世間の志気を鼓舞せしと同時に、多少文学の方面にも影響し、沈思瞑想の傾向は、やゝ活気ある思索的精神と化し、元より目に見ゆる程の結果とては生ぜざりしが、只何と

なく生気づきて所謂企業的精神は隠然文壇にも鬱勃たりき、一旦挫折せりし新体詩の如きも、更に此の際より新生気を加へ来たり」（第一次第二期1号　明29・1「彙報」）と、新たなモチーフとしてではなく漠然と活気を与えたとして戦争が文学に及ぼした影響を述べる。「一旦挫折せりし新体詩」とは、山田美妙の「日本韻文論」に見られる西洋の韻律を手本にした新たな定型の模索とその中絶を指すのであろう。明治二十八年度の文学界に関しては、「何の志いだしたる事とてもなかりしが、兎に角前途多望の妙光は、多感詩人の心眼を射て、動もすれば偏局せんとする彼等の胸懐を拡大するの効ありしか」（同）と、戦勝後の昂揚した気分が積極的なモチーフの開拓に繋がる可能性を述べるにとどまり、軍歌や戦争詩の隆盛については直接言及していない。これは坪内逍遙の戦争文学観に拠るところが大きいであろう。逍遙は、「戦争と文学」（『太陽』1巻2号　明28・2）において「醇呼たる客観の詩、劇詩、小説のたぐひは、しばらくは此れ（引用者注：戦争を指す。）が為に影を蔵さん、ひとり主観の詩、すなはち抒情、述懐の作は、或は実感に動かされたる多感の詩人が不可思議霊妙なる繡腸より成りいでゝ、至誠、鬼神をして哭せしむることあらん、而もこれ偶然の結果恐らくは戦争の必然的影響にはあらざるべし。」と、戦争と文学は本質的に齟齬することを述べる。その理由として「余は此の故に戦争の直接影響は、概して醇文学に不利なりと断言するを躊躇せず、国民の実際に専念するは其の想像の縮少すべきを予示すればなり。」と、両者の志向性が対極的であることを挙げている。従って逍遙が予測する戦時下の文学は、「醇文学」ではなく、「現世的実録、若しくは現世的事件に縁故ある、若しくは類似したる記録、又は想像の作、是れなり。」ということになる。「醇文学」が内発的なモチーフに基づいて真理を追求するものであるならば、「実録」は事実の記録が目的であり、記録する視線に作者の思想性が表出される。しかし、軍歌や戦争詩は、事件を素材にしているが記録が目的ではなく、勝敗の構図を超えた把握がなされていないとすれば、「客観」とも「主観」ともつかない、即ち「文学」以前の表現としてしか映じなかったであろう。『早稲田文学』の論評は、そのような認識の上に立っていると考えられる。

この頃になると、軍歌や戦争詩に関する否定的な評価は、『帝国文学』『太陽』にも見られる。『帝国文学』は、「征清の義挙に、愛国の熱情、敵愾の気風、天下を震撼するに当りて、世人が熱望したりし、雄健なる文学勃興は、今や、全く水泡に帰し去らんとす。驚天動地の大戦は闘はれたれども、雄壮悲憤、鬼神を泣かしむる詩歌は、未だ、歌はれざるなり。」（2巻5号　明29・5「彙報」）と、愛国心や戦意昂揚が新文学のモチーフたり得なかったことを強い口調で述べている。『太陽』も同様に、「さしも賑はしかりし明治廿八年の文壇は所詮見事に失敗の歴史を描きぬ、」と断定し、「振古以来の国民的大活動に際会して国民的精神の蔚勃として昂揚するに方り滔々たる軍歌は遂に一の注意すべき大作を吾人に与ふること能はずとは、そも〳〵何等の奇観ぞや一朝雲の如き作家は一夕霧の如く消え去りて残る所は七五五七の元の杢阿弥のみ雨江羽衣桂月等二三少壮作家のやゝ注意すべきありと雖も其の詞其の調はた其の想所詮共に陳腐の評を免れず彼等はたしかに吾人が優雅なる王朝的感情を歌ふことに於て成功せりと雖も而かも遂に十九世紀に於ける大国民としての吾人の最も進歩せる情想を暢発すること能はず。其詞如何に醇雅其の調如何に流麗なるも、其の想如何に温藉なるも国民は未だ国民的詩人として彼等を奉ずること能はざる也」（2巻1号　明29・1「明治廿八年の文学界」）と、新たに登場した擬古派の前近代性を批判している。『太陽』が言う近代性とは、「十九世紀に於ける大国民としての吾人の最も進歩せる情想」という規定が明瞭に示しているが、西洋諸国と同等の近代国家として同水準の文化を有することであった。この戦勝を、国民が近代的国家を志向する精神性を共有しつつ、それを中心に自己を形成する好機であると見なしていたことがわかる。しかし、擬古派の抒情は、伝統的な美意識を遵守しており、そのような自己形成の意識がないと言うのである。

擬古派の影響力に関しては、『太陽』（2巻14号　明29・7「文学欄」の「最近の新体詩界」）が、『青年文』に拠る詩人たちに言及する形で、「所謂擬古派の一輩が趦趄逡巡、是を模捉すること敢てせざりし所の大胆なる詩思を駆り、多くの語法の左右に拘泥せず、快腕一揮、偏に其の才藻を煥発せんと直前するの勇気は、大に擬古派新体詩の単調、和平に慊焉たりし幾多批評家の意を強うせしものありき。然れども近来甚だ是意気に乏し。想ふに彼等の多くは所謂擬古派の口吻を学び、其格調辞句に苦心するの余り、知らず〳〵其不羈自由なる青年の情思を拘束し、遂に往年好望の青年才子をして是陳々腐々の文字を臚列せしむるに非るなきを得むや。」と、措辞に腐心し思想性が希薄化する傾向を批判している。この状況は、『太陽』にとっては「頃来の我新体詩壇は一般に沈静にして、気運亦漸く保守に傾けるもの丶の如し。吁我新体詩は遂に進歩すること能はざるか。」という憂慮すべき停滞であった。これに対して『早稲田文学』（第一次第二期25号　明30・1「彙報」の「新体詩」）は、「前年までは稍々想を先にして声調を疎にする傾ありし青年派の詩人までが声調の流麗といふ事に注意する趣ありし点よりいへば、昨年はむしろ声調に重きを置くこと一般の傾向なりしかとも見ゆ」「擬古派の喜こばれしは、他の生硬平板なる調に失望せしもの丶せめては此れに趨れること一因なるべく」と、「国民的精神」という「想」の主張の反動的現象として擬古派への同調を捉えている。

その特徴を前近代性に見るか、「調」という詩的表現に見るかの相違はあるが、『太陽』『早稲田文学』は共に、擬古派を、イデオロギーを優先させる戦時下的な表現の対極に位置づけている。それでは、擬古派の代表的な詩人である羽衣の「戦死卒」は、時代的なモチーフを芸術としてどのように内発化させたのであろうか。本章ではこの点について考察する。

㈠　原詩との比較

「戦死卒」は、『帝国文学』初出時には、「この歌は、独逸詩人ルードキツヒザイルが作なるデルトーテゾルダードといへるにならひて、ものしたるものなり。」という前書きがあり、翻案の作品であることがわかる。「独逸詩人ルードキツヒザイル」は不明だが、「デルトーテゾルダード」に関しては、ヨーハン・ガブリエル・ザイドル（Johann Gabriel Seidl）の「死んだ兵士」（"Der todte Soldat"）と題名が一致しており、内容的にも「戦死卒」と重なるので、これが原作であった可能性が高いと考えられる。[1] ちなみに、ザイドル（一八〇四～一八七五）は、ウィーン生れの叙情詩人、物語作家、劇作家、考古学者である。特に叙情詩に人気があり、民謡的な作品を得意とした。代表的な作品には、『ビフォーリエン』（一八三六）があり、オーストリアの国歌「神よ、皇帝フランツを守り給え」（一八五四）も作詞した。「ウィーンのフォアメルツ期（引用者注：一八一五年から一八四八年の三月革命までの時期を指す。）の文学的ジャーナリズムの重要な代表者」であると位置づけられている（ヴァルター・キリー『リテラトゥア・レキシコン』―文学事典による）。「死んだ兵士」は、『ザイドル全集第2巻　ビフォーリエン』（ハンス・マックス編、ウィーン、ヴィルヘルム・ブラウミュラー　一八七七）に収録されている。また、エドゥアルド・エンゲル『ドイツ文学史』（ウィーン、一九〇八、第三版）は、「オーストリアの慎ましい何人かの詩人たちは、今日でもまだすっかり忘れられたわけではなく、その小さな韻文物語は長らく教科書に取り上げられる常連となっている。これらの作品のいくつかは救い出されるだけの値うちがある。（略）ウィーンのヨーハン・ガブリエル・ザイドルでは「死んだ兵士」がまだ知られている。」とザイドルを紹介している。これらの資料から察するに、ザイドルは、一時期華々しく活躍したものの、その後は文学史上にその名をとどめるのみの詩人であり、代表作『ビフォーリエン』に収録された「死んだ兵士」が最も知られているらしい。

　それでは、「戦死卒」と「死んだ兵士」とを具体的に比較対照してみる。「戦死卒」は戦、「死んだ兵士」はDという略号で記す。

戦　をちかた白き木がらしに、

血潮の露の玉ちりて、
風もいろある末野原
つはものひとりたふれたり。

D 遠い異国の野に
一人の死んだ兵士が横たわる。
たとえどんなに勇敢に戦ったとしても
数に入れられず、忘れられた兵士が。(2)

原詩は兵士の無名性を強調している。「戦死卒」では直接それに該当する表現はない。しかし、原詩にはない「木がらし」「露の玉」という秋の荒涼とした景物、「末野原」という辺境性を、「つはものひとりたふれたり。」の背景となすことによって、「ひとり」という詞が、誰にも知られぬ死、孤絶した死のイメージを喚起する。

戦 いさめる駒のひとすぢに、
顔もそむけずすゝみけん、
そびらに傷はおはねども、
額にたまのあとしげし。

D 多くの将軍たちが十字章をつけて

その傍らを騎馬で通る。
そこに横たわる者も
　十字章に値することを誰も考えない。

原詩は、勲章を着けた将軍と無名の戦死兵を対照しつつ、真の勇敢さが正当に扱われない差別を衝く。これに対し「戦死卒」は、原詩前連の「たとえどんなに勇敢に戦ったとしても」の箇所をこの連において敷衍しており、原詩とはずれている。唯一、原詩と関係があるのは、将軍の地位を表す「騎馬で通る」を、「いさめる駒のひとすぢに、」と、昂然と前進する兵士の姿勢に生かしていることである。対照の構図による権力への批判という原詩のテーマは、全く欠落している。

[戦] 君につくしゝ真心を、
　　　とむらふ人のかげもなく、
　くやし涙にむせぶらん、
　　　かばねにそゝぐ草の露。

[D] たくさん質問され、嘆いてもらえる
戦死者達もそこにはいるが、
この哀れな兵士には
涙も言葉も向けられない。

原詩は、無名の戦士者を看過してしまう将軍達の傲慢さを語る。「戦死卒」は、原詩前連の「そこに横たわる者も／十字章に値する」を、この連において「君につくしゝ真心」として表現している。しかし、原詩の「十字章」が国家への忠誠心の象徴であるのに対し、「戦死卒」では「君につくしゝ」と、絶対者と個人の関係に変わっている。従って、原詩の「涙も言葉も向けられない」は、権力を持たざる者の黙殺を批判的に捉えているが、それに該当する「とむらふ人のかげもなく」は、絶対的な関係下での運命である。無名の戦死は、「くやし涙」が「草の露」と化して「かばねにそゝぐ」のであり、兵士の無念が如何に深いかを物語る。悲劇的な兵士の運命を自然が受け止めることによって、自然の超越性と対比的に人の世の無常が喚起される。

戦　夕かげしげきふるさとに
　　をゝしき父もうちしをれ、
　そなたの空をながめつゝ
　　「あはれ我子やいかにせし。」

D　しかし遠い故郷では
　夕焼け時に一人の父親が座り
　不安な予感に充たされて言う。
　「息子は死んだに違いない。」

原詩では、父親が息子の死を確実に予感している。「戦死卒」は、原詩のように直接的に息子の死を語ってはいない。しかし、「夕かげしげき」という闇の進行を背景に、「をゝしき父」ですら我が子の安否を口に出してしまうことによって、ただならぬ状況の予感を表現している。「をゝしき父」の不安は、「そなたの空をながめつゝ」という和歌的な詠嘆の行為によって象徴される。

[戦]「帰らぬ見ればさりともと、
　　思ひし我子も失せぬめり。」
いひつゝ母はふししづみ、
　　限りのさまにうちなきぬ。

[D] そこには泣いている母も座っている。
そして声高に咽び泣く。「神様、お助けを
息子は知らせてきた。
時計が十一時で止まっている。」

原詩では、前連の父親の予感を受けて、止まった時計が息子の死を象徴し、母親は悲嘆に暮れる。「戦死卒」には予感を事実として確認するという行為はなく、父親の不安は母親の直感によって確信に深まる。事実の確認という行為を外すことによって愛情の直感力を強調し、それに伴う衝撃と絶望の深さを表現しようとしたのであろうか。

戦 妻はつゆけきさむしろに、
「わがせの君はなきものと、
思ひつゝなほわが身には、
今までゐますこゝちして。」

D するとき青ざめた少女が
外の薄明りをじっと見つめる。
「たとえあの人が行って、そして死んだとしても
私の心にとって死ぬことはない。」

原詩では、三人の中で「少女」だけが、「私の心にとって死ぬことはない。」と意志的な感情を見せる。ここにはおそらく、父母の世代とは異なって、若い世代が人の死を心の中で再生させ、次代へと引き継いでいくことへの期待が込められている。しかし、「戦死卒」の「妻」は、「今までゐますこゝちして。」と、意志的な態度ではなく未だ事実を対象化し得ない判断停止の心的状況を語っている。「つゆけきさむしろ」は、孤閨を託つ和歌的措辞であり、夫亡き欠落感の大きさを象徴する。このように、「戦死卒」は、父、母、妻、それぞれの立場における衝撃の差別化を図っているが、茫然自失という点においては同じ心情である。世代差によって受動から能動へ転じるという原詩の発展的なメッセージ性はない。

戦 闇にしまよふたらちねの

なみだや雲となりぬらし、
恨むるつまの真心に、
　空もあはれやしりにけん。
見わたす果もあら野原、
　空とひとつにしぐれつゝ、
草むすかばねおとづれて、
　うらさびしくもそゝぐなり。

D
三組の目は
心に可能な限り熱い思いで
哀れな死んだ兵士のために
天へと涙を送る。

そして天はこの涙を
小さな雲に受け止めて
大急ぎで
遠い野へと雲を運ぶ。

原詩では、家族の祈りが天に届き、小さな雲となって死んだ兵士の元へ届けられる。「戦死卒」では、涙は「をゝしき父」に不似合いであると見なしたのか、母と妻に集約されている。「なみだや雲となりぬらし、」「空もあはれやしりにけん。」という表現は、原詩の天に働きかける能動性とは異なって、予定調和的な天地の秩序、道理を想起させる。原詩のように、家族の祈りが自然の一部分として客体化されるのではなく、家族の心情に自然が呼応し、その心情と一体化して、自然もまた嗚咽するのである。

以上、「戦死卒」と原詩「死んだ兵士」を比較対照してみたが、原詩における国家への忠誠心を「君につくしゝ真心」に置き換えたことによって、戦争が露呈する権力構造の悲劇は、人為を超えた運命の悲劇に変わってしまった。原詩の権力構造への批判性の替りに、「戦死卒」に通底するのは、その悲劇を受け止める自然の超越性であり、「くやし涙にむせぶらん、／かばねにそゝぐ草の露。」（第三連）は、最終連の「空とひとつにしぐれつゝ、／草むすかばねおとづれて、／うらさびしくもそゝぐなり。」と照応している。自然は、残された家族の嘆きに同調して、「草の露」よりも大いなる哀悼の「しぐれ」を降らせるのである。羽衣は、原詩の批判性ではなく、悲傷の感情を中心化したのである。

羽衣は、『新撰詠歌法』の中で、「想像」の例として「戦死卒」を引用している（「第一篇　歌の本質及び分類　第一章　歌の本質」）。「想像」は、「ありのまゝの天然を離れて、別に真天地を作り出すの作用」であり、「既得の材料によりて未得の天然を創造する」ことである。「是創造といふことや、実に歌の精神にして之あれば歌生動し、之なければ歌は枯死す。」と、想像（創造）を、歌が成立する最重要の要素であると見なしている。この「想像」に富む例として、「くちをしき涙の玉かものゝふのかばねに濺く草むらの露」（石川依平）を挙げ、「秋風さむき荒原の冷露より恨を呑みしものゝふの涙に思ひ及ほせるは面白し」と評した上で、「更に之を左の独逸詩人ルードキッヒ、ザイルが戦死卒（Der todte Soldat）の作に比ふれば其想像のこまやかなる確かに数等を減するものといふべし。」

と述べて、自分が訳した「戦死卒」を掲載している。「其想像のこまやかなる」とは、「ものゝふ」の無念さを「草むらの露」という自然によって情景化するのみならず、「十字章に値することを誰も考えない。」「この哀れな兵士には／涙も言葉も向けられない。」と、将軍達の冷淡な反応を描いてみせたことを指すのであろう。羽衣にとって、「草むらの露」が、心情と自然が融合した和歌的な、従って一般的な詩的表現であるのに対し、将軍達の反応の描写は、「ものゝふ」の無念さを、より広い視野から形象化する表現として受け止められたのであろう。羽衣は、措辞の引用と類似から窺えるように、依平の歌に触発されつつ、より詩的な表現を目指したのである。また、最終連の「天はこの涙を／小さな雲に受け止めて／大急ぎで／遠い野へと雲を運ぶ。」は、そこに至る「三組の目」の衝撃がそれぞれに描かれているために、「草むらの露」が象徴する心情と自然の関係をより立体的に作品のモチーフに即して表現したと捉えたのであろう。羽衣は、「死んだ兵士」を、「恨を呑みしものゝふの涙」という心情をモチーフにして如何に「別の真天地」、即ち一つの作品空間として自立させ得るかという視点で読んでいたのである。将軍達の反応を、中途で仆れた兵士の誰からも顧みられない状況として捉えるならば、「君につくしゝ真心を、／とむらふ人のかげもなく、」と忠誠心の絶対性を強調する方が、恨みの深さを表現し得る。羽衣が関心を向けていたのは、認識の表現ではなく、心情の表現である。「死んだ兵士」から「戦死卒」への変質は、和歌的表現を前提としつつ、如何に個別のモチーフに即した詩的表現へと普遍化し得るかという羽衣の関心の持ち方に由来する。

和歌的表現は、雅語の体系の上に成立しているが、羽衣も詩的表現の前提として、雅語と俗語を峻別している。『新撰詠歌法』の「第二篇　歌の体製　第一章　歌の用語」において「吾人が平常の俗語はこれコムモンライフの言語也。吾人が日常の思想を交換する言語也。何んぞ以て激昂奔騰せる想像感情をあらはすに足らんや。（略）されば歌に用ゐべき言語は日常の言語より一層醇化し砥礪し洗錬したるものを要す。」「げにや俗語は其素性いやしくして常に粗野卑賤の心を聯想せしめ易き傾向あり。けたかく際はなれたる思想を歌はむに用ゐるべからざるは言を待たず。」と、俗語には「コムモンライフ」を、雅語には「想像感情」の世界を対応させている。

言語体系の位相に応じて表現し得る対象が決定し、実体的な世界として存在するという表現観は、羽衣の根底にあった。夙に、『太陽』が擬古派の反動性を批判した文章への反論として書かれた「新体詩と雅俗語」（『帝国文学』2巻3号　明29・3）において、「蓋し詩歌は平生の談話とは異にして、一層悠遠高尚なる感情空想の世界に遊ぶものなるを以て、吾人が、平常の通用より一歩高めたる言辞を用ひて、以てそが使用に応せんとするは、これ数の免れざるところなり。而して、その高古なる措辞の目なれざることゝ、其言語の時代よりおこりきたる聯想とは、詩歌が、高遠にして且純潔なる本性に最もよく適合し、読者の心をして一段日常の位置よりも高からしめ、以て、其言ひあらはしたる外に、言語が与ふる無量の妙味を感ぜせしむるなり。」と述べている。羽衣にとって「感情想像の世界」は、日常生活の事象と直接的に連動しないことから、日常的な生活よりも高次に位置すると考えられたのである。そのような「感情想像の世界」を表現し得るのは、時代を超えて体系化された雅語ということになる。しかし、羽衣は一方で、古語が廃れていきつつある現状に対応しようともしている。「さりとて吾人は歌は古言をのみ以て歌へといふものにあらず、歌は活感情を陶冶す。活感情は活言語にあらはされて始めて始動す。（略）今日公衆の理解すべき言語は古語にあらずして吾人日常の言語也。これ歌は古語のみにてかくべからざる第二の理由也。只々吾人の注意すべきは俗中の雅語を求むるにあり、俗中の卑語をさくるにあり。」と、「活言語」と「活感情」の生動的な関係を念頭に置きつつ、俗語の中から雅語的な表現を拾い上げ、雅語を活性化しようとする。「あまりに耳なれざる古語と。あまりに品おくれたる俗語とを去るべきに加へて忘れるべからざるは鋳造語を用ゐまじきこと也。」と、「活感情を陶冶」、即ち実感を普遍的な感情へと昇華し得る表現の基準を確認するのである。

この基準に関しては、前章で取り上げた「詩神」の一節、「鳥もかよはぬかたそばや」という措辞を、その具体例として見ることができる。「鳥もかよはぬ」という措辞は、近世の代表的な歌謡集『松の葉』の「鳥もかよはぬ山なれど、住めば都よ我が里よ。」（「第一巻 三味線本手目録 二 鳥組」）によって人口に膾炙した。佐々醒雪は、『俗曲評釈 第五編 小唄と端唄』（明44・2 博文館）の中で、「その野趣掬すべきもの」「近世の俗謡界に一貫した、尤も詩的な成語の一つ」と高く評価しており、この一節が詩的な表現として定着したことが窺える。また、類歌の「鳥も通はぬ深山の奥も、住めば都ぢや、のよ殿よ。」についても「今もなほ吾人の耳朶に生きて残つてゐる多数の小唄」「真に遠く深く国民の頭脳に浸潤してゐるといふ点に於いては如何なる文芸上の作品にも譲らないもの」の一つであると、心情の普遍的な表現を高く評価している。「鳥もかよはぬ」は詩的表現としての定評を得ていたのであり、羽衣にとっては「俗中の雅語」として、抵抗感なく用いることができたと考えられる。

ところで、羽衣が自らの詩歌観を打ち出した背景には、先に述べたように、擬古派への批判的な状況があった。次に、批判者達の論を見ていきたい。

㈡　擬古派への批判

この時期、擬古派と対立的であったのは、『太陽』及び外山正一を中心とする『新体詩歌集』の詩人達である。『太陽』の「明治廿八年の文学界」（2巻1号　明29・1）は、『新体詩歌集』について「猶十三年の『新体詩集《ママ》』の如きもの乎、少くとも単調平板なる詩歌の世界に一新生面を開鑿したるの点に於て我が文学史上の一紀念を止めたるものと謂つべし」と、その画期性を評価している。しかし、『太陽』が称揚するほどの意義は認められない。日夏耿之介は、『明治大正詩史』において「ゝ山の作には二つの創見がある。彼は貧しい詩才乍ら先覚の意識から大胆に自己を表明し自任せる使命をも果さうと思ひ、新体詩の改造として七五正調は勿論一切の格調を亡した散文詩律の創成を計ったのである。」と、定型律からの脱却という意図は認めるものの、実作については、「我は喇叭手なり」「忘るゝなこの日を」を挙げつつ「辛じて詩となりうるやも覚束ない拙詩であつた。」と、否定的な評価を下している。日夏は、続けて「郭公」「迷へる母」「忘れがたみ」「我が海軍」を挙げて、「も一つは更に呼吸をある約束の下に切つた短声の詩調であり此方は稍よかつた。」とも述べており、外山の表現意識の根底には定型意識があり、それを崩すだけのモチーフの必然性はないことが窺える。

外山は、『新体詩歌集』の序文（「新体詩」）において擬古派に対し、「中には国学の心得ある者もあり。餅屋は餅屋。其の用語は流石に風雅を極はめ。修辞自から平穏にして口調のよきものから。同臭味の人の為には。新体詩も大いに改良したり抔と。持映さるゝも尠なからず。去り乍ら。此の者流の作は。新体詩と云はむよりは。寧。俊基朝臣東下りの亜流と云はむ方適当ならめ。」と和歌の亜流であると揶揄している。外山にとって和歌的な措辞は旧時代の遺物として断固排撃すべきものであったが、他の三人の作者、中村秋香、上田万年、坂正臣にとってはどうだったのであろうか。日夏は、前掲書において「中村、坂等は素質に於てゝ山と大いに異るものあるに係らず、この集に於ては並び大名として徒に外山を模倣するにすぎず、上田は雅語をすてる見地から俗謡崩しの七五調を作つてゐる」と述べている。「並び大名」と揶揄されてしまった秋香は、歌人でもあり、新体詩の作法書を出している点から見れば、羽衣に近い志向性を持っていたと考えられるが、その詩歌観はどのように異なるのであろうか。

秋香は、「新体詩論」（『太陽』1巻8号　明28・8）において「新体詩」という呼称は、「専ら我が国語をもてつゞり、風潮、句法、全く我国ぶりの歌」なので、詩、即ち「支那ぶりのうた」と称するのは不適当であり、新体歌と言うべきであると異議を唱えた上で、現今の新体詩を批判している。秋香が歌であると見なす特質は、「何等の体を論ぜず、主として風調語格に注意せざるべからず」「歌は感をあらはし、情を述ぶるものにて、文の如く事を詳にし、意を明らかにしるものにはあらず。」「言はざるにあらず、はた言ふにもあらざる中に、言ひ尽すべからざる感あらしめ、解かざるにあらず、また解けるにもあらざる間に、解き尽し難き情を含むもの、我国の歌の妙とする所なり。」「我国の詞はもとより韻をふむに及ばず」という諸点である。歌は抒情の形式であって、認識の形式ではないこと、そしてその形式は伝統を遵守すべきであるという保守的な詩歌観である。秋香において新体詩は、「専ら我が国語をもてつゞり」「全く我国ぶりの歌」と、国家主義的な視点から伝統的な措辞の発展形として位置づけられる。そこで、新体詩が、一、風調語格に注意関心を払わないこと。一、詳細克明に述べ尽くしてしまうこと。一、新奇な表現を求め過ぎて「姿詞のいやしげに流るゝをも顧みるに遑あらぬ」こと。一、押韻がしばしば見られること、を批判する。秋香は、これらを西洋詩の徒な模倣によると見ており、「あはれ世の新体歌の作者よ、韻にかへて風調語格に心を用ひよかし。」と注意を促がしている。秋香は、「姿詞のいやしげに流るゝ」例として、「雲の薄ぎぬ、脱ぎすてゝ、月の姿は、まる裸」「浜の真砂地、白歯もて、嚙みて呑みこむ、沖津波」の類を挙げており、俗語を用いた露骨な見立ては、擬人法の卑俗な模倣として認めていない。秋香の詩歌観に立てば、『新体詩歌集』における外山の散文律、及び外山が序文の中で「今日行はるゝ新体詩には。主として二様あるが如し。一は「峯の嵐か松風か」流。若しくは俊基朝臣下りの類にして、一は新体詩抄に習へるものなり。」とその先駆的意義を誇示している『新体詩抄』の押韻や俗語調も容認し得ないことになる。秋香は、『新体詩歌集』の序文（「新体詩の長短句」）で、「擬古体のけやけきうへより、情をもやがて古人に擬へて作りいでんには、今の世にても五七もて大かたはいひ得べしといへども、もし明治今日の情景を、さながら歌ひて十分あらはさんとには、字音は更なり、或は洋語をよみ入るゝこともあるべく、かたがた長短句にあらざれば、縦横自在の情をば尽すべからず。」と、時代との即応という視点から擬古派の和歌的措辞と七五調を非難している。しかし、その場合も、「いかなる句法、いかなる詞ならんも、歌の体を失はざらん限りは、採り用ひて、意を尽さんことをこそはかるべけれ。」と、「歌の体」は必要条件であり、「長短句は、今新に作り設くるものにはあらで、前にいへるが如く、上世はやく例ある事なるをや。」と「長短句」即ち七五、五七以外の律の範を上代に求め、創造ではなく「再興」を呼びかけるのである。ここからも秋香が、伝統性を遵守していることが窺える。このように、秋香の根本的な詩歌観は、抒情の形式であり伝統性の遵守であるという点においては、羽衣と通底する。しかし、秋香には、羽衣のように、伝統的な措辞を踏まえつつどのように芸術へと普遍化し得るかというテーマはなく、近代化著しい「明治今日の情景」において歌という伝統的な表現は、どこにその存在理由を見出し得るかという観点から、国民的精神として「我国ぶり」を主張したのである。

国民的精神の根本としての新体詩の位置づけは、新体詩の入門書である『新体詩歌自在』（明31・11 博文館）ではより顕著である。「総論」では、現代の青年に関して、「これら唱歌に薫陶せられ、高等の教育以下を受けたる生徒」が表現意欲を持った場合は、「三十一文字の歌は已に其天性を失へるものゝみならず、始めより此輩の胸には在らざるものなれば、もとより之に依るべきにあらず」と、学校教育が文化に及ぼす刷新力を重視する。「曾て学校に於て学びたりし唱歌の口調を借りて、其思想のある所を発揮す、是れ新体詩の起る所以なり」と、学校教育の唱歌と新体詩の起源を同一視する。表現の成因を、個人的なモチーフ以前に、共通の言語感覚に求めるのは、個の意識ではなく、まず国民としての共同性を確立しようとするからである。この観点から秋香は、「抑々今日の青年は、他日第二の社会に立ち、社会を組織形容すべき者、即ち爾来以後の世界の競争場裏に立ち、日に月に益々多事多難なるべき我が日本帝国を双肩に荷ひ、これをして必ず国威を四表に宣揚し、以て世界の日本たる名実を完からしむるの大任に当れるものならずや、豈朧月夜の夢をたづねて、忘れ扇におもひをなやまし、梅が香寒き春を喞ちて、片敷く袖の月を恨むが如き、桃源洞裏の春に戯るゝ時ならんや、」と、今は近代国家確立の重要な時期であり、国家的なモチーフが個人のモチーフであらねばならぬことを強調する。伝統的な和歌の情趣をモチーフにすることは、この時代に無用、あるいは近代的国民意識を損なうものとして排撃される。

この硬直した論理は、「歌の国家に於ける、其関係尤も緊切なるものなり、故に之を用ふる能く其の道を得れば国民の元気を旺盛にして国家を鞏固ならしめ、其道を得ざる時は、風俗を壊乱して国家を脆弱ならしむる」という儒教的な詩歌の原理に基づいている。「国民進取の気象を鼓舞して、富国強兵の素を養成せんとする、歌に竢つ所固に大」であり、「新体詩なるものは実にこれが為に天より賦せられたるものならずや」と、新体詩の存在意義を国家的有用性に直結させるのである。国家的有用性は、和歌の伝統を踏まえた「我国ぶり」の表現においてどのように発揮されるのかと言えば、「新体詩は之（引用者注：今様歌を指す。）と異なり、平語、字音語はいふも更なり、凡此体にして能く語調を整ふるに於ては、洋語といへども之を用ひ得べく、凡べて天地万有の事物歌に入らざるものなく、調にのぼらざることなくして、実に明治国家今日の歌謡に適せる天賦の体と称すべきものなり。」と、「能く語調を整ふる」という表現の原則を遵守すれば、和歌とは異なって「天地万有」を素材・対象にし得る点に時代への適応性を見出している。秋香は、果たして「天地万有の事物」に対して「能く語調を整ふる」ことが可能かというリズムと対象との関係については、全く無頓着である。羽衣が、雅語という言語体系に対応する世界の位相を想定し、詩的表現が成立する次元という問題意識を前提にしていたのに対し、秋香の「語調」あるいは「風潮語格」は、表現のどの次元にでも遍在する抽象的な概念である。詩的表現が成立する地点を限定しないということは、「語調」を限りなく自動的な形式と化してしまうことである。「我国ぶり」という概念を詩歌の根拠であると見なした秋香は、表現の伝統性と国家的有用性とを短絡してしまい、詩的表現としての自立性に関しては無自覚であった。

この無自覚は、擬古派の批判者側に共通している。『新体詩抄』の作者の一人でもあった井上哲次郎は、「新体詩論」（『帝国文学』3巻1号、2号　明30・1、2）において、新体詩と和歌との相違は用語にあると述べている。「新体詩の用語は古代の死語にあらずして多くは現今の普通語なり、吾人は之れを俗語と言はず、俗語は普通語中の野卑なるものにして、普通語は必ずしも野卑なるにあらず、」（「新体詩特有の性質　四　語格の近様なる事」）と、雅語・

俗語の他に普通語という分類を打出している。この区分に関しては、やや後年になるが、落合直澄「普通語について」（『国文論纂』明36・10　国学院）が参考になる。落合は、「正格に叶へる語は、古今に拘はらず高尚語、或は雅言と称し、現今通用する語は普通語、或は後世語と称し、下等社会に多く行はるゝベランメ語は勿論、上等社会に行はるゝ語といへども、オホセラルゝをオッシャル　アラセラルゝをアラッシャル　と云ふが如き、卑劣なる語は、俗語と名けたく思ひます。」と、「正格」を基準にしつつも、その使用の広範度において「普通語」をそこから独立させて標準的な形態として認めている。落合は、「正格」の定義はしていないが、「普通語」は「高尚語格より出でゝ終に一格を成したるもの」として、万国交際が親密になりつつある時代に、内外人に利益を与えるためにその規則を明確化しなければならないと述べている。落合は、広範な実用性という見地から、「普通語」を独立した体系として整備しようとしている。井上の視点も落合に重なると言えるであろう。井上は、擬古派に対し、「新体詩は本と一定の形に凝結せる古来の体格を打破して、我文学界に於て新区域を開拓するを目的とするものなるに、新進者は是れ思はずして、忽ち又古調に復帰し、無数の死語を臚列して、和歌一様の作を公にして、名づけて新体詩と称せり。」と、その「古調」「死語」を、新体詩の開明性を逆行させる和歌と変らない表現であるとして非難する。死語に対置されるのは、「生命ある言語」「日常慣用語」であり、「若し一切自余の事を打忘れ、単に此胸中に鬱結せる真情を説話せんとするに当りては如何なる人も其日常慣用語を用ひざるはなし、是れ日常慣用の言語は生命ある言語にして吾人真情の存する所ならばなり、吾人は詩篇に於て真情を叙述せんとするものなる」と、使用頻度が高い言語の位相と「真情」即ち表現の血肉化を短絡的に同一視する。これは、「活感情は活言語にあらはされて始めて始動する。」という羽衣の言い方と一見似ているようであるが、「活言語」を普通語という時代状況的な区分に従って実体化してしまうと、表現者と対象がより高次の関係を結ぶモチーフが消失し、詩的次元がイデオロギーに置換されがちになってしまう。実際、井上は、詩的次元を漠然としか想定していない。「若し夫れ傖夫野人の間に行はるゝ俗言俚語は、之れを詩篇中に入るゝこと能はざるべきも、吾人慣用の言語は其用法如何によりては詩的趣味を付与すべきものなるが故に、決して此れを彼れと同一視すべきにあらざるなり、」「若し漢語及び普通語が詩篇中の用語となるに至らば、是れまで雅言と見做されざれしも、次第に雅言と見做さるゝに至るべきは吾人の予想し得る所なり」と、雅言が詩的表現であることは否定しておらず、俗言俚語はそこから排除してしまっている。即ち、詩的次元の把握については、極めて従来的である。

秋香の『新体詩歌自在』もまた、詩的次元に関する無自覚さと開明的なイデオロギーとが結合している。類題集という形式は和歌の入門書を踏襲しており、題詠によって創作を学ぶことになる。これに関する秋香の見解は、「今の世の歌並に擬古体普通体」（『太陽』2巻17号　明29・8）の中で述べられている。題詠は、自分の心ではなく題に依拠するために、「終に古人の口真似をなすに陥り、実際とは全く異なるさまとなるべきは、自然の勢ひ」であり、権威によって「情を矯め、思を飾りて作り拵ふるもの」になるという問題点はある。しかし、「又捨てがたきものあり。さるは題詠は修業の上につきて欠くべからざるものなればなり。歌は実際に就きてよむを本意とするものなれども、そはとにも角にも成業せし上の事にて、成業に至るまでは、主として題によりて詠み習はざるべからず」と、題詠は詩歌の創作において基礎的かつ不可欠な訓練であると見なす。「擬古体普通体の二ツに分ち、擬古体にては専ら古風の風潮を学び、これを応用して普通体を練習するに於ては、始めて正しき風潮によりて今日の事物、情況風俗によりて起る所の思想感情を自由自在にいひあらはす事をも得べきなり。」と、「擬古体」即ち「専ら在来の題により、又其感情風俗も全く古昔に擬ふるもの」という和歌そのものの表現意識の習得を、「普通体」へと発展させようとするのである。「普通体」は、「在来の題中今日に適するもの幷に今日現在社会に行はるゝ事物につき題を選み。例へは電信、電話、瓦斯燈の類をはじめ、文芸に武技に、海陸軍、農業工業商業等にかゝるすべての事をもて題とし、其情も亦全く今日のさまを詠むをもて主とせん」とするものであるが、和歌的な視点によって新時代の素材を詠んでも、それは和歌的な叙情であり、「其情も亦全く今日のさまを詠む」ことは困難である。詩的表現としての再定義なくして時代性を求める場合には、イデオロギー性が重視されることになる。秋香は、「男女の恋愛は総論中に述ぶるが如く、害ありて益なきものなれば、本書に於ては之を除けり、されども夫婦間に於るものゝ如き正しき愛慕の情は、本より天真に発するものなるをもて、これらの類語は夫婦亦は情等の部門に収集せり。」と、反国家的と見なす題は排除する。また、部立に関しては、伝統的な四季恋雑は、自然の事象が全ての部に関わってしまう煩雑さがあるので、より合理的に、天象、地儀、人事、動物、植物の五大部に分類すると述べている。中でも人事部には新事物が目立ち、戦争に関する項目は、軍人、烈士、国旗、刀剣、砲銃、戦闘、将軍、兵士、遠征、夜営、水雷艇、地雷火、凱旋、勲功、に細分化されている（これに国家に関する題を加えれば、人倫、君臣、愛国、勇気、国体、と更に増える）。なお、用例は、八代集以後の古典から「現行の音楽唱歌及び新聞紙、雑誌等に見えたる新体詩の句の如き」にまで及ぶと断っている。

秋香は「戦闘」の項目に、「戦死卒」の冒頭を措辞の例として取り上げている。「戦死卒」は、国家主義的なイデオロギーに抵触せずに、詩歌としての「正しき風潮」が評価されたことになる。次に、『新体詩歌自在』が挙げている模範的措辞と「戦死卒」を比較していきたい（『新体詩歌自在』は［新］という略号で表す）。

(三)　『新体詩歌自在』との比較

①をちかた白き木がらしに、
②血しほの露の玉ちりて、
③風もいろある末野原、

つはものひとりたふれたり。

①をちかた白き木がらしに

新 木枯　○しも白くして梢にいろなし（天象部）

②血しほの露の玉ちりて

新 戦場　○血潮のあと　○血しほの海も（地儀部）

烈士　○従容死につく落花の下、血しほは桜を染めて赤し。（人事部、以下同）

戦闘　○遠方白き木枯に、血しほのつゆの玉ちりて、風に《ママ》いろある末野原。

○血をもていろとれ日のみはた、骨もてかためよ国の基。

○はしる血しほのたきつせに、ふりくる雨もいろあかし。

○帽子とびちり袖ちぎれ、血にまみれつゝたふれふす、屍は数へもつくされず。

○大筒小筒おとたえて、あとには虫のこゑもなし。紅そめし草の原。

○一塁やぶれ二塁やぶれ、忽ちみなぎる血潮の河、俄にきづくかばねの山。

○血しほはながれて川をなし、かばねはつみて山をなす。

○きりつきられつ阿毘叫喚、血しほにそむるからくれなゐ、仆れかさなる屍は、敵と味方のわかちなく。

○かばねを曝していさをゝのこせ、血をもていろどれ戦地の草葉。

③風もいろある末野原

新 秋野 ○風にいろあり広野原、つゆも匂へり八千草の、花のひもとくこゝかしこ。

秋香は、「戦死卒」の一節を「戦闘」の冒頭に挙げており、その評価の高さが窺える。「はしる血しほのたきつせに、ふりくる雨もいろあかし。」と同様の戦闘の凄絶さを、より巧みに表現している措辞として選んだのであろう。この措辞「風もいろある」は、本来ならば秋の寂寥感を表す「色なき風」までが、血潮に染まるというのである。この措辞に類似する「秋野」の例歌があったが、こちらは、花々が一面に咲く様子に秋の野の華麗さを発見し、「色なき風」を逆転させて、斬新な情趣を打出そうとしている。これに比べて「戦死卒」は、「白き木がらしに」と秋を象徴する白を強調し、「露の玉ちりて」と典型的な秋の景物を用いつつ、それが「血しほの露の玉」であるという一点によって、「色なき風」が「風もいろある」へと転化する。即ち、秋の景物の本意を踏まえつつ、寂寥感には収束し得ない凄絶さを「風もいろある」という辞の改変に集約させたのである。秋の情趣では描き切れない改変の必然性という高度な表現から見れば、「秋野」の例歌における逆転は図式的、概念的であり、「はしる血しほのたきつせに、ふりくる雨もいろあかし」は、「たきつせ」や「雨」が伴う景物としての体系的な文脈を踏まえず、「血」と「雨」の二者間で完結する単純な形容に陥っている。秋香が「戦死卒」を項目の冒頭に据えたのも、高度な表現性からすれば当然ということになろう。

第一節で原詩と比較対照したように、この連の情景描写に該当する部分は、原詩にはない。戦闘の跡を秋の野として構成する先例を類題集から探すと、『鰒玉集』に「ものゝふのいのちを露とあらそひしあら野の末に秋風そふく　依平」（二篇　雑部　古戦場）がある。この歌は、勇壮な「ものゝふ」も「露」と消える人の世の無常が、荒涼たる秋の情景に象徴されている。これに対して「戦死卒」は、無常としては相対化し得ない凄絶さが「血しほの露の玉」となる。この凄絶さは、「かばねを曝していさをゝのこせ、血をもていろどれ戦地の草葉。」のように露骨な好戦性とは異質である。しかし、壮絶さとして読むことも可能な表現であり、秋香は、イデオロギー的な視点から、壮絶さを前面化したのではないかと考えられる。

　　いさめる駒のひとすぢに、④
　　　　顔もそむけずすゝみけん、
　　そびらに傷はおはねども、⑤
　　　額にたまのあとしげし。

④いさめる駒のひとすぢに、／顔もそむけずすゝみけん

新　戦闘　○こまうちなめて（人事部、以下同）

遠征　○道なきみちをすゝみゆく、心の駒のひとすぢに

軍人　○たゞひとすぢに　○駒なべて

⑤そびらに傷はおはねども、／額にたまのあとしげし

新　戦闘　○そがひにきづは負はねども、帽子のひたひに玉のあと。（人事部、以下同）

兵士　○進むで額に痛手は負ふとも、逃げてそびらに手疵はおはじ。

軍人　○うなぢを貫く弾丸ありとも、そびらに疵をばいかでかおはん。

兵士の勇敢さを表す措辞は、常套句と化している。羽衣の措辞もこれらと変るものではない。『鰒玉集』にも「痛矢串よしや額に立ぬとも立かへらしと駒すゝむらん　千広」(「二篇　雑部　軍人」)と、先例がある。それだけ象徴性が高く、成句として浸透したのであろう。

⑥君につくしゝ真心を、　とむらふ人のかげもなく、
⑦くやし涙にむせぶらん、　かばねにそゝぐ草の露。

⑥君につくしゝ真心を、／とむらふ人のかげもなく

新　烈士　○君のためにとつるぎ太刀、みをすてゝこそ名はのこれ、(人事部、以下同)
戦闘　○風にちるや花吹雪、かをりも深き苔の上に、朽ちぬ名のみをとゞめけり。
○名こそおもけれ武士の、いのちはもよりもかつかろし。
兵士　○屍を馬革につゝむとも、名は竹帛につたふべし。
○ますらをの名を残さむとには、もとより死をも辞すべきならず。
○いざ事あらば国のため、高きいさをゝあらはして、千歳朽ちせぬ名を残さむ。
○我が日の本の大丈夫は、いでやたぐひもあらしふく、木末のさくらいさぎよく、ちりてぞ残すはしき名を
○国のためとてすてし身の、かばねは骨とくちぬとも、其の名はくちじ千代八千代。

愛国　○むくろも魂も何かせむ、すべてを君にさゝげつゝ、皇国のためにつくしてむ。

⑦くやし涙にむせぶらん、／かばねにそゝぐ草の露

新　悲哀　○なみだあつむる秋の夕（人事部、以下同）
　　死亡　○はかなきつゆ　○さゝ葉のつゆ　○草葉のつゆと

⑥については、用例は全て、身を捨てて名を残すという句の変形であり、無名の死を悼むという句はない。その点において「戦死卒」は、かなり異色である。命を捨てた誠意は必ずや名を残すという観念的な把握に対して、批判的ですらある。類題集で先例を探しても、『万葉集佳調』に「ますらをはなをしたつべしのちのよにきゝつぐひともかたりつぐがね　憶良」（「上巻　短歌部　雑歌　勇士の名を振ことを慕ふ歌」）と、勇名が語り継がれることを前提とした歌しか見つからない（『怜野集』にも同じ歌が、「雑之部下　臣」に収録されている）。「君につくしゝ真心」は、先例に『鴨川集』の「こかねにも玉にもかへぬ身なれとも塵よりかろし君のためには　繁里」（「三郎集　雑赤心報国」）があり、兵士を絶対的な忠誠心において捉える視点は、羽衣にも踏襲されている。「戦死卒」は翻訳作品なので、原詩に従う面は大きいが、無名の戦死というメッセージに関しては、羽衣が改変の必要を認めなかったということでもある。更に、原詩にはない「君」に対する絶対的な忠誠心を前提にしたことによって、その無念さは一層強調される。しかし、問題視されなかったのは、⑦の措辞に負う所大であろう。第一節で述べたように、人間の代わりに超越的な自然がその無念さを受け止め、「草の露」を注いで哀悼するのである。「草の露」は、人の死を表す典型的な暗喩であり、涙の縁語でもある。これを、「くやし涙」に重点を置いて、常套的な暗喩を実感的な情景に戻したと読むか、「草の露」の本意に重点を置いて、儚さの強調と読むかはいずれとも言い難く、微妙であ

る。依然としてこの連は、「身を捨てて名を残す」という戦死に関する常套的な把握に対して、更には「ますらをの名を残さむとには、もとより死をも辞すべきならず。」という短絡化に対して、批判性を内在させている。

夕かげしげきふるさとに、
　をゝしき父もうちしをれ、
そなたの空をながめつゝ、
　「あはれ我子やいかにせし。」⑧
「帰らぬ見ればさりともと、
　思ひし我子も失せぬめり。」
いひつゝ母はふししづみ、
　限りのさまにうちなきぬ。

⑧あはれ我子やいかにせし

新 親子　○子をおもふ闇はくらけれど、猶君の為国の為、身を顧みず尽せよと、願ふ心はつゆ惑はず。（人事部）　○窓のあらしのすさぶにも、なほふるさとの空さむく、板間のかぜにねざめして、われをまつらむ父母の、老のなみだぞしのばるゝ。

第四、五連は、親子の情という視点から、部分的な措辞ではなく、全体として扱った。『新体詩歌自在』では、親は私情よりも臣民意識を優先させて子を励まし、子は遠くから親の心を察して恩愛に感じ入るという暗黙の呼応関係を取り上げて、最小の堅固な共同体としての親子の存在形態を、規範的な表現として打出している。これに対して「戦死卒」は、「をゝしき父」に抑制的な父親像を暗示するものの、抑制し切れない感情が露呈されている。母親については、悲嘆の表現がより直接的である。共同体的規範性には拘束されずに、「子をおもふ闇」である親の情愛を普遍的な心情として前面化している。

妻はつゆけきさむしろに、⑨
　「わがせの君はなきものと、
思ひつゝなほわが身には、
　今まだゐますこゝちして。」

⑨つゆけきさむしろ

新　秋夜　○つゆけき床（天象部）
冬夜　○さむしろに（同）
夫婦　○むかしを思ぶ床の上に、みだるゝつゆのしづくこそ、さらに甲斐なきかたみなれ。（人事部）
哀吊　○闇路に迷ふうたかたの、かへらぬ水の泡とのみ、消えにし人のおもかげを、ゆめぢにだにも見てしがな。（同）

秋香は、「男女の恋愛」の中で「夫婦間に於るものゝ如き正しき愛慕の情」のみを取り上げると述べていたが、「夫婦」「哀吊」の用例は、残された妻の歌であり、亡夫に対する貞節が感情の前提にある。これに比べて「戦死卒」の「つゆけきさむしろ」は、『百人一首』の「きり〳〵すなくや霜夜のさむしろに衣かたしきひとりかもねん」（後京極摂政）を想起させ、夫婦に限定されない恋愛感情をより強く感じさせる。

⑩闇にしまよふたらちねの
　なみだや雲となりぬらし、
恨むるつまの真心に、
　空もあはれやしりにけん。

⑩闇にしまよふ

新 親子　○やけ野のきゞす、夜の鶴、親の心はやみなれや。（人事部、以下同）
○心はやみにあらねども、子を思ふ道にふみまよふ、人の親こそあはれなれ。
○月をみてだになぐさまむ、子ゆゑにまよふやみのみち。

こちらの用例は、より伝統的な、子を思う親の心の本質性、あるいはそれ故の葛藤である。「戦死卒」は、先に見たように、共同体的な規範性よりも伝統的な心性に従っているが、それを「たらちね」に集約させることによって、規範性は父が担っているという読みを許容する表現になっていることも否めない。第四連における父の私的な感情の露呈は、作品のモチーフになっているとは言い難い。

見わたす果もあら野原、
　空とひとつにしぐれつゝ、
草むすかばね⑪おとづれて、
　うらさびしくもそゝぐなり。

⑪草むすかばね

新 戦場　○草むせるかばね（地儀部、以下同）　○秋風さむし　○風愁々
　○みわたすかぎりのひろのはら、こゝやむかしのゆめのあと。
墓　○雨さびしく（地儀部）
悲哀　○くれゆく秋の村時雨、ふるから小野のさびしくも、人や見るらむうき身のほど。（人事部）

最終連の自然による鎮魂は、伝統的な措辞を踏襲している。ただし、この自然は、母の心の闇や妻の「真心」に呼応して、「草むすかばね」を哀悼するのである。そこに残された家族の悲嘆の深さを、一貫したモチーフとして読むことができる。

以上、「戦死卒」を時代のイデオロギー色が濃厚な『新体詩歌自在』と比較対照してみた。改めて、「戦死卒」は、無名の戦死兵の無念と遺族の悲嘆をテーマに据えていたことが窺える。無名の戦死兵の誰からも顧みられない無念さを描くことは、身を捨ててこそ名は残るというイデオロギーから見れば、それを否定する危険性を有していた。しかし、「君」への絶対的な忠誠心に自然が同調し哀悼するという設定は、原詩とは異なって、兵士の無念を人の世の無常として超越的な予定調和の中に解消する読みを誘発する。残された父の悲嘆の前面化も、共同体とし

ての家族の規範性に抵触する要素を持っているが、母の子を思う心情に集約された後、自然が遺族の心情と一体化して嗚咽する。これも、家族の悲嘆に力点を置くのか、それともそれに同調する自然の超越性が鎮魂となり得るのか、いずれをも許容する表現である。しかし、羽衣に、好戦的なイデオロギーに対する批判を籠めるという意図はなかったであろう。例えば、同時期の『征清歌集』（佐佐木信綱編　明27・10　博文館）には、宮崎湖処子の「送征夫　わがせこが舟出おくりて沖つ波かへすぐ〳〵ものをこそ思へ」「従軍行　わかくさの妻子すてつと人はいふ身をすてゝゆく益荒武夫を」が収録されている。これらの歌には、防人の歌を模した詠風に、素朴な感情の発露という形による戦争への批判的なメッセージが読み取れる。「戦死卒」は、逆に、和歌的措辞の象徴性を最大限に踏まえつつ、それを超えようとしている。羽衣の表現意識は、「ありのまゝの天然を離れて、別に真天地を作り出す」「既得の材料によりて未得の天然を創造する」（『新撰詠歌法』）ことに向けられていた。従って、戦意昂揚というモチーフやそれに沿った表現は、勿論容認し得なかったであろうが、反戦的なメッセージ性もイデオロギー的なモチーフに立つという点では同次元であり、羽衣の関心にはなかったと考えられる。

戦時という状況下で戦争に題を採った作品を扱い、無名の戦死兵の無念と遺族の悲嘆を描いて、人間の運命悲劇を成立し得たならば、「真天地」「未得の天然」の創造という羽衣の目的は叶ったと言えるであろう。しかし、社会的批判性を籠めた原詩を運命悲劇へと昇華させるには、象徴度を高めなければならない。そのための改作が、将軍と無名の兵士の対比ではなく、「君」と兵士との絶対的な関係性であり、兵士の無念や遺族の悲嘆を受け止める自然の超越性ということになる。しかし、これらの絶対的、超越的な設定は、兵士と家族の運命を悲劇の典型として屹立させるのではなく、悲劇もその中に包含する天地の予定調和性を誘発してしまった。曖昧なメッセージ性もそこから生じる。羽衣が、詩的表現の具現化であると見なした和歌的措辞、ひいてはそれが立脚する雅語という体系は、そこに蓄積された象徴性の高度な洗練において世界観を形成し、具体的に生起する事象を先験化してしまう還元力を持っている。「戦死卒」は、既存の詩的言語体系に立脚してより高次の表現を追求する場合に、予定調和的な世界観に吸収されてしまうことなく、如何に具体的な事象を典型へと昇華し得るのかという問題を提示しているのである。

注

（1）ザイドル及び「死んだ兵士」に関する資料は、大島衣氏の御教示を得た。以下、これらの訳文・訳詩も大島氏による。

（2）テキストは、『ザイドル全集 第2巻 ビフォーリエン』による。

附記

本章を成すに当っては、宮城学院女子大学学芸学部一般教育科教授大島衣氏に資料を御教示いただき、訳詩・訳文を作成していただいた。氏の多大な御尽力に深謝申し上げる。

三　理論的根拠

羽衣は、和歌的措辞及び雅語に立脚しつつ、より高次の詩的表現を目指そうとした。実作としては、芸術という概念をモチーフにした「詩神」、ドイツの詩人、ザイドルの戦争詩を翻訳した「戦死卒」という意欲作を発表する一方で、『修辞学』『新撰詠歌法』『霓裳歌話』という詩歌論も著している。本章では、羽衣が自らの詩的根拠をどのように理論化したのかについて考察していきたい。

㈠「真相」と「誠」

『修辞学』（「第二編　構想」）において羽衣は、文章を四種類に大別し、その中の「記事文」（「実際と想像とを問はず、凡て天地間に於ける物体を記述して、之を眼前に髣髴せしむるもの」）を更に「科学的記事文」（「学術のためにあるもの」）と「美術的記事文」（「美術のためにあるもの」）に分けて、詩歌を後者に分類している。「美術的記事文」の目的は、「科学的記事文」における知識の付与とは異なり、「想像に訴ふる」「幻境に遊ばしむる」「快楽を与ふる」ことである。従って、文体についても、「科学的記事文」が「明晰」を特徴とするのに対し、こちらは「含蓄」である。即ち、「常に諸物の実相に背かざるべきこと」を前提としつつ、「神韻を尚ひて緻密を尚はず」ということが必要である。この「実相」と「神韻」の関係は、「実際を離れて真実をうつす」「天然を模擬せずして、必ずや其一皮を剝ぎ、其の銹を落し、曇りを拭ひ、其垢を去り、穢を清めたる天然の真相を模する也。」（『新撰詠歌法』）「歌は感情のありのまゝをうつすものにあらずして感情の真相即ちその誠を歌ふ也」（同）「歌は実景を歌ふものにあらずして景色の精美をうつし感情のありのまゝをあらはさずして感情の至誠をあらはすもの」（『霓裳歌話』）と、より詳しく言い換えられている。この二冊の書においては、「実相に背かざる」という消極的な言い方ではなく、「実際」「天然」「ありのまゝ」に基づきつつも、それを昇華させて「真実」「真相」「誠」「至誠」を描くことが詩歌の次元であると述べている。

羽衣は、ここでは「誠」「至誠」という近世的な歌論の用語を「感情」即ち主観的な内容に限定して用いているようだが、「美術的記事文」の「諸物の実相」に反している例を説明するために村田春海を援用していることから、対象に関しては限定的であるが、概念的には「真実」「真相」とほぼ同義で用いていたと考えられる。羽衣が引用しているのは、春海が「歌の誠を失ひたまへる」歌、及び「誠のけしきをうつしたる歌」ではない歌を取り上げている文章である。前者は、「池水をいかに嵐のふきわけて氷れるほどの氷らざるなむ」（『続古今集』後京極摂政）であり、春海は、「池水の結へること氷れる所と氷らぬところと露たがはすひとしからん事はあるまじき事也。」「かくさかしく氷の結ぶ結ばざるをはかり比ぶることあるへき事かは。」と、概念的な把握が先行して「いたずらに心あらはれて」いると批判している。後者は、「難波かたかすまぬ浪もかすみけりうつるもくもる朧月夜に」（『新古今集』源具親）であり、「そのかすまぬ波かすむやうに見ゆる故をあながちこまかにことわりたるのみにて、難波江のおぼろ月夜のさまげにさぞあらんと思ひやられて人の心をうごかすばかりのふしは侍らず。」と、描写ではなく説明にとどまっていると指摘している。春海は、「誠」が妨げられている例としていわゆる叙景歌を挙げているが、羽衣は、「これ最もよく題詠歌人の通弊を説破せるものなり。」と全面的に賛同しており、「誠」の用い方について意見を差し挟んではいない。羽衣は、春海の評言を踏まえつつ、詠歌が「諸物の実相」に離反するのは、「想像力の足らざるが為」であると述べており、春海が指摘した「さかし」「ことわり」という自己完結の原因を、「想像力」の欠如として発展的に論じようとしている。「想像」とは、イギリスの批評家「ハトリツト」が言う「真の歌は必ずや之を想像の力もて高めざるべからざる也」という詩的表現に不可欠な要素であり、そこから羽衣は、「ありのまゝの天然を離れて、別に真天地を作り出すの作用」であると定義している。

羽衣が強調する「想像」とは、「諸物の実相」を「真実」「真相」の独立した次元へと昇華させる作用であり、春海が言う「さかし」「ことわり」からの脱却に比べると、「誠」に至る過程をより自覚的、積極的に捉えようとしている。羽衣が引用している春海の文章は、「贈稲掛太平書」[1]であると考えられるが、春海の「誠」観を見ておきたい。春海は、賀茂真淵の教えを解説する形で「まことの心」を論じている。「まことの心を述べたる歌は、はかなきが如くなるも、人の心を動かすべし。偽りてとりつくろへる歌は、さかしきやうなれど人の心を動かす事なし。」と、「まことの心」は技巧を超えて発露する歌の根源である。そこから、「歌は心を述ぶるものなれば、人々同じやうにあるべき事にもあらねば、おのがじしの姿あらんものなり。」と、「おのがじしの姿」という個別性が尊重される。しかし、この個別性は、無前提に存在するのではない。「歌は心のまことを述ぶるものなれば、古のまことを失はざりし世の手振こそ学ばめ」「唯心のまことを失はざらん事と、調ののどかならむ事は、古の手振を忘るべからず。」と、「古の手振」という既存の型を踏まえてこそ、各自の「心のまこと」は表出し得る。春海によれば、真淵の言う「古へ振」は「花山・一条の御時などより上」、「後の世振」は「新古今などのころよりこなた今の世迄」と、時代によって区分されるが（「再贈稲掛太平」[2]）、これを機械的に適用してはいけない。「古へのさま」は「大方にのどやかに、たけあらん」、「後のさま」は「詞くだけてゆるやかならざらん」と、調に歴然とした相違がある。「心詞の大方はいにしへにならひて、さてあたらしく珍しきふしをこそよむべけれ。後の世の鄙しげなる手振は捨つとも、又いたく古になづむ事なかれ。」（「贈稲掛太平書」）と、「古の手振」であるおおらかな調を体得した上で、細部に固着せず、「あたらしく珍しきふし」を「おのがじしの姿」として追求せよと説く。各自の「まことの心」は、心と詞を統括する根本的な調を遵守しつつ、従来の型からの差別化を図ることにおいてこそ、固有の表現として成立し得るのである。

「おのがじしの姿」の追求は、「世下りて題詠盛になりての後は、人々題をのみ巧みによみかなへんとかまふるまゝに、此文字を残さじ、彼文字を強くいはむなどいふ事にのみ心移りて、いつしかと心のまことを失ふ事をば忘れもて来ぬるになむ。」と、「まことの心」という内発的なモチーフを閑却し、技巧を競うようになった題詠に対しても批判的である。春海は、「歌がたり[3]」の中で「万の道、心高き方を求むるこそまことのすぢなれ。」とも述べており、「まことの心」は、超越的な次元を志向する心性であることがわかる。

春海における「誠」は、詠歌の根源的かつ内発的なモチーフとして用いる場合は、「まことの心」「心のまこと」と「心」に帰着する。表現として表出された場合は、「歌の誠」「誠のけしき」と、テーマを指す語として「誠」になる。表現された型として見た場合には、「古へ振」という調になる。羽衣は、詩歌のテーマあるいは本質を示す語として「誠」を踏襲し、表現が成立する原理を分析的に把握するために、「まことの心」というモチーフではなく、西洋的な「想像」という作用を表す概念を用いたと考えられる。

モチーフとしての「まことの心」は、「げに歌の貴ふところは意也。意は本にして詞は末也。意高妙にして始めて詞も高妙になるべし。」「歌の心と詞とは鳥の両翼の如く車の両輪の如し。」（『新撰詠歌法』「第二篇　歌の体製　第一章　歌の用語」）という実践的な説明に生かされている。ここでは詞を軽視している先例として、香川景樹の雅俗論が否定的に引用されている。羽衣は、「げにや俗語は其素性いやしくして常に粗野卑賤の心を聯想せしめ易き傾向あり。けたかく際はなれたる思想を歌はむに用ゐるべからざるは言を待たず。さるを景樹の「雅俗は音調にありて詞にあるものならず、さるをひたすら俗言をうとみ古言をのみ雅なりとおもふはいふにたらず」などいふごときは一を知りて二を知らざるの言也。調に雅と俗とあるはもとよりさること也。されど如何ぞこれ言語の雅と俗とならんや。」と、かなり強い口調で景樹を批判している。

景樹は、『桂園遺文』[4]の中で（「法性寺水月が詠草の和文の奥に」）、「文句は古今にしたがひ、都鄙によりてかはりゆくものなれば、たのみがたきものなり。此調のみは古今を貫徹するの具にて、いさゝかも違はざるなり。」と、「調」こそが歌を成立させる普遍的な要素であると主張している。「さてこの調はいかなる物ぞといふに、常にいひあつかふ平語、いささかも調にたがひたる事なし。さらば平語ぞ規矩なるべき。」と、「平語」即ち日常語を詞の標準であると見なすのも、革新的な認識である。「平語の調を歌にうつさむとするに、習ひ性となりてたやすく成りがたし。さるを一時に得るは誠なり。誠は真心なり。此真心の真心なることをしれば、ひとりおもむくことなり。」と、日常語の調を歌に生かすのは偏に「誠」であるとして、「誠」を表現を成立させる根源的な力として位置づけている。「誠」は、平語を歌に昇華する作用という点で、羽衣の「想像」に該当する概念である。「歌学提要」では、「誠実よりなれる歌」は「物にふれ事につきて、感動する即ち発する声にして、感と調との間に、髪を容るの隙なく、一偏の真心より出づ」るとも述べており、景樹における「誠」は、対象の把握とその表現を一瞬の内に決定づける、対象に関わる場合の根本的な姿勢である。従って、「調」という表現の身体性を重視することになるのであろう。「調」が「誠」を体現するという認識は、「今の俗言も、千歳の後には雅言と成りぬべし。誠実を述ぶる時は、いかなる言語か雅ならざらむ。さりとて鄙詞野調を吐きて、誠実を述べ得たりとする輩は、いふにたらず。」と、雅語・俗語の体系化を否定する。雅語・俗語は、実体的な体系として存在するのではなく、対象を把握する際の「誠」の有無という関係性においてしか存在しない。これは、表現の一回性を重視することである。「歌はうたひ上ぐる即に感ずるものなり。かたぶきて其意を悟り、たづねて其調を知るものならんや。（略）今の世の歌は、今の世の辞にして、今の世の調にあるべし。」（「新学異見」[5]）と、先行する表現を規範化することを認めず、『万葉集』に倣えという真淵に対して、「こはゆゝしき妄論《ヒガゴト》なり。歌は情のまに〳〵ひとり調べなりて、思慮《オモンバカリ》を加ふべきものならねば、古へに擬似んとするの違あらんや」と、作為的な詠歌の勧めであるとして激しく非難する。これは、間接的に春海の「古へ振」も否定することになる。

一方で景樹は、春海がモチーフの喪失を批判していた題詠を、「剣法を学ぶに等し。平生に習練せずば、実事の急にのぞみて、真剣を用ひ難かるべし。」「道理を愛し、古言・古語をあやつるにあらず。ただ此誠実の調に合せむとするのみ」と、詠歌及び調という表現の身体性の体得として積極的に奨励している。景樹にとって詠歌とは、モチーフという概念化された対象を表現するのではなく、表現からモチーフを分離することはできない身体的な行為だったのである。

春海の「まことの心」が詠歌の根源的なモチーフであり、規範的な調として形象化し得るのに対し、景樹の「誠」は、対象の把握を瞬時に歌へと昇華し得る作用であり、それを体現する調は一回的である。羽衣にとって、春海の「まことの心」は、「古へ振」という詩的表現の実体的な位相を想定している点において認識を同じくするが、景樹の「誠」は、雅語という位相の独立性を認めない点において、詩歌観の根本を真っ向から否定するものであっただろう。羽衣は、『新撰詠歌法』の「日本歌学史」の章で主要な歌論を紹介しているが、真淵については「歌の性質を説き原理をのべて前人未発の見解あり。」、春海については「真淵の真意を伝へて古今の歌風を論じたり。」と、高く評価しているのに対し、景樹については「只内山真弓が景樹の説を集めたる歌学提要、景樹がにひまなび異見などやゝ見るに足らむ。」と冷淡に触れるのみである。羽衣において「想像」は、雅語に立脚して発動し「真実」を把握するのであり、言語の位相と把握される対象は一体化しつつ、特定の次元を成立させるのである。

「想像」という用語は「ハトリツト」によるとのことであったが、「ハトリツト」は管見では不明である。羽衣は、『修辞学』の「緒言」で「古きものにてはベイン、カムペル、ホハツトレーの修辞学スペンサーの文体論等」を参照したと述べており、この中でベインの“ENGLISH COMPOSITION AND RHETORIC”(1886)は、最も基礎的な文献である。また、「我国の学問は之を西洋と比べて、皆稚容あるが中に修辞学の如きは其甚しきものゝ一つ也。之を邦文もて著述したるもの、明治二十一年に成りたる高田早苗氏の修辞学のほか、今日に至るまで、一の注意するに足るべきもの出でたるを聞かず」と、日本の修辞学書の中では唯一、高田早苗の『美辞学』(前篇　明22・5　後篇　明22・6　金港堂)を評価している。速水博司によれば、『美辞学』の後篇第六、七章の目次の述べ方と文章の分類はベインに拠る所が大きく(『近代日本修辞史――西洋修辞学の導入から挫折まで――』[6])、菅谷廣美は、「ほぼこの書の骨格がベインそのものである」と指摘している(『『修辞及華文』の研究』[7])。羽衣が、唯一評価している『美辞学』もまた、ベインの影響を大きく受けているということから、次に、羽衣の「実際を離れて真実をうつす」という詩歌観を、“ENGLISH COMPOSITION AND RHETORIC”の“POETRY”の章[8](以下、“POETRY”と略す)、及び『美辞学』と比較したい。

(二)「真実」と「想像」

ベインは、“POETRY”第八章で‘The Ideal is aimed at in Fine Art’と、芸術は‘The Ideal’(理想)を志向すると述べる。芸術は‘the tameness of reality’(素朴な現実)を超えて、‘to pourtray greater beaties and higher loveliness than we can find on earth’と、超越的な美を描写しようとする。しかし、この超越性には限界がある。詩は‘Imitative Art’(模倣的な芸術)である。

……in poetry, the subjects are derived from realities ; and we cannot avoid considering, among other merits, the agreement or disagreement with the originals.

詩は 'realities'（現実）を素材とするために、現実との調和を考慮せざるを得ない。'If artistic effects are purchased at the expense of a great deviation from natural possibility or probability, although these effects are not less genuine in themselves, yet the work as a whole is marred by the offence given to our sense of truth.' と、如何に芸術的効果があろうとも、現実に存在し得る可能性や蓋然性を逸脱してしまうと、'our sense of truth'（真実の感覚）が異を唱えるのである。'truth in art'（芸術における真実）は、'a name for minute observation, and for the adapting of a foreign material to reproduce some original.' 即ち、原物を再生産するために精緻に観察し、多種の要素を結合するという行為の名称である。

羽衣が、詩歌の表現は現実そのままではなく、「実際を離れて」「天然を模擬せずして」「感情のありのまゝをうつすものにあらずして」とその超越性を強調しているのは、芸術は理想を志向し、地上では発見し得ない美を描くというベインの本質論を受容している。それが、「真実をうつす」「天然の真相を模する」「景色の精美をうつし」と、写実的に描写として把握されているのは、"Imitative Art" の概念を踏まえているからである。現実という素材から真実という詩的次元への昇華の過程は、ベインの芸術論に拠る所が大きい。

しかし、ベインが ideal（理想）と truth（真実）を区別して、真実は理想の追求を限定すると述べているのに対し、羽衣にそのような区別は見られない。truth ではなく、ideal に対して模倣的芸術の概念が適用されている。

この点で、高田は、「理想《アイデヤル》的形状」と「事物の真」を区別しており、ベインの芸術論により即している。「蓋し詩歌には事物をして哲学上に所謂理想《アイデヤル》的形状を有せしむる事を肝要とす是を以て能く天堂の如き無上幸福。黄金世界の形状をも描き或は極美。最善。至賢の男女をも写出し得るなり是れがために判断の正当なる事。小心翌《ママ》々たる事等の厳格なる徳義は之を心に介せずして可なり」と、「理想的形状」は常識から逸脱する性質を持つと述べている（『美辞学』後篇「第六章　韻文を論ず（第一）第三　詩歌は主として想像を写したる者なり」）。しかし、「然りと雖詩歌の此自由も亦自から制限あり」と、それには限界がある。「詩人の詠ずる所甚しく自然に違ふ時は如何に高雅なるが如しと雖吾人が事物の真を欲する所以の本性に背馳し不快を覚ゆる事大なるべし。」と、「事物の真」との呼応が前提である（「第七　詩歌は模擬性の美術なるが故に自から制限の有るあり」）。高田の記述は、ベインの原文をなぞりつつ、時にそれを敷衍している。高田は、「抑模擬美術の妙は或る原物を写して其信に迫るに在り是れ近代小説家の最も称道する所なり」と、写実性が近代芸術の特徴であると見なし、「事物の真」による「理想的形状」の抑制を肯定的に捉えている。

「理想的形状」と「事物の真」との背馳は、「実に詩歌は想像の言語とも云ひて事物を実際の儘に見はす《ママ》事をせず常に想像を逞しうし或は妄想を馳せ以て少を大にし美に数層の美を貸さぬ」（「第三」）と、「想像の言語」である詩歌の本質に由来する。この説明もベインの“POETRY”第九章に対応する箇所がある。‘The dangerous tendencies of poetry being to over-stimulate the passionate impulses—such as love and ambition, to make us dissatisfied with reality, to discourage the calculations of prudence, and to give a distaste for the severity of scientific method,’ と、詩歌は、現実を飽き足らないと思う情熱を過剰に刺激し、分別ある熟慮を妨げ、合理的な正確さを嫌悪させる危険な傾向があると述べている。ベインにとって詩歌の想像力は、全面的に肯定し得るものではなく、‘its character is improved as these tendencies are kept within control’ と、調整を持続し改善しなければならない傾向であった。高田が「想像を逞しうし」「妄想を馳せ」と否定的な言い方をしたのは、ベインの ‘The dangerous tendencies’ という把握を踏まえている。

羽衣も『新撰詠歌法』において「想像」と「妄想」を区別している（「第一篇 歌の本質及分類 第一章 歌の本質」）。「想像は天然と離るれど、これに背くにあらずして天然より一層天然なるものを作らんとする」作用であり、「天然の道理」に背馳しないが、「妄想」は「天然に離るゝのみならず、天然と背く也。天然の道理に反する也。」と、「想像」の対極に位置する。従って、「歌は想像を尊べども而かも妄想を尊ばず。」と、「妄想」は明確に否定される。高田の「想像」が時に「妄想」と交差する危険性を伴っているのに対し、羽衣の「想像」は「天然の道理」によって「妄想」とは差別化されている。高田及びベインの「想像」は、その暴走を抑制すべく意志的な調整の持続が必要であるが、羽衣の「想像」は、大局的な秩序に立脚している。即ち、ともすればtruthに背馳するidealに偏向するのではなく、いわばtruthとidealが一致している状態を志向する。従って、そこにはtruthがidealを牽制する緊張関係はなく、現実的な次元と詩的な次元との安定した序列が成立する。

羽衣にとって「想像」とは、常にその相対化を強いられる表現の飛躍ではなく、言語表現の序列を堅持するための確認であった。‘The Ideal is aimed at in Fine Art’ ‘rise above the tameness of reality’ という芸術の超越性の定義は、雅語が俗語の上位にある本質的な理由として受容されたのである。芸術の超越性が既に雅語として実体化しているのであれば、そこに立脚してより超越的な表現を目指せばよい。羽衣は、「古語を用ゐる時は其語の生れし時代の古昔なりといふの故を以て聯想上おのつから益々尊く益神聖となり、以て其思想をます〱けたかく世のつねならざるに至らしむるを得べき也。」「けたかく際はなれたる思想を歌はむ」（『新撰詠歌法』第二篇第一章）と述べている。羽衣において「真実」は、雅語の志向性に沿って「おのつから」発現し得る存在であり、「おのつから」という認識は、「天然の道理」と重なる。

羽衣は、芸術という西洋的な概念を受容して、詩的表現としての雅語の必然性を論証しようとした。一方、擬古派を攻撃する側も、西洋的な修辞学を援用して持論を強化している。次に高山樗牛の詩歌論を見ていく。

(三)　羽衣における雅語

高山樗牛は、国民文学創出の機運を推進しようとした一人であり、擬古派に対しては「其の詞其調はたその想所詮共に陳腐の評を免れず彼等はたしかに吾人が優雅なる王朝的感情を歌ふことに於て成功せりと雖も而かも遂に十九世紀に於ける大国民としての御人の最も進歩せる情想を暢発すること能はず。」（「明治廿八年の文学界」）と、前近代的であるとして手厳しく評している。

文学の価値は思想性によって決定されることを論証しようとしたのが、「我那将来の詩形と外山博士の新体詩」（『帝国文学』1巻10号　明28・10）である。樗牛は、「詩とは何ぞ」と問いかけて、外山の『新体詩歌集』を「鵺文学」であると否定する者は、「ひたすら形式的に、五七、七五等の古型に協へるもの丶みを詩歌と称し」「形を以て想を限り、外部を以て内部を制し」ているのだと批判する。樗牛によれば、西洋の修辞学者及び美学者による詩の定義は、「一、詩の本質を内容にありとなし、其形式を第二位に置ける説。（仮に内容説と称すべし）二、内容並形式にありとする説。（仮に形式説と称すべし）」の二説に分かれる。しかし、「形式論」は、「形式は素内容の自然の、又必然の発表に過ぎざるを以て、預め内に一定の形式を以て、外に万殊の内容に接することは、到底これ有るべかられば《ママ》」誤りである。樗牛は、「内容」と「形式」をいわば表現に先行する要素として実体的に捉えており、これらが表現の分析用語であるという認識はない。樗牛は続けて、「ワッツ」の「詩は人の心を感情的及諧調的の言語によりて美術的に表はしたるものなり」という「形式論」の定義に対し、「所謂形式論に至りては、二個の独立せる原理を包有せり、矛盾せざらむと欲するも得べけんや。若し『人の心』に重きを置んとせば諧調的なる文字は第二位に退けざるべからず、内容は其れ自らの形式を有すればなり。若し又『諧調的』に重きを置んと欲せば『人の心』は第二位に退かざるべからず。形式は其れ自らの内容を有すればなり、」と、原理的な矛盾を指摘する。表現に先行する要素として「人の心」（内容）と「諧調的なる文字」（形式）を捉えてしまうと、何れかが優位に立って表現が成立することになり、両者の並立は不可能であるという「矛盾」を導き出してしまうのである。「凡そ言語文字の助により、最大なる成功を以て其内容を発表せんとするものは其内部の質と外面の形と、即ち思想と文体とを、最も適当なる方法を以て一致調和せしめざるべからず。換言すれば其文体は内容の発表に対する必然の形式ならざるべからず。」と、「形式」が「内容」を制限しない状態を見極めて、「形式」を選択すべきだということになる。「形式」（文体）と「内容」（思想）の同時的な関係性という認識がない樗牛に比べると、羽衣は、雅語が思想を崇高にし得ると述べており、表現以前の思想を自立的に想定するのではなく、文体が伴ってこそ思想が形象化されると考えていた分、表現における思想性をより具体的に捉えていたと言える。

樗牛の「内容説」に対して直接反論したのが、島村抱月の「新体詩の形に就きて」[9]（『早稲田文学』第一次第二期99号～102号　明28・11、12）である。抱月は、「論者は七五、五七の不適当なるを断ずると共に、顧みて他種の律格に考へ及ぶことなく、直に一躍して律そのものゝ根拠に立ち入り、或る論拠によりて、天地一切の律語の領分を奪ひ了んぬ。」と、樗牛の「律」概念の短絡性を指摘する。続けて「この論は形式といふ語を濫用して誤謬の結案に終れるものなり。論者は詩形は凡て前定すべきものにあらずといふの前提、すなわち形式は常に内容の奴隷なりといふの第一断に於いて、いみじき錯誤をなせり。（略）又或る意味にては、形式は内容と同等の位置を保ち、否むしろ別なる形式に対し二者合して内容の位置を保ち、以て一団の美を全うす。」と、「内容」が「形式」に優先するという想定を否定し、両者の止揚・統合によって表現が成立すると述べる。抱月による「内容」と「形式」の関係は、左の図である。

戊種の内容外形

主想対現象（甲種の内容外形）
意味対全関係（乙種の内容外形）
部分対全体（丙種の内容外形）
意味対情緒（丁種の内容外形）
　　美象
　　対音声
　　　言語
　　　声調
　　　　声格
　　　　律格

甲種から丁種までの「内容外形」は、「美象」として戊種の「内容」になる。「内容」と「形式」は、固定した実体ではなく、観念性の段階に応じて置換し得る分析概念である。「詩とは、いふまでもなく、美象を言語文字に結び付けたるもの」であり、戊種が、多面的な内容と形式を統合して成立する詩歌の基本構造である。基本構造における「形式」は、「音声」であり、そこから更に下位の要素が析出されるが、それらは上位概念に従属するのではなく、機能として独立している。「言語」と「声調」は、「言語が示す当面の意味以外、人心の秘密を不語の際に語るは、実に声調の力なり。」と、補完し合って「音声」という上位の機能になる。抱月は、「内容」である「美象」に対し、「外形たる音声」は、「先後軽重を争うべき些の権利なき勿論の事なるべし。」と述べており、各要素が補完し合って上位に統合され詩として表出されるという同時的な関係性を想定している。抱月の論は、樗牛の「形式」と「内容」が分析概念になり得ていないことを的確に指摘し、正している。

抱月の論に拠れば、羽衣における雅語の把握が、「甲種の内容外形」（「主想対現象」）及び「丁種の内容外形」（「意味対情緒」）と「音声」の結合を、結合ではなく「音声」の属性として固定化している、あるいは、「美象」の機能の一部分を「音声」に帰属させて両者の関係を硬直化させてしまっていると、その問題点を指摘することが可能だったであろう。羽衣における「想像」が、「天然の道理」に帰結してしまうのも、「主想対現象」と「音声」を結合する作用として「想像」を想定すべき所を、「主想」と「現象」を結合する作用として「想像」を想定し、その「想像」を雅語という「音声」に連動する要素であるとしてしまったことによる。それは、「古語を用ゐる時は其語の生れし時代の古昔なりといふの故を以て聯想上おのつから益々尊く益神聖となり、以て其思想をます〱けたかく世のつねならざるに至らしむるを得べき也。」と、古語の喚起力によって思想が完成すると述べていることからも窺える。羽衣にとって雅語は、「美象」と結合する「音声」の一つではなく、「美象」中の「現象」及び「情緒」が付随する「音声」であったということになろう。そもそも羽衣にとって「想像」は、近世的な「誠」の観念性から、表現成立の原理を析出するための用語であった。しかし、雅語の実体的な把握は分析概念の受容を妨げ、諸要素の同時的な関係性の中で雅語の位置を捉え返しつつ、詩的表現の自立を目指すことはなかったのである。抱月は、羽衣に言及せず、羽衣もまた、抱月の詩論に注目した形跡はない。近世的な「誠」の概念に関しても、景樹の一回的な表現を決定する「誠」、及びそれが身体化された「調」は許容しなかった羽衣にとって、帰属する性質ではなく、関係性の統合による詩歌観は受容し得なかったのであろう。

羽衣自身としては、雅語に立脚しつつ、より高次の詩的表現を目指そうとした。明治三十年代に入ると、羽衣の作品には観念的な措辞が目立つようになる。「プレルード」(『帝国文学』3巻5号　明30・5)では「「まこと《ツルース》」を歌ふ浦浪の」、「夕づゝ」(同)では「いでやおのれは「想像」の／空ゆくはねにうちのりて、／汝大神の魂のべに、／さもらひなれんとことはに。」と、「まこと《ツルース》」や「想像」といった抽象的な概念を擬人化している。ルビの振り方と言い、雄大な情景と言い、晩翠の表現に傾斜している。当時、藤村、晩翠、羽衣は肩を並べる存在であり、樗牛は、晩翠を「調に於ては藤村に及ばず、辞に於ては遂に羽衣に劣る。然れども其の想の高くして情の清きことは遂に是二者を凌ぐ。」(「晩翠の詩」)と、「想」の高さを称揚していた。この評にも刺激されて、羽衣は、「想」を伴うべき「辞」を高めようと努め、晩翠の擬人法に注目したのではないかと考えられる。これらの作品は、詩文集『霓裳微吟』に収録された（ただし、「プレルード」は「春の浦づと」と改題されている）。『霓裳微吟』には、まさに晩翠張りのテーマを扱った「優美と崇高」という作品も見られるが、注目されるのは、製作時の異なる二つの「恋」が収録されていることである。

恋

木々の雫も末遂に、
　同じ清水におつるなり。
蜘手にたぎつ山がはも、
　流れ逢ふ瀬のなくてやは。

下もえわたる小草には、
　つれなき草も解くとかや。
人めしのぶの浦にだに、
　そこのみるめはありてふを。

などてか我は世の中の、
　ためしにもれて只独り、

雲井の雁のよそにのみ、
　花をみつゝもすごすらん。

（初出『帝国文学』1巻7号　明28・7　『美文韻文花紅葉』に収録。
ただし、初出、『花紅葉』共に、最終行の「花」は「君」である。）

恋

蛟龍くるひ鰐怒る
　千ひろの海の底にだに、
きよき玉藻につゝまれて、
　すゞしくひかる真珠あり。
まがみはさけび虎ほゆる
　五百重の山の奥にだに、
玉をちらして岩間より
　したゝりいづる清水あり。
嵐を孕み雲おこす
　すごきみ空のをちにだに、

よるの帷のあひだより
　ゐまひをもらす星ぞある。
いつはりうらみ憂さねたみ、
　あつまる人の胸にだに、
などてか神のさづけたる
　恋のひかりのなかるべき。

（初出『霓裳微吟』）

『花紅葉』所収の「恋」は、題詠で言えば、「寄瀬恋」（第一連）「寄下草恋」「寄海松恋」（第二連）「寄雁恋」（第三連）に、それぞれ該当する恋の諸相であり、典型的な措辞を踏まえることによって、恋が成就する「世の中のためし」に既視感を与え、「我」の孤独が共感を呼ぶ。これに対して後年の「恋」は、和歌的措辞からの距離感が著しい。「神のさづけたる／恋のひかり」という恋の理念を、従来にはない規模の想像力で描こうという意図は窺えるが、必ずしも成功したとは言い難い。第二連の深山の奥という設定は、第一章で取り上げた「詩神」と同じである。しかし、「詩神」の「こゝはいづこかしら雲の／五百重しきたつ山の奥／み空にはふる夕風も、／たゞこゝとにひゞくなり。／岩もる清水ほのかにて、／鳥もかよはぬかたそばや、」が、「五百重しきたつ」や「岩もる清水」が喚起するイメージを生かしているのに対し、「恋」においては、「まがみはさけび虎ほゆる」「玉をちらして岩間より」という説明が、逆に想像を妨げて、空間を平板にしている。雅語に立脚しつつ「想像」を発揮しようとする場合、修飾を重ねていくと、雅語が持つイメージの喚起力を抑制し、説明的な描写に堕してしまう。「想像」を雅語に連動する作用として固定的に捉える詩歌観の限界が、露呈しているとも言える。『花紅葉』にも収録した旧作の「恋」を、『霓裳微吟』で再び収録したのは、その表現の達成度は新作以上であり、公表する価値を失う作品ではないと、羽衣自身が判断したからであろう。

羽衣は、詩的表現の基盤としての雅語を成立させるべく、西洋の芸術論を援用し、雅語の超越性を芸術の本質として定義しようとした。しかし、羽衣が捉えた超越性は、「真実」(truth)と葛藤する「理想」(ideal)ではなく、「天然の道理」という秩序に赴く「真相」「至誠」であった。抱月の理論を借りれば、「美象」が「音声」と結合して初めて超越性は形象化されるのであり、「美象」と「音声」の結合の仕方、ひいては「美象」を形成する甲種から丁種までの「内容外形」の結合、「音声」を形成する「言語」と「声調」の結合によって、「理想」と「真実」の調和も生じる。しかし、羽衣は、諸要素の結合及び統合の結果として生じる超越性を雅語という「音声」の属性であると見なした。従って、雅語の体系性を「天然の道理」として意味づけ、雅語によるイメージの喚起力を「想像」として析出したのである。雅語の体系性をより高次な詩的表現として自立させようとすれば、イメージの喚起力を高度に洗練させた後は、「真相」を目指して概念的な説明を加えてしまうことになりかねない。

羽衣の実作と理論に亘る奮闘は、従来の詩的言語を芸術として自立させようとする場合に、一たびはその洗練された体系を、表現を形成する諸要素の同時的な関係性において捉え返さねばならないという結論を導く。擬古派と称された羽衣の本領は、芸術としての詩歌というテーマを引き受け、日本語の伝統に立脚して普遍的な表現を成立させようとした、極めて近代的な詩歌観とその追求なのである。

注

(1)　寛政一二(一八〇一)・三・二八。以下、村田春海及び香川景樹の引用は、『日本歌学大系』第8巻による。

（2）寛政一二・一〇・七
（3）『怜野集』の「附録」。
（4）安政六（一八五九）・六
（5）文化一〇（一八一三）・二
（6）「第七章　高田早苗『美辞学』〈消化紹介〉」（昭63・9　有朋堂）
（7）「第三部『修辞及華文』の史的意義をめぐって　第四章　修辞学への関与――『美辞学』考」（昭53・8　教育出版センター）
（8）引用は菅谷廣美『『修辞及華文』の研究』の「第四部　資料篇」による。なお菅谷は、第二版（一八六九　ロンドン Longmans, Green, and Co.）を用いている。
（9）引用は『抱月全集』第1巻（大8・6　天佑社）による。

III　上田敏の芸術

一　上田敏における節奏

高踏的学匠詩人として知られる上田敏は、近世歌謡の愛好者でもあった。これは、敏が、江戸情緒と所縁の深い築地で生れ育ったという環境に由来するが、即自的な肯定にとどまっていたのではない。後年の自伝的小説『うづまき』において、「春雄が演劇と言はず、美術と言はず、凡て徳川の人情風俗に一種の同情を持つたのは、単に遺伝境遇の所為ばかりでは無い、十八世紀の芸術を始めて真に解する事を得た欧州の現代人と、自から軌を一にしたのであらう。」（八）と回想しているように、一たび西洋的な視点を獲得した上で同時代的な嗜好を見出そうとしている。西洋的な視点に立脚しつつ、日本の文芸を捉え返し、そこから近代の詩を構築しようとすることは、敏における基本的な姿勢であった。日清戦争時は、近代主義的な国民文学創造が主張され、性急に思想性が要求された。このような風潮に対し、敏は、「吾等は清新の思想声調を唱ふるに当り、内容外形のことを峻別することを為さず。清新幽麗の思想は同じやうなる声調を藉りて始めて其充分なる発揮を得べきなり。いな、清新の声調なくして清新の思想を伝へむと欲するは殆ど望むべからざるなり。」（「清新の思想声調」『帝国文学』２巻12号　明29・12）[1]と、「声調」の重要性を強調し、「性急にして赤手事を成さむとする世の弊に陥ゐらず、先づ楽器の糸を調へて始めて起つ如く、古語雅言を行りて典雅の調を吟ぜし十数の新体頗る騒壇の注意をひきし」と、擬古派の表現に着目する。中でも、武島羽衣の「草刈りぶえ」（『帝国文学』１巻10号　明28・10）を「思想声調相適和してめでたき新体の歌」であると高く評価し、「更らに氏が清新の調をかいたてゝ、情熱ある篇を作らむことを望む。」と、古典的な表現に立脚して清新な声調を汲み上げようとする方向性に期待を寄せている。

しかし、羽衣の作品は、敏が期待したようには展開していかなかった。ほぼ二年後の「文芸世運の連関」（『帝国文学』5巻1号 明32・1）[2]において、「今の詩人が漫に星を天上の花といひ、花を造化の命とよび、永遠暗黒など耳遠き語を列ねて、ひたすら一仏蘭西詩人の面影を忍ばむとするは、原の歌をしれる吾等にも無意義なるに、何ぞ一代の耳を傾けしむるに足らむ。」と、概念的な措辞を顕示する風潮を批判することになる。「今の詩人」とは、土井晩翠的な傾向を指すのであろう。この時期、晩翠は、「星と花」（『帝国文学』4巻4号 明31・4）で「同じ「自然」のおん母の／御手にそだちし姉と妹《いも》／み空の花を星といひ／わが世の星を花といふ。」と歌い、「暮鐘」（同）ではユーゴーの「薄明の歌」の一節を傍題として引用しつつ、「天地有情」の感慨を述べている。「自然」「混沌」「永劫」「無限」等の抽象的な概念をカギ括弧で括り、詩語として用いる晩翠の表現は、敏にとっては生硬な観念性としか映らなかったのである。敏が期待していた羽衣も、「「まこと」《ツルース》を歌ふ浦浪の／おとをひろはん家づとに。」（「プレルード」）「いでやおのれは「想像」の／空ゆくはねにうちのりて、／汝大神の魂のべに、／さもらひなれんとことはに。」（「夕づゝ」）と、晩翠的な擬人法が目立つようになり、敏に失望を抱かしめたであろう。

このような新体詩の状況もあってか、敏は、「叩かば開かれむ文芸の門に入りて、古今東西を比較すれば、伝統久しきわが文学には、当来の発達に資す可き材料未だ清新の気を失はず不朽青春の勢みづ〳〵しきものあり。例えば、われは西洋の趣味を移さむと唱ふる今の新体詩よりも、既に元禄の昔、清水の西門に三味線ひきて歌ひける律語を喜ぶ。」（「芸術の趣味」）と、近世の「律語」へと傾斜していく。「新体詩管見」においては、「七五と云ひ五七と云ふ是までの体裁では、今の世の人の思想感情を細かに憾なく歌ふことは仕難いのであります。」「若し此の明治に非常に都合の好い詩形があつたならば、どうしても散文より調子が整つて、節奏の美がある律語を我々は有ちたいのである。」と、新しい律語の必要性を語っている。そのためには、「従来我那に行はれた律語めいたものを研究して、其外形を分析し解剖して、日本語に特有なる一種の節奏を発見する」と共に、「併し尚ほ此外に最も注意すべきのは、神楽、催馬楽を始めとし謡曲或は徳川三絃のいろ〳〵の歌詞を見ることであります。」と、古代から近世に亘る歌謡を参照すべきことを強調している。敏は、一貫して、詩における「声調」あるいは「律語」、即ち「節奏」の重要性を論じており、その具体的な表現として古来からの歌謡、中でも近世歌謡に着目しているのである。本章では、敏における「節奏」観と、その実践としての『海潮音』に収録された近世歌謡的な翻訳について考察していきたい。

㈠「声調の美」

敏は、「詩文の格調」（『韻文学』2号　明31・4）[3]において、「真正なる妙趣を味はむと欲する士」は「思想を偏重する弊」に陥らず、「内容外形の一致融合に、始めより留意せらる可し。」と述べている。ここで言う「格調」とは、「只艶麗なる詞章を羅ね、流暢なる語勢をくはふる義」でも「たゞ聴覚に快感を惹起すを以て、能事畢れる」とすることでもない。「寧ろ思想発展の経路に絶倫の気風ありて、雄偉勁健なるを意味す。」と、崇高な思想の形成に伴う思考のリズムを指す。それは、また、近世的な「調」の重視とも異なる。敏は、「拈華庵漫筆」（『無名会雑誌』21、22集　明25・4、5）[4]において、「桂園の流には、この調といふことをむねとし、歌に理の入るをきらふをしりては此歌のさま（引用者注：香川景樹の「夜も寒し瀬の音も高しみよしのゝ大河のへにゆきぞふるらし」を指す。）なほあはれに覚えぬ。」（「桂園一枝」）と、共感を示しつつも、「されど只言はむ、調を形の上よりせむるは未だ完からず。文致（Stilistik）と格調（Melodie）とはいたく違へり。昔より高く美しきしらべは円満美妙なる想よりぞ歌はれける。」と、景樹の「調」が感動の身体的な表出にとどまって、思想の身体化には至っていない不満を述べる。

「調を形の上よりせむる」とは、例えば「志は理わるべく、情は調ふべきも、又自然のすがたにして、詩はその志を言ひて情其中にこもり、歌は情を述べて志にも及ぶものなり。」(「古今和歌集正義総論」)[5]と、歌われるテーマの性質に応じて予め形式を想定する思考を指すのであろう。敏は、思想が優先されるのでも形式が先行するのでもない、「円満美妙なる想」が形成表出されるより根源的なリズムを、詩的表現の理想として求めたのである。

敏のこのような詩歌観には、ウォルター・ペイターの受容がある。敏は、「世紀末年の文壇」(『帝国文学』1巻1号　明28・1)[6]において「われは先年「文芸復興論集」一巻を翻へして、幽婉の思想と文字とに驚き、其後、ひたぶるに、恩師と奉じたるゆかりあれば、哀悼殊に深しとする」と、「文芸復興論集」即ち『ルネサンス』(初版　一八七三　第三版　一八八四)[7]、及びペイターへの傾倒を語り、前年の逝去を追悼している。『ルネサンス』の「ジョルジョーネ派」には、音楽を理想とする芸術観が述べられている。

このように芸術は、単なる理知から独立して、純粋な知覚の対象となること、主題あるいは内容に対する責務を振り棄てることを目指して、不断に努力している。理想的な詩や絵において、作品の構成要素が渾然と一体になっているため、内容あるいは主題が理知を動かすだけのこともなければ、形式が目あるいは耳を動かすだけのこともない。そこでは形式と内容が融合一致して「想像的理性」に単一の効果を与えている。

音楽は、「芸術の中でも典型的な芸術、理想的な完全な芸術」であり、「至上の瞬間においては音楽では目的と手段、形式と内容、主題と表現の区別がつかない」。芸術は、すべて「音楽のみが完全に実現している状態にむかって努力していると見てよい」と、ペイターは、音楽を芸術の理想であると見なす。詩歌においては「抒情詩」が、「内容そのものから何かを取去ることなく内容から形式を分つことが最もむずかしい点からして、詩の中で最も高く完成された形式」として高く評価される。「詩においては、単に記述的でも瞑想的でもなく、リズミカルな言語の処理、すなわち歌唱における歌の要素から生ずる真に詩的な性質を明らかにすること」が、「他の芸術の形には翻訳不可能な美の相あるいは性質」を把握する第一歩なのである。内容が「リズミカルな言語の処理」として表出されてこそ、詩は固有の表現として成立するというペイターの把握は、敏の「声調」観の根幹となっていることがわかる。

ペイターは、真の芸術と感応し、真の芸術がそこに到達する人間の機能として、「想像的理性」(the 'imaginative reason')(8)を挙げている。これは、「純然たる感覚」でも「純然たる知覚」でもなく、「複合的な機能をもっており、そこにはあらゆる思想と感情が対になって存在し、それぞれが知覚される模像あるいは象徴をもっている」という性質である。「思想と感情」が連結している「想像的理性」は、「直観」として敏に受容される。「典雅沈静の美術」(9)(『帝国文学』1巻9号　明28・9)の中で敏は、「人間には感情といふものありて、感覚の助に依り、然も之に隷属する事なくして、真理を悟り得べし。此法によるものは、愛撫する如き用心を以て、事物を観察し、決してかの冷刻なる解剖の故智にならはず、能く純理と感覚との二界を維ぎて、完全なる観念を吾等に与ふ。これは美術の境にして、直観といふものなり。」と、「純理と感覚との二界」を繋ぐ「直観」を、真理を把握する機能として重視している。「格調」として表出され、「直観」によって把握される真理が、「円満美妙なる想」ということになろう。音楽的な「想」の表出への志向性は、敏において一貫している。先にも引用した『うづまき』の中で、「人格といふ牢獄に幽閉されて、絶えず肉胎といふ盲目の物質に制馭されている個人の意志は、「美」の精髄ともいふべき音楽の「はるもにや」に依つて、始めて自我から遊離することが出来る。」「人は「はるもにや」に依つて、宇宙の大意志が心中に覚醒するを感じ、万有の奥の奥に潜んでる至上の統一を認めて、此世には比類の無い大喜悦を享ける」(三十五)と、音楽の「はるもにや」、即ち調和に、超越的な真理を見出している。

敏は、このような音楽的芸術観に基づいて、当時の国民芸術論を批判している。「文芸世運の連関」では、「幼にして狭量なる家庭に不完全の教育を享け、長じては遠く海外に遊で、学術の方式をのみ学び、祖国の人文に浴せず、伝統ある芸術の好尚なきものが国民の自覚漸く起らむとする刻下に及んで急に国民芸術の成立を奨励し、東西文芸の調和を口にして、いかばかりの壮語を放つとも、我那芸術の進歩に何の裨益かあらむ、何の貢献かあるべき。」と、国民芸術論者の皮相な観念性を指摘する。「長じては遠く海外に遊で、学術の方式をのみ学び」の件は、維新後ミシガン大学に留学し、帰国後は漢字廃止論や演劇改良論を起し、『新体詩抄』『新体詩歌集』を著して新体詩の推進に努めた外山正一を、念頭に置いているようである。この時期、外山は、『新体詩歌集』の序文で擬古派を非難しているように、急進的な文学の近代化を主張する一人であった。しかし、敏は、イデオロギーの移植よりも、「伝統ある芸術の好尚」の重要性を論ずる。「今の世の論者が国民美術の大成を望むは嘉すべき事ながら、彼等が徳川美術特に平民の芸術に適当の尊敬と研鑽とを傾けざるは惜むべきの至なり。所謂雅楽、或は十三絃楽の一部は外国の美術に過ぎず、日本施行の醇なるものは実に三絃楽に存すると同じく、日本絵画の特趣は浮世絵に於て窺ふべし。民衆が挙て推進せる文化こそ永久の文化にして、少数の貴族等が相結でなせる文化は、沙上の屋に似たり。文化の一面たる芸術これと等しく、民衆が声を背後に有して自然の発展を遂げざるものは、一時燦爛の栄ありとも国民の芸術として永く寿を保つことは難し。」と、民衆によって形成され継承されることを、国民芸術の条件と見なしている。

敏が、近代主義的な国民芸術創造の風潮に対し、民衆の自発性という視点を打ち出してきたのは、三上参次・高津鍬三郎著の『日本文学史』（上巻　明23・10　下巻　明23・11　金港堂）の受容があると考えられる。敏は、「日本文学史を読みて今日英文学の教授法に及ぶ」（『無名会雑誌』5集　明23・11）[10]において、「拝読の後いたく感服せり。」「近来の好著と云ふべし。」と賞賛している。『日本文学史』下巻には、「江戸時代は、文学のあらゆる種類を網羅して、殆ど遺すところなし。是れ即ち此時代の文学が、今昔を俯仰して、誇称するに足る所以なりとす。」（「第六篇江戸時代の文学　第一章　総論」）という記述があり、近世文学を過去の集大成として位置づけ、重視している。「俳文、狂文等、遊戯三昧のもの、及び戯曲、小説等の、人の嗜好を楽しましむるもの、大に行はれて、世の中に、重大なる勢力を有し、文学界の主要なる地位を占むるに至りき。是に於て、文学は、最早、上流社会の専有物にあらず。中等社会の人々も、其嗜好によりて、多少之に応ずる文学を有する事となれり。」と、近世において享受者層が飛躍的に拡大し文学が大衆化したことを述べ、「貴族的文学と、平民的文学と並び行はれ」た状態であると捉えている。「我国の文学は、江戸時代に至りて、始めて能く豊富なりと、称せられ得べきなり。」と、民衆の嗜好に応じて領野を拡開していく近世文学の活力が高く評価されている。

『日本文学史』は、テーヌの文学史の視点と枠組みに倣いつつ、始めて日本文学を通史として体系化した画期的な著作であるが、敏は、この文学史によって、近世文学への愛着を史的意義として対象化すると共に、イデオロギーとしてではなく実態として国民文学を捉える視点を得たと考えられる。「芸術の趣味」においても敏は、漢字廃止論者に対し、「今急に国語国文より漢字を追ひ、随て漢語を去らしめて、此国の文化に容易く恢復し難き打撃を与え、従来の文学を空しく高架に束ねて、国民精神の貴重なる遺産を放擲せむとする如き軽挙盲動は、苟くも多少芸術的趣味ある者の忍ぶ所にあらじ。」と、「国民精神の貴重なる遺産」という歴史的な視点から反論している。それと同時に、「芸術的趣味」という言い方も、「直観」に通じる身体化された審美眼であり、イデオロギーが先行する近代主義者への批判が込められている。敏は、「趣味」という語が批判性を持つように、意識的に用いていたようである。「芸術家の任務」（明32・2　掲載誌不明）[11]においても、「偶々詩文の妙は、東西軌を一にし、彼に音韻の妙を賞するもの、此に声調の美を称ふるに等しなど思ふことある時、往て世の所謂学者たちの説を質すに、彼等は人生観をいひ、審美説をいひ、詩人の思想、主義をいへど、終に六脚律の荘重と対聯の醇和とを説くをきかず。而して此声律が顕せる無限の感慨、熾烈の情熱、幽婉の思慕、敬虔の道念等に至ては彼等の皮相なる文学趣味或は没趣味の夢むる所にあらざる如し。」と、「声調の美」は、「皮相なる文学趣味或は没趣味」には理解不能であろうと述べている。「声調の美」が、敏の詩歌観の根幹を成していることを考えれば、「没趣味」とは、観念的な固着という点において芸術の本質とは相容れない者を指しており、痛烈な嘲罵である。

敏は、音楽的芸術観に基づいて、近世歌謡の中でも民謡への関心を深め、国民的な芸術の土台に据えようとした。「楽話」において「この醇朴なる民謡楽を重んずる所以」を、「国民の声となるべき大音楽は、健全なる基礎の上に立たねばならぬ」と述べている。三絃楽は、「多少国民の上に立てられた所の芸術でありますからあゝ云ふ音楽は中々滅びない。」と、その民衆芸術的な意義を認めるものの、「極めてすねた偏つた下層社会の一部を代表してその間の芸人が遊戯半分に作つた、悪くいはば、一種のDecadent Art」であり、その偏向性と頽廃性は否めない。「寧ろ其の根元に遡つて、民謡の醇朴なる曲を拾ひ集めて、例へば、我が那のケルト人種ともいふべきアイヌの旋《メロ》律《ディ》かもしれぬ追分節の如きものを参考してすなほに普遍なる傾向を将来の音楽に注入したい」と、未発達の民謡に普遍的な表現の可能性を見出すのである。敏は、「民謡」（『慶応義塾年報』103、105号　明40・1、3）[12]においても、国民音楽を大成させるためには「どうしても根本に立返つて、古来民間に潜んでゐて、十分発達しなかつた民謡楽を土台に、純日本風、全日本風のものを作らなければならぬと云ふ考から、自然に民謡の事に考へ及んだ。」と述べており、民謡を原形として捉えていることが窺える。

原形としての民謡という把握は、音楽に限定されず、詩歌に関しても同様である。「新体詩管見」の中で敏は、「今日の新体詩に於て殊に注意して欠く可からざるものは「誠」と云ふことであります。即ち気取つて居ない感情を歌へと云ふことである。卑近と見えても其中に一種の掬すべき真情のある歌が欲しいのであります。」と、「真情」を強調している。「一体、真情から発した言語は自から節奏を具へてゐる。（略）思想が当初より節奏を含んで居なければ、其思想は詩にならぬ。」(「詩話」『明星』明40・1)[13]と、「真情」は固有の「節奏」を伴うと述べる。技巧化される以前の、感情と節奏の固有の関係性への着目は、「民謡の醇朴なる曲」の評価と同様に、根源的な表現を探求する視点である。

敏は、感情の表出と節奏の根源的な関係性という視点から、民謡を土台として音楽的な詩歌を構築しようとした。次に、その実践として、『海潮音』における具体的な表現を見ていきたい。

(二)「花くらべ」「海のあなたの」の歌謡性

森亮は、「『海潮音』では清純・可憐な民謡風小曲と並んで、高踏派の二詩人の諸作・モレアスの「賦」・ダヌンツィオの「燕の歌」など華麗なものの出来がよい。」[14]と、諸作品の到達度を評価しているが、ここでは「民謡風小曲」として、「花くらべ」「海のあなたの」を取り上げる。

「花くらべ」は、夙に島田謹二が調査しているように[15]、『青年界』(2巻7号　明36・5)初出時は、「英文学に顕はれたる花」という随筆の中で、『冬物語』(シェイクスピア)の一節として訳され、独立した詩の形では発表されていない。それが、雑誌『白百合』(2巻4号　明38・2)において、「花くらべ」と題されて、近世俗謡調で改めて単独の詩として翻訳され、『海潮音』に収録されるに及んで、若干の語句が改訂された。冒頭の「燕も来ぬに水仙花、／おほさむ、小寒三月の／風にもめげぬ凛々しさよ。」(『白百合』)と、童謡調へと大幅に改変され、結末の「百合もくさ〲類ありて、鳶尾草のよけれども、／あゝ花はなししよ悲しやこゝに摘み難し」(『青年界』)も、「百合もいろいろあるなかに／鳶尾草のよけれども、／あゝ花はなししよんがいな。」(『白百合』)と、囃し詞をつけた俗謡調へと全く異なる調べに変化している。そもそも「花くらべ」の原作は、『冬物語』第四幕第四場において、ボヘミアの羊飼いの娘パーディタ（実は、シチリア王リオンティーズと妃ハーマイオニの娘）が、毛刈り祭の日に、ボヘミア王子フロリゼルの前で語る台詞である。その様子を伺っていたボヘミア王ポリクシニーズは、「あの娘の挙措動作には、その一つ一つにどこか／身分以上のものが感じられる／村娘とは思えぬ／気高さがある。[16]」とつぶやく。周囲から抜きん出た娘の気高さという原作の文脈を踏まえれば、敏の俗謡調はそれを考慮しているとは言い難い。島田は、原作の台詞を「シェイクスピアふうの無韻律」であると指摘し[17]、「無韻律」について「現代の自由詩のように、不規則の中に美を織り出している[18]」と述べていることから、敏の七五調は原詩の律に即してはいないことが察せられる。「花くらべ」は、島田が、『海潮音』全体について「あくまで独立した創作詩としておもしろく、原調の適切な解釈や表現は第二義におかれていた[19]」と指摘するように、『冬物語』の一節に取材した敏の創作であり、詩的表現の新たな試みとして見ることができる。

「花くらべ」は、先に見た顕著な俗謡調への改変の他にも、「らうたく」（『青年界』）から「﨟たく」（『白百合』）へ、「光る日の神」（『青年界』）から「照る日の君」（『白百合』）を経て「照る日の神」（『海潮音』）という二箇所の改訂が注意される。まず、「らうたく」から「﨟たく」への改訂は、どのように作品を変化させたのであろうか。『明治大正訳詩集』の頭注によれば[20]、「敏が好んで使った「﨟」の字は上﨟などの連想による当て字である。」とある。「らうたく」あるいは「﨟たく」の前後の詩句は、「ジュノオの神のまぶたより、ギイナス神のいきよりもなほらうたくはありながら、菫の色のおぼつかな、」（『青年界』）「さてもジュノウのまぶたより、／ギイナス姫のいきよりも、／なほ﨟たくはありながら、／菫の色のおぼつかな。」である。共に、「ジュノウ」及び「ギイナス」に比較して菫のゆかしさを賛美しつつも、その儚さを嘆いている。しかし、「らうたく」を高貴な身分を連想させる「﨟」を用いた表記に変えることによって、菫の愛らしさに高貴なイメージも加えられる。ギリシャ・ローマ神話の女神像が喚起する気高さを「﨟」の表記によって強調しつつ、一転して命あるものの褪せゆく定めを述べることによって、気高くも可憐な菫のイメージがより鮮明になる。「らうたく」から「﨟たく」への改訂は、イメージの喚起力の強化であり、「上﨟」の高貴さと本来の字義である可憐さとが重なった、いわば掛詞的な効果への変化である。なお、『海潮音』では、「ギイナス姫」が「ギイナス神」に戻されている。「姫」から「﨟」への展開だと、あるいは「上﨟」から派生した遊女のイメージが想起されて、俗に流れ過ぎるかもしれない。敏は、神話的なイメージの強調を選択したということになろう。

次に、「照る日の神」をめぐる改訂について見ていく。『青年界』初出の「光る日の神」は、原作の太陽神フィーバスに即した訳出である。『白百合』で「照る日の君」という「恋人又は夫の聯想を兼ね持たせたる」（森亮）[21] 措辞へと変わり、最終的には『曾根崎心中』冒頭部分の「照る日の神も男神」を踏まえたと考えられる「照る日の神」になった。[22]『曾根崎心中』の該当部分は、「十八九なるかほよ花。今咲き出しの。初花に笠は着ず共。召さず共。照る日の神も男神。よけて日負けはよもあらじ。」（「観音廻り」）[23] である。「花くらべ」（『海潮音』）の文脈は、「照る日の神も仰ぎえで／嫁ぎもせぬに散りはつる／色蒼ざめし桜草、／これも少女《をとめ》の習かや。」である。原作は、'pale primroses,／That die unmarried, ere they can behold／Bright phoebus in his strength (a malady／Most incident to maids) ;'[24] と、青白い桜草が、男性神である光り輝くフィーバス神を見ることができず、未婚のままで死ぬという内容であり、敏が、この部分の設定に関しては、原作に即していることがわかる。[25]『曾根崎心中』の「照る日の神も男神」は、男神説を採った天照大神を指すと言われており、[26] 花と男神としての太陽神を対比させる構図は、『冬物語』と共通する。敏が、『曾根崎心中』に示唆を得て、直訳的な「光る日の神」から「照る日の神」という浄瑠璃的な措辞へと変えたのは、構図の類似において洋の東西を問わない普遍的な表現を見出したからであろう。

「照る日の神」に至るまでには、「照る日の君」（『白百合』）という経過がある。これに関しては、先に引用した森亮が、「勝手な裏の意味の附加はやはり気が咎めたか」「君」を「神」に戻し、また、『白百合』での発表後に、

『曾根崎心中』冒頭の「観音廻り」の一節を思い出して「照る日の神」に決定したのであろうと推察している。『白百合』発表の時点では、原作者シェイクスピアの名前は明記されておらず、「花の教」と併せて「訳詩二首」とし か題されていないので、『海潮音』収録に際してよりも訳の自由度は高かったのかもしれない。しかし、同じく『白百合』発表時の「ギイナス姫」が、『海潮音』では「ギイナス神」に戻っていることを考え併せると、この改訂は、「勝手な裏の意味の附加」に気が咎めたと言うよりも、神のイメージを顕在化させて、作品の構造を強化しようとしたのではないかと考えられる。むしろ、初出時の「光る日の神」が、『白百合』発表の時点で「照る日の君」という「観音廻り」の一節を想起させる措辞に変わったことが、基本的な俗謡調の成立という点で注目される。敏が『曾根崎心中』を参照した時期を、『白百合』発表後に特定する必然性は、希薄であろう。

「照る日の神」への改訂に関しては、もう一つ、敏が愛好した河東節の詞章の影響の可能性を挙げておきたい。敏は、「わが愛づる音楽」（『音楽新報』4巻1号　明40・1）[27]において「元来日本音楽は三絃楽を中心とします。それで予が好むものを挙げて申しますなら、徳川の音楽からして今日伝はつてゐるものゝその中、河東節、歌沢、ずつと飛んで清元、長唄と云ふやうな順で好みます。」と述べている。河東節「式三献神楽獅子（忍の段）」の「下の巻」には、「先づは岩戸の其始め、隠れし聟を出さんとて、八百万の色遊び、是ぞ末社の始めなる。」[28]という件がある。この「隠れし聟」について、『日本音曲全集第11巻　古曲全集』の頭注は、「天照大神は女体であるが爰には転化して辰五郎（引用者注：淀屋辰五郎、実は曾我五郎時致を指す。）にかけていふ」[29]と記しており、天照大神男神説を踏まえていることがわかる。河東節は、江戸の三絃楽の中で「気品一点張りの音曲」「頗る上品なもの」[30]と評されており、三絃楽の偏向した爛熟を斥けた敏にとっては、許容し参照し得る俗謡であったと言える。敏は、「照る日の神」という措辞に、浄瑠璃から俗謡へと継承された天照大神男神説の浸透力を見出し、日本的な文脈の中で太陽神を形象化し得る詞として選択したのであろう。

以上のような改訂を経た「花くらべ」の最終形は、次のようになる。

燕も来ぬに水仙花、
大寒こさむ三月の
風にもめげぬ凛々しさよ。
またはジュノウのまぶたより、
ギイナス神の息よりも
なほ臈たくもありながら、
菫の色のおぼつかな。
照る日の神も仰ぎえで
嫁ぎもせぬに散りはつる
色蒼ざめし桜草、
これも少女《をとめ》の習かや。
それにひきかへ九輪草、
編笠小百合気がつよい。
百合もいろいろあるなかに、
鳶尾草のよけれども、
あゝ、今はなし、しよんがいな。(31)

「大寒こさむ」という童歌の成句、「藺たくも」という掛詞的な表現、「照る日の神」という近世の文芸を踏まえた詞、結末の囃し詞、これらの先行する文芸の引用と掛詞による重層性、及び花尽しによる構成は、近世歌謡的である。例えば、敏が愛好した近世歌謡集の『松の葉』には、「花売」（「第四巻 吾妻浄瑠璃」）という歌謡がある。敏の『松の葉』への愛好は、一方ならぬものがある。自分が編集していた『芸苑』誌上で、「昔よりいまに／渡り来る黒船。／縁がつくれば／鱶の餌となる。／SANTA MARIA」と、「長崎ぶり」を紹介し（2巻8号　明39・8）、これは後に、北原白秋の『邪宗門』（明42・3　易風社）の扉詩として引用される。また、『閑吟集』と『松の葉』の類似について言及もしている（「鏡影録」2巻9号　明39・9）。敏に触発されて、白秋や木下杢太郎も『松の葉』から歌謡調を学んでいく。

その『松の葉』に収録されている「花売」であるが、「面白の賤が仕業や、山路ならねど吹く笛も、ねよげに見ゆる若草の、花紫の藤袴、しをん竜胆われもかう、おもひの色は岩つつじ、いはで焦れて山吹や、忍びくる〳〵風車[32]（以下略）」と、「笛」から「ねよげ（音良げ）」、「ねよげ（根よげ・寝よげ）」から「若草」へ、「おもひ」と「岩つつじ」を受けて「いはで（言はで）」、「いはで（言はで）」から「山吹（異名は「口無」）」へ、「忍びくる〳〵（来る〳〵）」へと、縁語が掛詞を引き出し、その掛詞がまた縁語へ係っていくという掛詞と縁語の連鎖的展開によって、表現が成立している。しかし、「花くらべ」には、伝統的な修辞技法による連鎖的な展開はない。「ジュノウ」及び「ギイナス神」と「菫」、「照る日の神」と「桜草」という神々と花との比較対照が、構成の基軸である。そこに「凜々し」い「水仙花」と「気がつよい」「九輪草」及び「編笠小百合」が加わって、「菫の色のおぼつかな」さと「色蒼ざめし桜草」の儚さが対置される構図が形成される。強弱の対比を多層化していく構成からは、調和的なリズムが生じる。掛詞的な措辞や先行文芸の引用は、意味の連鎖力ではなく、対象のイメージを明確化し、対比のリズムを作り出しているのである。作品は、「気がつよい」百合の中から「鳶尾草」を選ぼうとするが、

「あゝ、今は無し、しょんがいな。」と、囃し詞の中に強から無への急降下を収めることによって終結する。「花くらべ」というモチーフをリズムによって表現し、内容的な整合性ではなくリズムとして作品を終らせたことに、身体化された思想が詩になり得るという敏の詩歌観の具現化を見ることができる。

詩歌の音楽性という視点がより明瞭に窺えるのが、「海のあなたの」（初出『明星』明38・9）である。敏は、『松の葉』の鞠歌「つる〳〵と出る月を松の枝で隠した、いざさらば伐りても捨ちよやれ松の枝の下枝。」について、「唯読んで見まして、曲が無くても如何にも音楽的に出来て、ロンドオとでも言ひますか、廻つて来て止まつてうまく纏つて居る。」（「民謡」『音楽新報』3巻7号　明39・8）[33]と、その音楽性をロンド形式に擬えている。『慶応義塾学報』掲載の「民謡」（103、105号　明40・1、3）[34]においても、「どうも是は感心する。下手の詩人が作ると、月が松が枝はなれけりとか云ふであらう。それではいけない。つる〳〵と出づる月を松の枝でかくした、いざ去らば伐りてもすちよやれ、此すちよやれに万鈞の力がある。」と、再度言及している。敏は、この鞠歌を「卑近と見えても其の中に一種の掬すべき真情のある歌」であると捉え、心情が固有の節奏のままに表現されている俗謡調の真髄を見出したのであろう。その場合、ロンドに擬えていることからも窺えるが、そのような節奏は、洋の東西を問わない「すなほに普遍なる傾向」であると考えていた。敏が、『海潮音』において近世歌謡調での翻訳を試みたのは、普遍的な音楽性という詩歌観に基づいている。

「海のあなたの」は、オーバネルの“Li Piboalo”の一節をウィリアム・シャープが英訳したものを翻訳したことは、夙に島田謹二が指摘している。[35]

To a far land across the sea, oftentimes in my dreaming hours I voyage alone, a bitter voyage of longing
oftentimes I make, to a far land across the sea.

（"Quarterly Review" vol. 194 1901. 10）

海のあなたの遥けき国へ
いつも夢路の波枕、
波の枕のなくなくぞ、
こがれ憧れわたるかな、
海のあなたの遥けき国へ。[36]

（「海のあなたの」）

「海のあなたの」における一行目と五行目の繰返しは、シャープ訳に即しているが、真中の部分は、シャープ訳の二行分を三行にして訳している。これに関しては安田保雄が、「近世に発達した七七七五の民謡調を二つにわけて最初の二行を歌ひ出し、つづく三行目を二行目最後の「なみのまくらのなくなくぞ」と頭韻を用いて七五としているあたり、彼が愛読してゐた『松の葉』の小唄等を頭に置いてのことかと思はれる[37]」と述べており、近世歌謡のリズムに乗せるための工夫であると言える。「波の枕のなくなくぞ、／こがれ憧れわたるかな、」は、シャープ訳の'a bitter voyage of longing oftentimes I make,'に該当する。シャープ訳の'voyage''oftentimes'は、前行の語を受けての繰返しであり、また、'dreaming'を受けて'longing'と韻を揃えている。「波枕」と「波の枕」の繰返し、「波」と「なくなく」の頭韻、「こがれ憧れ」という畳みかけは、シャープ訳のリズムを生かしつつ、近世歌謡調として作り上げたことがわかる。

安田はまた、詞に関しても『松の葉』と比較して、「胸に燃《た》く火の煙は空に、靡く習ひにいよの合ノ手末は逢瀬の波枕、独り焦るる身は浮舟の、寄る瀬定めぬこの憂さ辛さ、」（「第二巻 十 藻塩草」）「幾夜寝覚の涙の淵瀬、波のうね〳〵波枕」（「第五巻 古今百首投節 女十九首」）等（傍点は安田）との類似を指摘している[38]。安田の指摘の他にも、「浮気ならねど身は高瀬舟、こがれ〳〵て、焼くや藻塩の夕けぶり、此身をこがすへ。[39]」（「第三巻 端歌 二 高瀬舟」）「難波の浦に、よしや思はじ芦分ぶねの、こがれ〳〵て逢う夜もつらや、」（同、「芦分舟」）に見られる「こがれ〳〵て」に、「こがれ憧れ」という畳みかけの示唆を得た可能性も考えられる。敏は、洋の東西を問わない民謡調の普遍性という認識に立って、『松の葉』の措辞を現代の詩歌に再生しようとしたのである。晩年の著作である『小唄』（大4・10 阿蘭陀書房）の「序言」でも、「ポオル・フオル」作の「ラデイウ」（「別離」）と越後甚句の「見送りましよとて浜まで出たが、泣けてさらばが言えなんだ」とを比較し、「民謡体の脈がいつまでも抒情詩の有力なる一勢力となつてゐることが会得されよう。[40]」と述べている。民謡から普遍的な詩歌の原型を探るという姿勢は、敏において一貫していたのである。

「花くらべ」は、近世歌謡的な花尽しの形式を参照しつつ、花々を比べるというモチーフに即した対比のリズムによって作品を構成しており、「海のあなたの」は、英訳による原詩のリズムに共通する技法を近世歌謡から汲み上げている。これらの作品において、敏の民謡観及び詩歌観が積極的に実践されている。

㈢　民謡的表現の意義

明治三十年代は、創作民謡への関心が高まった時期であった。「すなほに普遍なる傾向」の可能性として、民謡の表現に注目していた敏に対し、他の文学者達は民謡をどのように捉え、あるいは創作を試みたのであろうか。

敏に近い視点から民謡の音楽性に注目していたのは、蒲原有明である。有明は、「日本詩の発達せざる原因」

（『新声』16編1号　明40・1）において「バラッド体」に関し、「元来俗謡から来たもので、飾りけがなく而かもきちんと出来てゐる、そして主要な言葉は繰返し〳〵用ゐられて、それがまた非常におもしろく調和されて居る。日本語でこれを真似やうとすると、第一その率直といふ特色が無くなつて、唯美しく華やかになつて了ひ易いので困る。」と述べている。バラードの特徴を、言葉の韻律に即した繰返しの調和として捉えており、従って、異なる言語ではその模倣は困難であろうと推察している。言語的表出と韻律を一体として把握する詩歌観は、敏と共通する。

これに対し、新しい文体が、韻律ではない固有のリズムを生み出すと考えていたのが、島村抱月である。抱月は、「現代の詩」において、日本の新体詩には「ディレクトネス、ストレイトネスが欠けてゐる」と指摘する。抱月が言う直接性とは、「日本の新体詩では歌つてゐる感想は或る程度まで現代青年の所謂近代的憂愁、近代的省察の傾向を持てるものとは思つてゐる。」という言い方から、「真直に実際生活《アクチュアル、ライフ》に接して」生じる現代人の感情や意識を指すと考えられる。抱月はまた、「数年前の詩には殆ど音楽的表象《ミュージカル、シンボリズム》がない、現今の詩人のある者には、兎に角朧ろげながらもこれあるは進歩である。」とも述べている。抱月にとって詩の音楽性とは、普遍的な形式として探り得る韻律ではなく、現代人の感情表出に即した文体が持つ新たなリズムである。抱月は、「先づ直接たり得んが為めに、何等かの手段に依つて言葉と語法のクラシシズムを破る事が根本の問題である。」と、感情の表出に即した文体の必要性という視点から、「民謡に帰る事、之が日本の新代の詩の道を啓く所以ではないか。」と、民謡の先駆性に対して注意を促がす。感情の表出に即した文体という視点からの民謡の把握は、既に、「言文一致と将来の詩」（『一夕文話』『文章世界』1巻4号　明39・6）において見られる。昔の民謡には「言文一致のもので而も優に詩の領域に入り得る」ものがあるが、それは、「その謡つてゐる感想そのものが一本調子であつて、普通に考へられるやうな言文一致の調子と合致」しているからであると説明し、「今の詩に見ゆる感想の如くモーラル、トーンが入つては昔の民謡も決してあのやうに成功はしなかつたであらう。」と述べている。

敏が、「真情から発した言語は自から節奏を具へてゐる。」（「詩話」）と、言語とリズムが一致調和する地点に詩的表現の根源を想定するのに対し、抱月は、「真情」としてではなく「一本調子」と捉えているように、内容の単純・複雑という次元に適合する表出の形式を求めるのである。詩としての根源的な型を発見しようとする敏に対し、抱月は、詩が表現として成立する原理的な地点への関心に立って発言している。抱月は、同時代の民謡への関心について、「現今二三の人が試むる民謡体の詩はやはり一種のクラシシズムで、古民謡の模倣とか、一部分を離して現今の言葉で綴るとかいふの類」（「現代の詩」）であると批判する。近世歌謡の囃し詞や技法を積極的に取り入れた敏の翻訳は、抱月の目には「古民謡の模倣」者として映ったであろう。抱月が民謡に着目したのは、内容と形式が一致した好例であると見なしたからであり、型ではなく、原理に即していることが重要なのである。

抱月は、「形式上のクラシシズムを破るの一法は、いかなる形に於てか言文一致となるの必要がある。」（「現代の詩」）と、現代的な詩の形式を言文一致体に求めた。これに対し、それのみでは詩としては成立し難いと考える論者もいた。服部嘉香は、「言文一致の詩」（『詩人』5号　明40・10）において「感情をヒヒ《ママ》ツトリーに表白せんには勿論修飾衒飾を脱するを要するも、それが為めに散文を直ちに、用ひ、語法語調をも之に入るゝは、只情緒を拘束するか若しくは下落せしむるか、又は印象を卑俗ならしめて滑稽に陥るを免れぬ結果を生ずる。純朴はあり質実はあり、幽玄、偉大、熱烈、高渾の思想は之を歌ひ尽す事は不可能である。」と述べる。言文一致体の特徴を、感情の直接的で「ヒヒツトリー」な表現に見るのは、抱月と同様であるが、散文的な言文一致では、詩的情緒が損なわれると嘉香は捉える（もっとも、抱月も「いかなる形に於てか」と留保をつけているが）。詩としての言文一致体が成立するためには、「ミーターのなき欠踏を補はんには言文一致詩の諸氏は詩全体の調子として音楽の力を借る事を忘れてはならぬと思ふ。」と、「ミーター」、即ち韻律に代わる音楽性が必要であると述べる。この音楽性とは、「言文一致詩を以ては田園詩、市井詩、自然詩、即ち詩歌童謡的のものか、又は端唄俗曲的のものを範囲とする」と、俗謡調を指す。これは、この文章の前半部分で論じているが、ワーズワースやバーンズの言文一致詩や民謡への接近を参考にしていると共に、「純朴はあり質実はあり」と、言文一致詩に適する内容を「純朴」「質実」に見出していたからであろう。「純朴」「質実」という内容的特徴によって、言文一致詩と俗謡は同類であり、リズム面でも共通性があると考えたのである。この時点での嘉香は、抱月同様に、感情の直接的な表現形式を求めると共に、他の文体とは異なる詩に固有の形式を、先行する民衆的な文芸から探ろうという問題意識を持っていた。

創作民謡の実作においては、「純朴」「質実」という印象を実体化したような作品が目立つ。例えば、野口雨情の「村童小唄」（『早稲田文学』第二次17号　明40・5）は、「ちらほら麦の穂／出る頃は／こん〳〵狐に／ばかされる／十六、笹屋の／姉娘／狐が恐くて／泣き居つた」（第一連）と、土俗的な情景を八五調の変則的な定型律で歌っている。平井晩村の「躑躅の茶屋」（『趣味』2巻6号　明40・6）の前半は、「夏が来たとて／躑躅の茶屋の／いち娘／由緒の色の玉襷／藤の花蔓の紫を／髪に結ぼか――／元結懸けて／櫛も挿し候／明易く／腫た眶の／重さうに／凋れた躑躅を摘んで候」と、懐古的な田舎の情景を七七五・七五調で歌っている。これらの作品が、新体詩に多い七五調以外のリズムを試みているのは意欲的であるが、その情景はいかにも「田園詩」的なイメージに固着している。

このような中で、先の「言文一致の詩」において嘉香は、「全然言文一致体ではない、然し其の声調に於て俚歌童謡又は端唄俗曲に得る所あるが故に吾等の低唱措く能はざる名篇となつた。」と、「言文一致詩として諸氏の努力せらるべき方面の代表作」として、敏の「ちやるめら」（『あやめ草』明39・6　如山堂）と共に、横瀬夜雨の「やれだいこ」（『花守』明38・11　隆文館）(41)を高く評価している。次に「やれだいこ」を見てみる。

花なる人の
　こひしとて
月に泣いたは
　夢なるもの
たて綉《ほころ》びし
　ころも手に
涙の痕の
　しるくとも
うき世にあさき
　我なれば
君もさのみは
　とがめじ
――花なる人の
　恋しとて
月に泣いたは
　ゆめなるもの――

つらけれど、紅葉
　綾なす葦穂ろの
麓に今は
　帰らうよ

破れ太鼓は
　叩けどならぬ
落る涙を
　知るや君

感情の頂点へと至る第五、六連は、七七七五調であり、その前の連まではほぼ七五調であるが、各連の最終行が、六音、五音、四音、六音、五音と微妙な変化を見せている。微妙な変化を内包するリズムによって、「花なる人」「月に泣いた」の繰返しは、心情の曲折と動揺を簡潔な辞へと昇華させた表現になる。和歌的な措辞が持つ濃密な心情の象徴性が、高度に発揮されるのである。個の心情を説明ではなく、典型に託す姿勢で対象化しているために、「たて綉びし／ころも手に」という古典的な措辞も、根源への志向性として一貫した表現となる。古典的な措辞を、内在化されたリズムによって高度に象徴的な表現となし得ているため、「つらけれど、紅葉／綾なす葦穂ろの／麓に今は／帰らうよ」という故郷への回帰は、表層的なイメージへの固着ではなく、根源的な原風景を喚起するのである。

夜雨の「やれだいこ」は、古典的あるいは一見常套的な辞が、個の心情を昇華した象徴的表現になり得た場合に、普遍的な表現として再生することを示唆している。それが、「純朴」「質実」という印象で語られる内実を、民謡に探る方法ということになろう。詩の根源を想定する敏の民謡観は、他の論者達とは異なって、作品の印象を素材に還元させるのではなく、古典的な表現を再生させる方法において夜雨と志向性を同じくし、その可能性を照射する視点を内在させていたと言える。また、改めて、「花くらべ」「海のあなたの」を同時代の民謡の文脈の中に置いてみると、敏が指摘する民謡の「醇朴」や「真情」が、モチーフとリズムの調和を目指していたことが窺える。「花くらべ」は、比較するという行為が強弱のリズムとなっており、「海のあなたの」は、憧憬が繰返しや畳みかけのリズムとなる。敏は、「醇朴」という感受を印象に終らせず、詩歌の音楽性、即ちリズムがモチーフを体現しつつ辞の典型度を高める表現として把握していた。表現の直接性を性急に求める趨勢の中で、敏は、根源への志向性において同時代の状況に対する批判的な存在たり得たのである。

注

（1）引用は『定本 上田敏全集』第3巻所収の『文芸論集』による。
（2）引用は（1）に同じ。
（3）引用は（1）に同じ。
（4）引用は『定本 上田敏全集』第6巻による。
（5）天保三（一八三二）年九月著　天保六年刊。引用は『日本歌学大系』第8巻による。
（6）引用は『定本 上田敏全集』第3巻所収の『最近海外文学』（明34・12　交友館）による。
（7）矢野峰人は、『定本 上田敏全集』第6巻の「解説」において、「結論」の有無と日本に渡来したであろう年代から、敏が読んだ『ルネサンス』は第三版であると判断している。工藤好美『ウォールター・ペイター研究』（昭61・10南雲堂）によれば、第二版において削除された「結論」が、僅かな言葉遣いに限定された訂正をほどこして第三版で復活し、また第三版において「ジョルジョーネ派」が加えられた。なお、『ルネサンス』の引用は冨山房百科文庫

（別宮貞徳訳　昭52・8）による。

（8）引用は“The Renaissance—Studies in Art and Poetry”（Macmillan and Co.Ltd. St. Martin's Street, London 1917）による。

（9）引用は（1）に同じ。

（10）引用は（4）に同じ。

（11）引用は（1）に同じ。

（12）引用は『定本 上田敏全集』第9巻（昭60・3　教育出版センター）による。

（13）引用は『定本 上田敏全集』第6巻による。

（14）「『海潮音』小論——訳術法と文体をめぐって——」（『比較文学比較文化　島田謹二教授還暦記念論文集』昭36・7　弘文堂）

（15）『日本における外国文学（上巻）』（昭50・12　朝日新聞社）の「第二部　翻訳文学の研究　第二章　上田柳村の『海潮音』」。

（16）引用は「冬物語」（『シェイクスピア全集』第5巻　小田島雄志訳　昭61・3　白水社）による。

（17）引用は（15）に同じ。

（18）（15）の「第一部 西から来た人、東から学ぶ人　第四章　上田敏の文学初山踏」。

（19）引用は（15）に同じ。

（20）『日本近代文学大系第52巻　明治大正訳詩集』（昭46・8　角川書店）『海潮音』の注釈は、剣持武彦・小堀桂一郎・森亮・安田保雄による。

（21）引用は（14）に同じ。

（22）以上の改訂の経緯は（14）による。

（23）引用は『新日本古典文学大系第91巻　近松浄瑠璃集 上』（平5・9　岩波書店　『曾根崎心中』の校注は井口洋）による。

(24) 引用は“The Winter’s Tale”(J.H.P. Pafford Methuen and Co.Ltd. 1963) による。
(25) この設定に関しては、初出の時点において「光る日の神あふぎえで、とづき《ママ》もせぬに散りはつる、色青ざめし桜草、これはをとめの習かや、」と、原作に忠実である。
(26) (23) の井口洋が付録として掲載した「浄瑠璃文句評注難波土産抄」に、「神道にては日を天照大神とす。天照だいじんは陰《め》神《がみ》なり。しかるをかくいひしはいぶかし。但し日は陽なるゆへ、陰陽の方より取てをとこ神といへるならん。」とある。
(27) 引用は (13) に同じ。
(28) 引用は『日本音曲全集第11巻　古典全集　河東・一中・薗八・荻江』(中内蝶二・田村西男編輯　昭2・12　日本音曲全集刊行会) による。
(29) (28) の「河東節の歴史 六」による。
(30) 佐々醒雪『俗曲評釈　第三編　河東節』(明43・9　博文館) の「河東総説」による。
(31) 引用は『定本 上田敏全集』第1巻 (昭60・3　教育出版センター) による。
(32) 引用は『日本古典全集第44巻　中世近世歌謡集』(『松の葉』の校注は淺野建二) による。
(33) 引用は (12) に同じ。
(34) 引用は (12) に同じ。
(35) 引用は (15) に同じ。
(36) 引用は (31) に同じ。
(37) 『上田敏研究――その生涯と業績――』(増補新版　昭44・10　有精堂) の「『海潮音』概説」
(38) (37) の「上田敏と近世歌謡　一「ちやるめら」」
(39) 引用は (32) に同じ。
(40) 引用は (12) に同じ。
(41) 初出は『文庫』(14巻2号　明33・2)。引用は『日本近代文学大系第53巻　近代詩集Ⅰ』所収の「横瀬夜雨集」(注釈は乙骨明夫) による。

二　自然主義の受容

言文一致体としての民謡調への関心は、明治四十年代にはいると、「言文一致詩」という詩形に関する言及へと論議が進展していく。その際、文壇で隆盛であった自然主義が思想的な論拠になっていく。島村抱月は、「現代の詩」において「内容に於ても形式に於ても活きたる現代の生活に、能ふ限り密接ならしめんとするのが、詩に対する僕の要求である」と述べており、モチーフやテーマにおいても現実生活から取材することを求めている。また、服部嘉香が、「言文一致の詩」において「之は純然たる言文一致詩で、確かに歴史的に日本詩壇に一時代を劃すべきもの」と高く評価した、川路柳虹の「新詩四章」（『詩人』4号　明40・9）も、生活の卑近かつ醜悪な光景をモチーフとした「塵溜」が冒頭の作品である。「言文一致詩」と呼ばれていた口語自由詩の初期において、自然主義は創作の促進力になっていたのである。

詩の根源を想定することなく、文体意識や題材の選択が先行する民謡への関心の持ち方に対して、敏は批判的な位置にいた。民謡調から「言文一致詩」へと関心が移っていく中で、敏は、それらのテーマをどのように照射していたのか。嘉香は、「言文一致の詩」において「全然言文一致体ではない。然し其の声調に於て俚歌童謡又は端唄俗曲に得る所あるが故に吾等の低唱措く能はざる名篇となつた」「言文一致詩として諸氏の努力せらるべき方面の代表作」として、敏の「ちやるめら」と横瀬夜雨の「やれだいこ」を挙げている。「ちやるめら」は訳詩ではなく創作詩であり、近世歌謡調と古典的措辞が調和して、通俗的な感傷にとどまることなく悲哀のリズムを作り出している。しかし、本章では、『海潮音』での歌謡調をより洗練させた「ちやるめら」ではなく、完成度では及ばないが、自然主義的な試みを示した作品として「汽車に乗りて」（同『あやめ草』）を取り上げる。これも創作詩であり、原詩の枠組みがない分、作品をどのように自立させるかという意識がより厳しく要求される。その創作詩において、敏が自然主義的な視点を示したことは、歌謡調に絡む表現方法の可能性を知る上で興味深い。敏が、自然主義をどのように取り入れつつ、新たな詩を成立させようとしたのかを見ていく。

(一)　即物的な視点

赤松の林をあとに、
麻畠ひだりにみつゝ、
汽車はいま堤にかゝる。
ほのかなる水のにほひに
河淀の近きは著るし。

（第一連）

冒頭の「赤松の林をあとに、／麻畠ひだりにみつゝ、」という語り手の視点に注意したい。「ひだりにみつゝ」（傍点は引用者）と、主体の位置から見える風景の方向を示している。ある風景が車窓から見える方向を詠み込むことに関しては、例えば「鉄道唱歌（東海道篇）」（大和田建樹作　明33・5）に先例がある。「右は高輪泉岳寺／四十七士の墓どころ」[1]（第二番）「右は入海しずかにて／空には富士の雪しろし／左は遠州洋ちかく／山なす波ぞ砕けちる」（第二九番）と、新橋を起点に西へ向かうことを前提に、地理的な位置を「右」あるいは「左」と指示して、列車の進行に伴い風景が両脇に広がっていく臨場感を出している。これに対し「汽車に乗りて」は、どの方面に向かっているのかは明示していない。「ひだりに」は、地理案内の役割を果たす方角ではなく、汽車に乗っている主体の身体を起点とする把握である。

主体の目が捉えた風景は、「赤松の林」「麻畠」である。これも、名所旧跡を紹介する「鉄道唱歌」とは異なり、風光明媚という意味づけがなされていない対象の選択である。行き先を前提としない風景の位置の提示と相俟って、主体の身体性に即した臨場感が喚起される。伝統的な美意識の外にある題材を開拓することに関しては、この時期、蒲原有明が積極的に試みていた。銀行、砲兵工廠をそれぞれ歌った「魂の夜」「誰かは心伏せざる」（共に『春鳥集』明38・7　本郷書院）、アカシア並木をモチーフとした「朱のまだら」（『月刊スケッチ』5号　明38・8）等がある。「魂の夜」では、「午後四時まへ――黄なる／冬の日、影うすく／垂れたり、銀行の／戸は今とざしごろ、／あふれし人すでに／去り、この近代《ちかつよ》の／栄の宮は今、／さだめや、戸ざしころ――いつかは生の戸も。[2]」（第一連）と、近代の社会を象徴する銀行の閉店時刻間際の光景に人生の終焉を重ねようとする。「誰かは心伏せざる」においては「煤ばめる「工廠」」から立上るガスの中に、「聖なるちからには／后土《おほつち》とどろき、蒸して／騰《あが》れるゆげには／うるはしき花こそこもれ。――」（第五連）と、近代日本を支える超越的な力を見る。銀行や砲兵工廠は、近代の繁栄の象徴として観念性を投影し易い。しかし、有明は、「朱のまだら」においても「さゆらぐ／日影の朱の斑《まだら》、／ふとこそ／みだるれ、わが思。」（第六連）「緑か、／朱か、君、あかしやの／樹かげに／あやしき胸の汚《し》染《み》。」（第十連）と、恋心の揺れを並木越しに降り注ぐ光と影の明滅によって表現している。対象の象徴性を語ってしまう有明に対し、敏の場合は、主体が捉えた風景の構成を示すにとどまっており、より即物的である。

有明との相違は、「河淀」の表現からも窺える。「川淀」の用例は、「明日香川　川淀去らず　立つ霧の　思ひ過

ぐべき　恋にあらなくに」（『万葉集』巻三　三二五）[3]「吉野なる　夏実の川の　川よどに　鴨そ鳴くなる　山陰にして」（『万葉集』巻三　三七五　湯原王）「洗ひ衣　取替川の　川淀の　淀まむ心　思ひかねつも」（『万葉集』巻十二　三〇一九）[4]と、『万葉集』に見られる。敏が、『海潮音』の翻訳に際して『古事記』や『万葉集』の古語を復活させたことは、夙に指摘されているが、[5]この場合も『万葉集』の措辞を参照した可能性は高い。しかし、用例のように滞る恋に転化した「川淀」ではなく、「水のにほひ」を把握していることに注意したい。有明もまた、「朝なり」（『明星』明38・1）において、淀んだ川の匂いを歌っている。しかし、「朝なり」が、「朝なり、やがて濁り川／ぬるくにほひて、夜の胞《え》を／ながすに似たり。しら壁に――／いちばの河岸の並み蔵の――／朝なり、湿める川の靄。」（第一連）と、夜明けの大川端の情景を官能的な「夜の胞」に象徴させているのに対し、敏は、匂いが喚起する想念を描こうとはしない。主体が捉えた川の気配という知覚にとどめるのである。

このように第一連は、対象を描く場合に観念やイメージを連動させることなく、主体の知覚を通した即物的な把握によって構成されている。

㈡　根源への過程

三《み》稜草《くりぐさ》生ふる河原に、
葦切はけゝしと噪ぎ、
鵠《くぐひ》こそ夏は来らね、
たまたまに百舌の速贄、
篦鷺は何をか思ふ、

しよんぼりと畷に立てり。
紡績の宿にやあらむ、
きり、はたり、はたり、ちやう、ちやう
杼の音へだゝりゆけば、
道祖神まつるあたりか、
鉄道の踏切ちかく
縄帯の襤褸《つゞれ》のころも、
勝色《かちいろ》は飾磨の染か、
乳呑子を負へる少女《をとめ》は
浅茅生の末黒に立ちて
万歳と囃し送りぬ。

（第二連）

河原の光景は、鳥尽しとも言うべき近世歌謡的な表現によって構成されている。「三稜草」は、『枕草子』（第六十六段）に「歌の題は　宮こ。葛。三稜草。駒。霰。」(6) と取り上げられており、歌題として好まれたことがわかる。『源氏物語』の「玉蔓」の巻においては、光源氏と玉蔓の贈答歌に用いられている。「知らずとも尋ねて知らむ三島江に生ふる三稜の筋は絶えじを」(7) と、源氏が二人の仲を繫ごうとする意思を「三稜の筋」に託せば、玉蔓は、「数ならぬ三稜やなにの筋なればうきにしもかく根をとゞめけむ」と、取るに足らない身の上の喩へとその意味をずらす。「みくり」は縁の喩であり、『夫木和歌抄』にもその意で用いられている例が多い。「みくりくるつくまのぬまのあやめぐさひけどつきせぬねにこそありけれ」（皇太后宮大夫俊成卿「巻七　夏部一」）[8]「こひこもるはかまの池のみくりこそひけばね絶ゆれわれはたゆる」（読人不知「巻二十三　雑部五」）「みがくれにふかきさはぬのみくりなは月日はくれどひく人もなし」（民部卿為家卿「巻二十八　雑歌十」）等がある。喩の安定度の高さから、「三稜草」は代表的な歌語であると考えられる。

河原に棲む鳥に関しては、「葦切」は夏、「百舌の速贄」は秋の季語であるが、「篦鷺」は季語でも歌語でもない。「鵠」（白鳥）は、『古事記』中巻に「今高往く鵠の音を聞かして、始めてあぎとひ為たまひき。」[9]という不牟智和気王の故事がある。白鳥は、古代においては「人間の霊魂を運ぶ霊鳥」[10]であると考えられていた。神楽歌にも「みなと田に。鵠八つ居りお。とろちなや。とろちなや。八つながら。とろちなや。」[11]と歌う「湊田」がある。「湊田」は『日本歌謡類聚　上巻』（明31・3　博文館）に収録されているので、民謡に深い関心を持っていた敏は、おそらく目を通していたであろう。呪術的な背景を持つ「鵠」から「しょんぼりと畷に立てり」という散文的な「篦鷺」まで、対象の選択には幅がある。しかし、同じく近世歌謡的であると言っても、「花くらべ」のような、花尽しの形式を踏まえつつイメージの強弱に基づく対比のリズムを作るという達成には至っていない。「三稜草」や「鵠」のように伝統的な喩を持つ語と、「篦鷺」のように文脈の中でイメージが形成される語を、一つの空間として構造化する視点がないため、散漫な印象を免れない。

続く「紡績の宿」から「道祖神まつるあたり」も、語り手の視点が不明瞭である。「杼の音」の「きり、はたり、はたり、ちやう、ちやう」が、『松の葉』の受容による措辞であることは、夙に安田保雄が指摘している。[12]安田は、「忍べども、思ふ君には逢はずして、村ざんめは、はら〳〵ほろと降るほどに、思ひきろやれ恋の道、きりはたりちやう〳〵。」（「第一巻　裏組　二　錦木」）という歌を挙げている。この歌のすぐ前にも「夫は錦木とり持ちて、閉いたる門をたゝけども、内に答ふる虫の音の、思ひきろやれ恋の道、きりはたりちやう〳〵。」[13]という同工異曲の歌があり、『松の葉』の影響を強く受けていることがわかる。しかし、鳥尽しの部分が、歌謡的であるとも散文的であるとも判然としないために、「紡績の宿」を読む視点が定まらない。「鵠」の呪術性や「きり、はたり、はたり、ちやう、ちやう」の歌謡性を文脈とした場合には、民俗的な磁力のある空間になる。しかし、「篦鷺」の散文性、ひいては第一連の即物的な風景を文脈とした場合には、眼前の雑然とした一回的な光景であるとも読める。

第二連の後半において、作品の中心的な情景となる「乳呑子を負へる少女」が登場する。「勝色は飾磨の染か、」とあるが、「勝色」は、「飾磨の褐《かち》」即ち飾磨産の濃染の紺を指す。「飾磨の褐」は歌語でもある。「我恋はあひそめてこそまさりけれしかまのかちの色ならね共」（藤原道経『後葉和歌集』「巻十三　恋三」）[14]に端的に歌われているように、色濃く染まる恋の喩であることが多い。しかし、ここでは、「褐色」ならぬ「勝色」という表記、及び「万歳と囃し送りぬ」という少女の行動との繋がりを考えると、それとは異なる喩を踏まえているであろう。『夫木和歌抄』に「君が代はしかまのかちにおくかちのちとせをへても色やまさらん」（従三位範宗卿「巻三十一　雑部十三」）[15]という歌がある。この中の「しかまのかち」は、千年を経て益々色鮮やかに栄える御代のめでたさを象徴している。「君が代」への寿ぎの喩を用いることによって、「少女」が着ている「勝色は飾磨の染」と「万歳」という詞は、国の繁栄に関わる一連の文脈を形成する。

万歳は、なれにこそあれ、
幾年《いくとせ》を生きよ里の子。
人の世に尊きものは、
土の香《か》よ、国の御魂《みたま》よ。
偽の市《まち》に住へば、

産土の神に離りて、
養をかきたる人も、
埴安《はにやす》の郷《さと》のつちより
生ぬきのなれに呼ばれて
本然《ほんねん》の命にかへる。

（第三連）

前連における寿ぎを「里の子」に返す形で、少女の象徴性が明らかにされていく。この連も、『万葉集』を踏まえた措辞が、イメージの中心を形成している。「埴安の郷」は、「藤原宮の御井の歌」（巻一　五二）に用例が見られる。「やすみしし　わご大君　高照らす　日の皇子　あらたへの　藤井が原に　大御門　始めたまひて　埴安の堤の上に　あり立たし　見《め》したまへば(16)」と、天皇が国見を行なった地名が埴安の池の堤である。この歌は、「大和の青香具山は　日の経《たて》の　大き御門に　春山としみさび立てり　畝傍の　この端山《みづやま》は　日の緯《よこ》の　大き御門に　端山と　山さびいます　耳梨の　青菅山は　背面《そとも》の　大き御門に　よろしなへ　神さび立てり　名ぐはしき　吉野の山は　影面《かげとも》の　大き御門ゆ　雲居にそ　遠くありける」と大和三山と吉野の山を賛美し、「高知るや　天の御蔭　天知るや　日の御蔭の　水こそば　常にあらめ　御井の清水《すみみづ》」と尽きぬ清水を寿いで終る。国の繁栄が豊かな山と水に恵まれた土地として歌われており、国土の原風景ということになろう。「埴安の郷のつち」は根源的な風土であり、「生ぬき」の「里の子」は、「本然の命」に直結している存在である。

語り手が「汽車に乗りて」発見したのは、「里の子」とは対極的に「偽の市」に住み、「産土の神」から乖離してしまった自己像である。この発見が作品構造の中心であり、「鵠」「きり、はたり、はたり、ちやう、ちやう」「道祖神」「勝色は飾磨の染か」という土俗性は、根源的な空間へと加速する経緯であったと言える。続く第四連ではこの風景が、より普遍的に描かれる。

道芝の上吹く風よ、
農人の寝覚に通ふ
微かなる土のおとづれ、
なつかしき母の声あり。
昼下、草の香《か》高く、
松脂のにほひまじりて
地の胸の乳房に溢る。
蘇門答剌《そもたら》の香《かう》も及ばじ。

（第四連）

「なつかしき母の声あり」「地の胸の乳房」と、母の喩において風土の根源にあるエロス性が顕示されている。この連の情景は、第二、三連の土俗的なイメージとはかなり異なる。「微かなる土のおとづれ」「草の香高く」「松脂のにほひ」という官能的な嗅覚が「地の胸の乳房」へと収斂していくのは、女神としての西洋的な大地の形象化であり、デーメテール神が想起される。

敏は、「希臘神話」（連続講演　明38以降と推定）[17]において、「私の考では西洋の文学を研究し、西洋の美術音楽等に向つて本統の知識を得ようとするには、どうしても希臘羅馬辺りの神話が必要である、之を知らなければ到底本統の趣味を感ずることが出来ないと思ひます。」と、西洋の文化の本質を知るためにはギリシャ・ローマ神話の研究が必要であると述べる。その概説として「デエメテエル（Demeter）」について、「如何にも美しき神であつて、人間の子供や或は木の実を膝の上に載せて、群羊と遊んで居る者のやうに想像された。又或る時は大なる女神で、肩から乳の辺りまで地上に出て居つて、余は地下に埋もれて居るやうな形にも想像された。（以下略）」と紹介している。いずれにせよ、デーメテールは、「日光と地面の子」であり、「穀物を成長させ夫れを保護する処の神」であると敏は説明する。敏のギリシャ・ローマ神話への関心から考えても、この連における大地の風景は、デーメテール神を原像にしたと言えるであろう。

この土地が発する官能性は、「蘇門答剌の香」によって強調される。『和漢音釈書言字考節用集』（万延元年・一八六〇　京摂書房）[18]には、「蘇門荅剌《サモダラ》《ソモタラ》支那ノ西南夷」（「第二巻　乾坤下」）と記されている。また、『群書類従』の「巻三百五十九　名香目録」には、「本所六ヶ国。伽羅。真南蛮。真南伽。羅国。佐尊羅。寸門陀羅。梵語云。赤きは梅檀。黒きは紫檀。白きは白檀の類也。」という記述があり、「寸門陀羅」が異国産の六つの名香の一とされている。敏の「言葉探し」に関して森亮が、「辞典の類も利用できる物はまめに利用したと思はれる」と述べているが、[19]「蘇門答剌」という語については、『節用集』及び『群書類従』を参照したのではないかと考えられる。大地の官能性を南国産の名香である「蘇門答羅」に喩えることによって、ますます異国情緒が広がっていく。「埴安の郷のつち」をギリシャ神話、更にはより官能的な異国情緒によって意味づけていることに、土俗を超えた根源的なエロスの普遍性を描こうとする敏の意識が窺える。

(三)　汽車というモチーフ

忽ちに鉄のにほひす、
鳴神の落ちかゝるごと、
汽車は今橋に轟く。
桁構、眼路をかぎりて、
ひとり見る蛇籠の礫《こいし》。

（第五連）
最終連である第五連は、第一連に照応している。「汽車は今堤にかゝる。」（第一連）に対して、「汽車は今橋に轟く。」と、共に汽車の通過地点が示され、「ほのかなる水のにほひ」（第一連）に対して、「鉄のにほひ」と、いずれもその前触れを嗅覚が察知する。第一連の「堤」は「埴安の郷」に入る直前であり、第五連の「橋」は「埴安の郷」を出た直後である。いずれも境界を象徴している。第一連の表現は、即物的な描写が特徴的であったが、この連においても語り手の視線が捉えるのは、視界を遮る橋桁であり、眼前の「蛇籠の礫」であり、旧来の美意識からは外れた対象である。第一連と同様に、敏は、これらの対象に意味づけをしようとはしない。即ち、「埴安の郷」の外部にある第一・五連は、即物的な視線による知覚的な把握にとどめられている。これに対して、「埴安の郷」の内部にある第二～四連は、歌謡や神話を踏まえた措辞であり、土俗的ひいては神話的なイメージを喚起させる。根源的な空間の内部と外部という位置関係に応じて、象徴的な表現と即物的な描写が使い分けられているのである。

即物的な描写は表層の把握にとどめるという表現意識には、敏の自然主義観が関わっている。敏は、自然主義について「無規律、放縦の旧技巧（引用者注：「情熱主義《ロマンチスム》」を指す。）は精緻確実、真に迫る新技巧に変じて、後人の為に一大利器を与へた」「情熱派の余弊であつた架空散漫の思想や感情を斥けて、代へるに剴切懇篤の態度を以てしたのは、精確で真に迫る其新技巧と共に、一九世紀文芸の誇とすべきもの、刻下の芸術家は皆其恩を蒙つてゐる。」（「自然主義」）と、対象の本質を把握しようとする姿勢と、その特徴を緻密に描写する技巧を高く評価している。しかし、それは、全面的に肯定するということではない。敏は、「マアテルリンク」（連続講演）において、「近来の劇界、小説界」の「故実の正確を望み、ロウカルカラア　Local Colour の描写を大切がる風」は「素より慶すべき事」ではあるが、それのみでは芸術は成立せず、「どこ迄も芸術は内部精神が肝要で、必ず時処の約束を超越した真を含まなければならぬ。」と述べている。個別の特徴の描写に腐心するだけではなく、普遍的な真実の把握が必要なのである。また、同じ題名の評論である「マアテルリンク」においては「フロオベル、ゾラの流派が唱へた自然派小説、写実小説、実験小説」について、「要するに自然科学風の世界観が著るしき傾向を与へたので、自然の不可思議なる方面が閑却されたのである」「皮相を写し得て、核心に触れず、形骸を学び得て精神を逸する如き憾が多い。」と、合理的に説明し得ない存在は認めず、世界を一元的に捉えてしまう問題点を指摘している。描写という合理的な態度によって把握し得る限界を見極め、「自然の不可思議なる方面」の存在を想定することにおいてこそ、多元的な世界像が顕現するのである。敏にとって自然主義は、表層的な対象の特徴を把握する上で有効な方法であったと言える。敏のこのような自然主義観を踏まえてみると、第一・五連における即物的な描写は、「偽の市」という集約される時代の表層を描くための表現であり、それによって「埴安の郷」の根源的なエロスは描き得ないと考えたのであろう。知覚の次元にとどめている点において、主観的な意味づけを排除する自然主義的な視線は徹底している。

「汽車に乗りて」は、まさに汽車に乗ることによって時代の表層を捉え、根源にある「本然の命」に出会い、自己を発見してまた表層に還っていく。この作品における「汽車」は、時代と自己を横断しつつ本質を発見させる装置である。この描き方を、同時期の汽車をモチーフにした作品と比べてみる。飯塚露声の「夜汽車」（『白百合』4巻2号　明39・12）と相馬御風の「トンネル」（『白百合』4巻3号　明40・1）である。

更けぬらし。
虫の音の国をゆく、我が汽車の二等室
身は今しえ知らぬ、美くしき彩鳥の
双羽にぞつゝまれて、夏花の香も強く
天日もうす曇る、大空をかけるなる。

こはいづく南洋か、頬を吹くはさふらんの
美まし香の熱風や、ゆくまゝにいや熱く
つく息も苦しきは、声さへも出でずして
夢さめぬ。

ふと見ればよう似たる、やさ人の吾により
美し頬はいと熱し、我が頬にぞ。

やさ御手はなよやかに、我が頸を巻にける。
何をかも夢みらん、をり〳〵はほゝ笑みて。

（「夜汽車」第一～三連）

『海潮音』所収のルコント・ドゥ・リィルの諸篇から影響を受けたのであろうか、南国の情調がイメージの中心である。夜更けの見知らぬ土地を汽車で運ばれていく感覚が、「身は今しえ知らぬ、美くしき彩鳥の／双羽にぞつゝまれて、夏花の香も強く」と、熱帯的な幻想の情景として描かれる。「頰を吹くはさふらんの／美まし香の熱風や、ゆくまゝにいや熱く」と、官能性は高まり、「やさ人」が「吾」に頰をすり寄せ、頸に手を巻きつつ眠るという事態が出来する。この後、「やさ人」は目覚めて、「吾笑めば人もまた、ほゝ笑みつ／よしさはれ、吾不言。／人も亦語らざり。」と、二人は共犯者的な眼差しを交わす。汽車を降りるまでの、夢とも現ともつかぬ隠微な関係を「吾」は、「あゝたゞゆきずりの、縁かも。」と繰返し自問する。「夜汽車」は、夢幻的かつ官能的な体験をし得る、非日常的な空間として描かれている。

君が眼にうつる山川、
わが前にひろごる大野、
ふと消えぬ――汽車はいましも、
トンネルの闇に入りけり、

ものすごき地のどよもしや、

くろがねの軋りの音や、
恋の旅——楽しき夢も、
今はたゞあだなる闇路、
滅亡の世のいやはてに、
ちかづける心地ぞすれ、

閉ぢし眼のひらきもえせず、
身にせまるおそれのまゝに、
思はずも手をさしのべて、
闇のうち君をさぐりぬ。

君もまた同じおそれに、
恋をしもわすれてありや、
手は二つかたみによれど、
むすぶべき力もあらず、
身はたゞに物なき空の、
闇の底落ちゆくおもひ。

その刹那、汽笛高鳴り、

人の世に汽車はいでけり。

（「トンネル」）

「ふと消えぬ」「その刹那」という転換の飛躍、恋人との緊張関係、観念的な象徴性は、有明の影響が著しい。ほぼ一年後には、御風は、「『有明集』を読む」（『早稲田文学』第二次28号　明41・3）において、将来の詩の発展のためには有明の詩風を「全然棄却」しなければならぬと攻撃の先鋒に立つことになる。しかし、この作品では、「トンネルの闇」に「滅亡の世のいやはて」を見る観念的な象徴性が中心である。語り手は、「恋の旅」が一転して「あだなる闇路」に突入したことを恐れ慄き、恋人の手を取ろうとするが、「むすぶべき力もあらず、」と、二人は同じ恐怖に囚われ、同じように非力な存在と化す。程なく一瞬にして汽車は地上に還る。御風の象徴性は、有明のような構成力を持たず、恋人達を圧迫するトンネルの闇は、関係の脆弱さを露呈させることも亀裂を走らせることもなく、外側を通過する出来事でしかない。御風における汽車は、非日常的な戦慄という娯楽の体験である。

露声も御風も、非日常性の体験として汽車を捉えている点では共通する。非現実的な官能性あるいは戦慄を表現するために、異国情調や観念的な喩が強調される。「トンネル」は、「人の世」と「トンネルの闇」との往還の構図が一見「汽車に乗りて」に類するようであるが、御風は敏のように「人の世」の意味を捉え返そうとはしていない。即ち、汽車は新しいという概念を前提としている。その新しさの発見として闇と日常の自在な往還があり、あるいは露声のように、外界から遮断された官能性がある。これに対して敏は、新しさという概念的な把握から出発しているのではない。「汽車に乗りて」は、俯瞰的な視点に貫かれている。視野の拡大という身体感覚を、時代の表層から根源までを俯瞰し得る知性の可能性として描いている。対象の性質に応じて、即物的な描写から象徴的な表現までが必要になる。概念ではなく身体感覚に基づいて対象を把握し、その本質を探ろうとする敏の姿勢が、表現の幅をもたらしたのである。

㈣　現実暴露の視線

敏は、対象の表層を把握する場合に限定して、即物的に描写した。それでは、現実に即するという姿勢を積極的に打ち出していた「言文一致詩」は、どのように対象を描いたのであろうか。第一節で取り上げた服部嘉香が、「純然たる言文一致詩」として高く評価していた川路柳虹の「新詩四章」のうち、「塵溜」を見てみる。

隣の家の穀倉《こめぐら》の裏手に
臭い塵溜《はきだめ》が蒸されたにほひ、
塵溜のうちのわな〳〵
いろいろの芥《ごもく》のくさみ、
梅雨晴れの夕をながれ
漂つて、空はかつかと爛れてる。

塵溜のうちには動く稲の虫、
浮蛾《うんか》の卵、また土を食む蚯蚓らが
頭を擡げ、徳利壜の虧片《かけら》や
紙のきれはしが腐れ蒸されて、

小い蚊は喚きながらに飛んでゆく。
そこにも絶えぬ憂苦《くるしみ》の世界があつて、
呻くもの、死するもの秒刻に
かぎり知られぬ生命の苦悶を現じ、
闘つてゆく悲哀《かなしみ》がさもあるらしく。
をり〳〵は悪臭にまじる虫螻が
種々のをたけび、泣声もきかれうる。

その泣声はしかすがに強い力で
重い空気を顫はして、聽てまた
暗くなる夕の底に消え沈む。——
惨しい『運命』はたゞ悲しげに
いく日いく夜もこゝにきて、
手辛くおそふ。——塵溜の
重い悲みをうつたへて
蚊はむらがつてまた喚く。

現実暴露というモチーフから言えば、柳虹以前にも、加藤介春「死人」（『新声』15編5号　明39・11）、人見東明

「老爺」（『太陽』13巻2号　明40・2）、服部嘉香「火葬場」（『詩人』6号　明40・6）等の、人生や社会の暗黒面に着目した作品が発表されていた。しかし、卑近な光景に象徴される真実を描こうとした点において「塵溜」は画期的であり、抱月が言うところの「真直に実際《アクチュアル》生活《ライフ》に接して」生じる「デイレクトネス」「ストレイトネス」という主張に呼応している。

「隣の家の穀倉の裏手」という冒頭は、散文的な次元との差別化を敢えて図らない無造作な設定において衝撃的であっただろう。しかも、「いろ〳〵の芥」の中身を、「動く稲の虫、／浮蛾の卵、また土を食む蚯蚓ら」「徳利壜の虧片や／紙のきれはし」と一つ一つ確認していくのである。芥に注目した作品ならば、有明の「朝なり」がある。しかし、「朝なり」が「流るゝよ、ああ、瓜の皮、／核子《さなご》、塵わら。さかみづき／いきふきむすか、靄はまた／をり〳〵ふかき香をとざし、／消えては青く朽ちゆけり。」（第三連）と、醜の美とも言うべき頽廃の官能性に満ちているのに対し、柳虹においては美として対象を捉えようという意識がない。芥が芥として存在することを描こうとするのである。投げ捨てられた塵芥にも生き物が蠢く様子には、従来描かれなかった生の猥雑さがある。しかし、第三連において生の猥雑さは、「絶えぬ憂苦の世界」として人間的な世界観が投影され、意味づけられてしまう。従って、「をり〳〵は悪臭にまじる虫螻が／種々のをたけび、泣声もきかれうる。」と、そこに棲む生き物は、世界の底辺の住人と同一視される。階層的な視線は、塵芥の生き物達を「惨しい『運命』」（第四連）として捉え、人間界の縮図に擬してしまう。

柳虹は、後年「私の口語体の試作第一声」に関して、「吾らの自然主義は「現実」を示すことをモットーとして所謂「技巧」を文字から除かうとした。修辞《レトリック》は絶大なる技巧だ。最も観念的なる技巧だ。こいつをブチ砕さう、ナマな口語で詩を書こう！」という地点から出発したと回想している（「象徴主義以降(4)」『詩作』昭12・5）。「泣菫から有明、有明から白秋と移った修辞の美はたしかにある。がこれが抑も吾々の実感を他の世界へもつていく罠ではないかと——その当時吾々は感じた。」とも述べているように、柳虹が言う「技巧」は、有明の象徴主義的な技法を指している。御風の実作における著しい類似性からも窺えるように、当時、大きな影響力があった有明の象徴主義は、自然主義を標榜する次代の詩人達にとっては超克すべき対象であった。有明は、表層的な世界の奥にある真実を把握しようとして、古語や廃語を復活させ、日常的な言語からは截然と区別される小宇宙的な世界を構築した。これに対し、柳虹達は、「実感」や「ナマな口語」という直接性を打ち出そうとしたのである。しかし、「塵溜」の第一・二連は、美という概念を外して観察的な視線で芥を描いているが、第三連において象徴性を読み取ろうとする観念的な視点に変わってしまう。実感や現実生活に即するということが、現実暴露というイデオロギー的な次元にとどまっているのである。具体的な情景の象徴性を観念的に提示してしまうことは、有明の象徴詩が陥りがちであったが、「塵溜」の構成は、この点で有明に類似する。有明の詩風を超克しようとするのであれば、官能の美の代りに現実社会の喩を読み込んでしまうのではなく、観察的な視線を持続して、塵芥が有機的な世界に変容するという発見を描くべきであっただろう。現実暴露というイデオロギーから表現を自立させるためには、即物的な描写によってのみ作品を構成すべきであった。柳虹の「言文一致詩」の試みは、具体的な情景を喩として描いてしまうという点に、即物的な表現の自立を妨げる問題があった。

一方、「言文一致詩」の先駆形とされていた民謡調も、この時期は現実暴露的なモチーフを取り上げていた。例えば、吉野臥城は「俗語詩五章」(『中央公論』22年4号　明40・4)と題して一連の作品を発表している。その中の「生活の苦悶(北海に移住する窮民のうたへる)」を見てみる。

今年や半作、去年は不作、
不作つづきの半作辛や。

年貢納めよと俵にすれば、
あとに残るは籾殻ばかり。

残る籾殻唐箕にかけて、
吹けば飛び散る埃のやうに。
こちの口からさらさら落ちて、
ちよいと積るは粕米一升。

あちの口から粃は五合、
鶏にやらうか、家鴨にやろか。
あはれ今年は粕米食うて、
蠶飼時には籾殻売ろか。

売つて食はうと幾日つづこ、
稚児は火がつくよに泣き叫び、
老は枯木と痩せさらぼひて、
死ぬと云ふのは目に見るやうな。

年貢とらえで一年二年、

小作恵むも、地主は死のか。
いつそ俵をこつそり運び、
市に響《ひき》いで金得よ、金を。

鬼のやうなる地主ぢやとても、
涙、情は露ほどあらう、
朝日のぼらば涙も乾こ、
露の消えない夜の間の生命。

金のあるうち故郷逃げて、
蝦夷が島根に幸の木探ろ。
土を掘るなら田鼠のやうに、
掘つて斃れりや、其のまゝ墓よ。

小作の逼迫した生活と絶望感が、七七調の平坦なリズムによって歌われていく。終りのない窮状を歌うには、収束感のない七七調がふさわしいであろう。第一～三連の「ちよいと積るは粕米一升。」「あちの口から粃は五合、」「蠶飼時には籾殻売ろか。」と、収穫を具体的に量り思案する科白は、小作人の視点に立っている。第四連の「稚児は火がつくよに泣き叫び、／老は枯木と痩せさらぼひて、」という成句的な表現は、その典型性に託す他は方法がない、小作の極限的な心情である。「小作恵むも、地主は死のか。」（第五連）と、怨嗟は生死の次元から発せられ、困窮の度合を物語る。「鬼のやうなる地主」にも露ほどの情はあると見たところに、抜き差しならぬ関係の当事者ならではの視線がある。小作は、「露の消えない夜の間の生命」と、地主の儚い情に左右されてしまう（第六連）。そこで、死を覚悟の逃亡を歌い、「掘つて斃れりや、其のまゝ墓よ。」と自嘲するのである（第七連）。「生活の苦悶」が一定レベルの現実感を保持し得ているのは、小作の視点に立とうとする姿勢が一貫しているからである。極限的なモチーフを成句的な措辞と七七調に乗せて歌うことによって、虚飾を排した心の声を描こうとしている。民謡調の定型性は、ある典型を描こうとする場合に、普遍的な表出として生きる。

これに対し、民謡調を用いないで「言文一致詩」を試みようとすれば、定型や成句の普遍性に頼らずに、対象に即さなければならない。その場合に即するということを現実暴露というテーマによって観念的に捉えると、悲惨、暗黒という概念の喩を読み込みがちになってしまう。「「現実」を示す」（柳虹）のであれば、喩に還元し得ない具体的な描写の自立を目指すべきであっただろう。

これに関して方法的可能性を示したのは、敏であった。「汽車に乗りて」は、その身体感覚に基づいて、汽車に乗ることがもたらす変容の意味を捉えようとした。「汽車」というモチーフは、露声や御風のように、新しさという概念の内部で描こうとしがちになるが、敏は、概念的な次元から把握するのではなく、身体感覚を通して、汽車に乗るという行為の本質性を探ろうとしたのである。それは、空間の移動が時代的な横断になり得るという可能性であった。汽車の旅は、時代の表層と根源との往還であり、その過程を経た自己発見でもある。敏は、往還の過程を描くに際して、時代の表層は、知覚的な把握にとどめた即物的な描写を、根源的な空間は、歌謡的神話的な措辞を踏まえた象徴的な表現を用いた。即物的な描写は、喩の高度な集積に立脚する後者とは異なって、一回的な光景が成立する。そこに意味づけや説明を加えず、風景の現前性から新たな像を結ばせようとした点に、表現の自立への方向性を見るのである。明治四十年前後の口語自由詩をめぐる状況において、敏の「汽車に乗りて」は、「言文一致詩」にはない注目すべき実践を行なっていたのである。

注

（1）引用は『日本唱歌集』（堀内敬三・井上武士編　昭33・12　岩波文庫）による。
（2）引用は『明治文学全集第52巻　土井晩翠　薄田泣菫　蒲原有明集』（昭42・4　筑摩書房）による。「誰かは心伏せざる」の引用も同じ。
（3）引用は『日本古典文学全集第2巻　万葉集一』（小島憲之・木下正俊・佐竹昭広　校注・訳　昭46・1　小学館）による。
（4）引用は『日本古典文学全集第4巻　万葉集三』（小島憲之・木下正俊・佐竹昭広　校注・訳　昭48・12　小学館）による。
（5）森亮「『海潮音』の用語と文体」（『島根大学論集（人文科学）開学十周年記念論文集』昭35・2）
（6）引用は『新日本古典文学大系第25巻　枕草子』（渡辺実　校注　平3・1　岩波書店）による。
（7）引用は『新日本古典文学大系第20巻　源氏物語二』（柳井滋・室伏信助・大朝雄二・鈴木日出男・藤井貞和・今西祐一郎　校注　平6・1　岩波書店）による。
（8）引用は『新編　国歌大観第2巻　私撰集編』（昭59・3　角川書店）による。
（9）引用は『日本古典文学全集第1巻　古事記　上代歌謡』（荻原浅男・鴻巣隼雄　校注・訳　昭48・11　小学館）による。
（10）（9）と同書のP201頭注7による。
（11）引用は『日本歌謡類聚　上巻』（大和田建樹編　明31・3　博文館）の「第二編　なかつぶり　其一　神楽歌」による。
（12）『上田敏研究――その生涯と業績――』の「上田敏と近世歌謡　三「牧羊神」」。
（13）引用は『日本古典文学大系第44巻　中世近世歌謡集』による。

(14) 引用は『群書類従・第十輯　和歌部　巻第百四十七』(昭5・12刊　昭34・9訂正三版　続群書類従完成会)による。
(15) 引用は(8)に同じ。
(16) 引用は(3)に同じ。
(17) 引用は『定本 上田敏全集』第9巻による。
(18) 引用は『群書類従・第拾九輯　管弦・蹴鞠・鷹・遊戯・飲食部』(昭18・2刊　昭34・10訂正三版　続群書類従完成会)による。
(19) 「『海潮音』小論――訳述法と文体をめぐって――」

三　口語自由詩の可能性

敏は、大正期にはいってから口語自由詩をめぐる状況を捉え返し、「直に行詰つて了つたのは当然である。国語の制約に従つて自然の律に心を合せないものに、どうして永続きが出来よう。」（「自由詩」『太陽』20巻5号　大3・5）と、口語自由詩論の「内心律の発現」という方法の破綻の必然性を指摘している。(1)「内心律」は、「主観」に基づいて提唱された、定型に制約されないリズムである。口語自由詩の根拠であった「主観」という概念は、どのように理論化され方法を形成していったのであろうか。「主観」による表現構築の可能性と、敏の批判的な態度が持ち得た意味を併せて考察していきたい。

(一)「主観」の端緒

明治四十一年は、口語自由詩論が最も昂揚した時期であったが、その先鞭を着けたのは、相馬御風と服部嘉香である。御風は、「自ら欺ける詩界」（『早稲田文学』第二次27号　明41・2）において、「現代人の複雑にして変化無限なる所謂主観の反応感」を表現するために「人間の情緒さながらの形式、主観さながらの形式」が必要であり、「歴史によつて定められたる形式の制約」を打破すべきであると主張している。御風が、「小説に於て一切の邪念を排して、自然そのものゝ姿を描こうと主張する現代人は、詩歌に於ても亦一切の邪念を排して、「我れ」そのもの丶声を聴き且歌ふべきである。」「現代人が生活の客観さながらの形式を小説に於て主張すると同時に、詩歌に於て主観さながらの形式を縦まにすべきではないか。」と、小説と対比しつつ、詩の固有性として「「我れ」そのものゝ声」「主観」を挙げていることが注意される。「自殺か短縮か無意味か」（『早稲田文学』第二次29号　明41・4）においては、「知的活動の専横によつて、自己活動の内に苦しき分裂を来たしたる近代人」「知と情とが自己内に著しく分裂して居る時代」にとって、「複雑なる思想と自己中心の感情とが渾一したる完全なる自己生活自然の流露迸出」が「近代的詩歌の充実した生命」であると述べている。即ち、「主観」は「客観」の対立概念というよりも、「渾一せる自己生活」という分裂以前の統一的な状態を指す。御風は、「渾一せる自己生活」の「おのづからなる流出発露」は「刹那」においてのみ可能であるから、「断じて外在的形式の制約を受くべきものではない」と、統一性の瞬間的な発露は定型を逸脱すると述べる。御風にとって「主観」とは、その瞬間的な発現において定型性と相容れない表出の根源であるが、論の展開が甚だ観念的である。

　これに対し、より理論的に「主観」に伴うリズムの特徴を説明しようとしたのが、嘉香である。嘉香は、「詩歌に於ける現実生活の価値」（『新声』18編9号　明41・4）[2]において、「詩は元来主観の最も真なる声を表はす」のであり、「個人の私情を歌ふもの」ではなく「吾人の内部に最も真実にして永劫なる精神的素質の表現」、言い換えれば「内的現実の真写」「究竟的の真」「所謂『永遠の真《パーマネントツルース》』にして且つ『普遍の真《ユニヴァーサルツルース》』」の表現であると述べる。「主観」の本質は、個人的な心情に止まるのではなく「内的現実」ひいては「究竟的の真」であるという認識は、御風の「渾一したる完全なる自己生活」が示す統一的な自己を、真実という自然主義の根本理念に即して定義したということになろう。嘉香の詩論が自然主義の理念に即していることは、現代の詩歌について、「単に現実生活の事象をも描け」という狭い視野ではなく、「客観の現実生活に対して反応する我の主観の態度、情意的反応感、云はば現実生活に依つて得たる主観の動揺を其のまゝに表はす」と、現象を超えた内的把握を要求していることからもわかる。御風、嘉香共に、詩歌の特徴は「主観」であると見なしていたのは、当時の抒情詩の定義を踏まえていたからであろう。御風が小説の「客観」と対比させつつ詩歌の固有性を強調したのに対し、嘉香は、「内的現実」という概念によって、その固有性を自然主義的な視点から体系化しようとしている。

御風は、「主観」の発露の「刹那」を重視していたが、嘉香もまた、「現実生活に依つて得たる主観の動揺を其まゝに表はす」と、運動体としての「主観」の表出に着目する。従って、「痛切なる悲哀感、熱烈なる煩悶、暗迷なる疑惑、これら自己主観のムードは、それ〴〵のトーンを以て詩題に発する」と、心的活動の各時点において個別のリズムが生じるという結論が導き出される。

「ムード」「トーン」という語は、自然主義的な用語と言うよりも象徴主義的な暗示であり、また、御風、嘉香共に、当時の抒情詩の定義に従うことによって概念規定が拡大したり詰屈した論理になっていることが気になる。これは、彼等の師である島村抱月の「文学概論」の影響が考えられる。「文学概論」は、「嘗つて早稲田大学出版部発行の文学科の講義録に載つたもの(3)」であり、イギリス・ドイツ留学より帰朝後の明治三十八年九月からの講義題目の一つである(4)。抱月は、「第十　詩」において「文学の縦の分類法即ち客観の文学、主観の文学及び客観兼主観の文学という分類法を詩に当てはめると、客観詩即ち叙事詩、主観詩即ち抒情詩、客観兼主観詩即ち戯曲となる。」と明快に分類した上で、抒情詩は「蓋し詩の中で最も醇粋な代表的模型である」と、詩の典型として評価する。主観・客観という概念による分類自体は、例えば、擬古派と称された武島羽衣の『新撰詠歌法』も、夙に行なっている。羽衣は、「叙情詩にありては作者自ら作中にあらはれて自らの感情として之を写す。然れども叙事詩にありては作者自ら作中にあらはれず。観察者の位置にたちて之を話説する也。故に叙情詩主観的也而して叙事詩は客観的也。」「劇詩にありては作者は歌の壇後にたちて景状を据ゑ、人物を出だし、以て事件の顚末をかたらしむ。而かも是等人物の意志感情はやか《ママ》て作者の意志感情即ち劇詩は客観によりて主観をあらはせるもの也。」(『第一篇　歌の本質及び分類」）と、説明の後の定義の段階で「主観」「客観」という用語を用いている。しかし、抱月の場合は、説明をまとめるための用語にとどまるのではなく、文学の本質を理論的に分析するための中心的な用語である。「第六　文学と情」において抱月は、「客観の知的現象が我等の意識内に生起した時、之れに主観の情意が反応作用を呈する状態に凡そ三段若しくは四段の境遇があり得る。」として、主観の反応を四段階に区分する。単なる好奇心もしくは利害を考慮する「我れを中心として直下に感ずる情」である「第一段の情」、及び「同感《シムパシー》若しくは反感《アンチパシー》」という「半ば我れを基本としながら半ば先方の情」である「第二段の情」までは、文学としては成立しない。文学として成立するのは、「我れを離れて先方と同じ情が我れに起こる」「主客の両観は溶けて意識の一焼点に合体する」「審美的同情」である「第三段境」からである。「第三段境」は、更に「美的情緒（Aesthetic emotion）」と「美的情趣（Aesthetic mood）」に分れる。「美的情緒」は「普通種々の情緒がそのまゝ客観に合した場合」であるが、「美的情趣」は「斯くの如き情緒的事象」の後に生じる「言はゞ事後感情、全体感情、混合感情とでも解すべき一種の印象」、即ち「印象的情緒」であり、「第四段境」として区別することもできる。文学たり得ない第一・二段境と文学たり得る第三・四段境を分ける最も重要な基準を改めて確認すると、情即ち主観が「客観化されて突き出されて」いるか否かであり、文学において「客観化せざる主観は斥けらるべきものである」ということになる。このように、主観・客観の相互作用に基づく抱月の文学観を置いてみると、御風の「情緒」及び嘉香の「ムード」という用語は、抱月の言う主観の「第三段境」である「美的情緒」、あるいはそれを更に区分した「美的情趣（Aesthetic mood）」を踏まえた使用であると言える。

更に、嘉香における「内的現実」の把握と「ムード」「トーン」によるその表現という、概念的に一見整合しない用語の連動については、抱月における自然主義と象徴主義の区別の曖昧さが影響したのであろう。抱月は、「第十四　古典主義、伝奇主義、自然主義及び標象主義」において「自然主義は生の真《トルース》を抽くを以て目的とする。而してこの為には厳粛なる態度を以て、醜となく、美となく、現実ありのまゝを写すというのであつた。標象主義はといふに、其の抽かんと欲する所は事実の真相である精神である、霊である。然らば真といひ霊といふも結局は同じ事を意味するのではないか。」と、自然主義の「真」と象徴主義の「霊」を同一のテーマであると見なす。両者の相違は、「唯其の手段方法に於いて、一は端的に標象によつて霊を齎らさんと力め、一は仔細に客観の事実に筆を染めて徐に生の暗示を与へんとする」表現方法にある。抱月は、「其の根本に於いては両者相通ずる」と本質的な同一性を強調しており、自然主義的な真実の描写が象徴主義的な暗示へと容易に転換あるいは連続する論理を準備したことになる。

抱月は、象徴主義の方法意識について、十九世紀の文明生活の長足の発展に伴い「我等が心的生活は幾多の悪戦苦闘を経験し」、その間に得た「人生観乃至世界観は、貧しき文辞に託するには余りに深刻である、あまりに幽玄である」ので、「せめては此等深刻幽玄なる人生観、世界観が刹那刹那に生むところの情緒、たゞこの情緒の匂ひ若しくは味を伝へるより外は無い。」と、「刹那刹那」という現在性としての情緒に着目する必然性を説明している。御風における「刹那」の「渾一せる自己生活」の流出発露、嘉香における「現実生活に依つて得たる主観の動揺を其まゝに表はす」という瞬間性への着目は、この説明と似通っており、ここから示唆を得たのであろう。

以上のように、抱月の「文学概論」と御風及び嘉香の発言を比較してみると、御風及び嘉香が「情緒」や「ムード」を中心的な用語とし、「内的現実」と「ムード」を連動させているのは、抱月の理論展開に学ぶというよりも結論のみを借用したという印象を受ける。御風、嘉香共に、主観・客観の主観のみを主張し、抱月が確認していた「客観化せざる主観は斥けらるべきものである。」という非文学と文学を分つ基準は顧みられていない。この点に関しては、御風、嘉香の文章の前年に、抱月が「情緒主観の文学」（『早稲田文学』第二次20号　明40・7）を発表していたことも影響していよう。抱月はこの中で、小説における「所謂自然派の傾向」について、「一層生命的或は具象的ならんとする所に近時の進境をば認め得る。」と一定の評価をした上で、「此の描写的、写実的、主知的態度を吾人は概称して客観的といふ。斯の如き意味に於いて今の小説は到底客観的文学の部に属すべきものである。」と、小説の特性は客観性であることを明言する。これに対して、「劇と詩とに於ては情緒主観の文学が尚多分に其の立脚の余地を存してゐるかと思はれる。」と、詩の特性はその主観性にあると述べる。「要するに詩は最も直接に情調を写すところを生命とする。」「思ふに近年の我が新体詩に病があるとすれば、それは主観を描かざるために病あるに非ずして主観の情の熱烈ならず、痛切ならず、真実ならざるがための病であつたらう。」と、抱月は、新体詩における主観の薄弱さを批判する。ここでは小説と対比的に詩の特性を強調するために、主観・客観の用い方は、「文学概論」に比べてかなり単純化されている。客観・主観の図式的な対比は、御風の小説対詩歌、客観対主観と重なる。また、「熱烈」「痛切」な主観の要求は、嘉香の「痛切なる悲哀感、熱烈なる煩悶」に敷衍されている。

このように、御風及び嘉香は、最も近い時期に発表された抱月の文章を下敷きにしつつ、「文学概論」も援用しながら自らの詩論を形成していったと考えられるが、抱月の文学観の根本である主観と客観の相互作用は、彼等にどのように受け止められたのであろうか。嘉香は、「所謂近代的詩歌」（『詩人』10号　明41・5）において詩歌の形式を破壊せよという主張に対し、「元来主観情緒をさながらに歌ふとは云へ、自分の主観情緒を客観視して歌ふのである」と、主観は客観化されねばならないとして異議を唱えてもいる。次に、抱月における主観・客観の理論化と御風及び嘉香におけるその受容について見ていく。

(二)　抱月における主観・客観

抱月は、「今の文壇と自然主義」（『早稲田文学』第二次19号　明40・6）[(5)]において自然主義の究極について論じている。自然主義は、「事象を出来るだけ現実の経験に近づけて、現実に在り得ることゝいふ性質を強めんとする」「写実的自然主義」、「事象中の理趣を顕揚して、主張、哲理を之れに見んとする」「哲理的自然主義」、「事象に物我の合体を見る」「純粋なる自然主義」の三段階に区別される。抱月は、第三段階の「純粋なる自然主義」に着目し、この場合の「事象」とは、「冷かなる現実客観の事象に非ずして、霊の眼、開け、生命の機、覚めたる刹那の事象である。」と説明する。「事象」がこのような段階に至るためには、「私意の作為が之れから生ぜんことを恐れ」ねばならず、「現実らしく」あるいは「理趣深く」という意識は斥ける必要がある。では、何を「心の標的」にすべきかと言えば、「其の直接の答は消極的である。曰はくたゞ無思念と。私念を去るなり。我意を消すなり、能ふべくんば我れの発動的態度の一切を抑へて、全く湛然の水の如くならんと工風する。（略）此の時自然の事象は始めて鏡中の影の如く、朗かに其の前景を暴露して我と相感応するのではないか。」と、「私念」「私意」即ち「発動的態度」を消去した「消極的」な態度である。抱月は、「無想無念後の我れの情、我れの生命は、事象と合体して、生きた自然、開眼した自然の図を作つて来る。物我融会して自然の全図を現じ来たるとは此の謂である。」と、「発動的態度」を消去した後の「物我融会」の境地が「自然主義の本意」であると述べる。

「私念」「我意」の消去、「発動的態度の一切を抑へて」という具体的な語句を取り上げつつ、抱月の「純自然主義」観に反論を試みたのが、御風の「自然主義論に因みて」（『早稲田文学』第二次20号　明40・7）である。御風は、「「我れの発動的態度の一切を抑へて」其処に「鏡中の影」の如き自然の事象が映じ来たるべきは到底信ずる事が出来ない。主観を離れたる客観の外的存在は、吾人の信ずる能はざる所である。」と、主観が関わらない客観が存在しない以上、「発動的態度」を消去した後で自然を知覚認識することは不可能であると異議を唱える。「主観を離れたる客観の外的存在は、吾人の信ずる能はざる所である。」という断言は、抱月の『新美辞学』（明35・5　東京専門学校出版部）に拠っていると考えられる。『新美辞学』の「第三章　快楽と美　第二節　主観と感情」の「美は主観的現象なりといふ。されども主観とは如何なる意義なるか。凡そ吾人が経験し意識するの範囲に於いて、全然の主観すなはち些も外界に関係を有せざるの主観、全然の客観、すなはち些も我に交渉せずして存立するの客観とは、あるを得ず。」という箇所が該当するであろう。しかし、続けて抱月は、「山といひ川といひ甲といひ乙といふもの、すべて純粋なる主観と純粋なる客観との接触せる結果にあらざる無し。これ哲学上いふところの現象説の立脚地なり。（略）更に之れを心理的にいへば、現象界を代表するところの想念（感覚をも合せて、広く知性の方面に属するものをいふ）は直ちに客観なり、之れに対して我れの判断と態度とを表するの感情は主観にあらずや。想念は直ちに外界にして、感情は直ちに我れなり。外界と我れとの聯結はやがて客観と主観の聯結に外ならず。」と述べていることに注意したい。「純粋なる主観」「純粋なる客観」とは原理的な次元における設定であり、それらの相互関係の結果、知覚作用を前提とした現象としての客観（知覚された対象）と主観（その対象に関する感情）が成立するのである。しかし、御風は、原理的な次元を踏まえた現象としての客観という概念を理解せず、現象としての客観も主観の範疇に入れて、「主観」と「発動的態度」を知覚認識の作用として同義的に捉えている。抱月の文脈に即せば、「発動的態度」とは、客観（知覚された対象）に対して主観が自己中心的な感情で関わっている状態を指すが、御風は、現象としての客観に属する対象の知覚作用をも主観であると見なし、主観という概念を漠然と用いている。

御風は、このように曖昧な概念規定の下に、抱月の「私念を去る」「我意を消す」という主張を短絡的に理解してしまう。御風は、抱月が述べるところの「我」を、「自然の事象に対するに当つて先づ去られ先づ没せられ先づ消さるゝ所の「我」と、自然の事象が其の全景を暴露し来つて相感応する所の「我」」の二つに分ける。前者の「我」については、「「我」に自然の事象を映し取るべき「発動的態度」すらもなくして、おのづから自然の全景が映じ来り、動き来たると云ふも、誠に了解し難き所ではなかろうか。」と、「発動的態度」を「自然の事象を映し取る」現象としての客観の知覚作用と混同しているため、それなくしては知覚認識が成立しないと見なす。その上で、後者の「我」との関連から、「新自然主義の態度を以て外的に存在せる自然の全景に接して之と生命の呼吸を同じくせんが為めに先づ我れを没し我を消すと云ふ「消極的」のものと解せずして、「我」の分裂せる活動を析いて「完き我」「真の我」の覚醒し活動せんとする要求と観たらば、どうであらう。」と、「自然の全景」と感応し一体化する活動を、「我」の消去ではなく回復であると位置づけるのである。「吾等の生活に於ては、「完き我」は多く損はれ勝ちである」が、「偶々「真の我」「完き我」の刹那たりとも覚醒し来る事」が生じると、「如何にかして其不完全なる我を捨てゝ完全なる我の本体に帰らんと悶く、帰つて其処に完き自然と生命を共にせんとする」と、「不完全なる我」は「完全なる我」に回帰しようとする。そこから御風は、抱月の言う「物我融会」の境地について、「自然が空虚なる我れの心と相感応して生命ある自然の図を作るのではなくて「我」の分裂せる活動の堆積によつて作られたる不完全なる自然を捨てゝ「完き我」の覚醒によつて完き自然を作り、而して其の図を作らんとするが、文芸上の所謂新自然主義ではあるまいか。」と、「発動的態度」を消去した「空虚なる我れの心」は存立し得ないこと、及び「完き我」という充足した主観こそが自然と一体化した「物我融会」を可能にすると述べる。分裂した我が作る「不完全なる自然」から「完き我」が作る「完き自然」への昇華という見取り図は、「我」が一方的に「自然」に働きかけてその像が成立するということになり、主観から客観への一方向の作用しか存在しない。これは、抱月の論理、即ち現象としての客観において対象が知覚され、そこに主観が発現するという客観・主観の相互関係からは大きく隔たっている。従って、抱月の用語を個別に検証する場合も、「さればかの「我意を去り」「私意を消す」と云ふを以て、「分裂せる我」の発作を遏めよと云ふにありと解すべきではあるまいか。」と、主観内部の問題として自己完結的に単純化してしまう。

『新美辞学』における主観・客観の原点は、「審美的《エセチカル、》意識《コンシアスネス》の性質を論ず」（『早稲田文学』第一次第一期72、73、

75、77、78号　明27・9～12[8]）に見ることができる。「第二 審美的意識の要素 ㈡同情」において抱月は、「同情」を「他の不幸を見るに当たり、自から其地に立ちたる心地して、悲を同じくする」「真同情」と「他を憫然《あはれ》と思ふ」「準同情」の二つに区分し、前者を「審美界」、後者を「道徳界」に属すると位置づける。「真同情」が生じるのは、「意の発越を避けて、知を純《もっぱ》ら知覚の境に停留せしむる」場合であり、「対境の活動に含まるゝ同情点漸く著れて、我の活動と合致す」るために「我れと他と、主と客と、同体して一と」なる。これが、「外来の活動と我性の活動と、相合して描き成せる客看界に我れを合体せしめて、その情を同じうするの法」である。『新美辞学』の説明で言い換えれば、「客看界」は「純粋なる客観と純粋なる主観との接触せる結果」成立する「客観」（＝現象界）、「我れ」は「主観」（＝感情）であり、この両者が一致する方法は、「客観」を「知覚」の段階にとどめるということになる。これに対し、「知もし直覚の境を逸するに及べば、根本たる対境の活動を蔑視して、むしろ我れの活動を支配者の地に置くに至る」ために「真同情」には至らず、「準同情」にとどまってしまう。

抱月はこの論考において、主観・客観を説明するための下位概念として、「意」即ち「活動形」の「能産の辺《プロデューシング》」、「知」即ち「所産の辺《プロダクト》」、「情」即ち「産出の難易」を設定している（＝「第一、意識《コンシアスネス》の性質 ㈢、知、情、意」）。「意」は「我れ」が活動を行なおうとしていることを意識させる理性、「知」は「我れ」の活動によって生じたものを意味づける理性、「情」は「意」と「知」との調和・不調和の様々な度合を意識させる理性、ということになろう。抱月は、この三者の関係について、「而して、活動に所動、能動の両面なきこと能はざると同様に、知と意とは離れて存すべからず。情もまた然り。所詮脳的活動の本来を意とすれば、知と情とはそが異方面の名たるに外ならず。」と述べる。活動を行なわんとする「意」に従って、その認識作用である「知」と両者の関係化の諸相に対する意識である「情」が生じるのである。しかし、「意」が「知」と「情」を伴うという一方的な作用にとどまるのではない。「真同情」は「意の発越を避けて、知を純ら知覚の境に停留せしむる」場合に生じるとあったように、

「知」もまた「意」の発現に作用し、「意」の発現に従って「情」の性質もまた変化する。抱月は「知」について、「感覚《センセーション》、知覚《ペルセプション》、想念《アイデヤ》、概念《コンセプション》などの階段あるは知性の直現、復現、凡び此等の連絡錯綜したる結果なり。」と述べているが、「知」はこのような諸段階に応じて「意」ひいては「情」の性質に影響を及ぼすことになる。第二章の㈠、情」において、「審美の意識中、最も著き現象は、快楽の情なり。」として「知は僅かにその地を守り、意は殆ど意識に入らず。而して、情に於ては其の性淡にして移り易く、知に於ては直に概念《コンセプション》に及ぶことなくして、知覚《ペルセプション》以下に止まる。意に至りては、始より動くの余地なし。」と、審美的な「快楽の情」を成立させる「知」「情」「意」の状態について述べている。「意」が殆ど活動せず、「知」も「知覚」以下の段階にとどめた場合に、「快楽の情」は成立するのである。

これらの下位概念による説明を踏まえつつ、『文学概論』における「客観の知的現象」「主観の情意」という定義と併せて主観・客観の相互作用を整理してみると、次のようになる。即ち、主観に属する「意」が客観に属する「知」に作用し、「意」と「知」の関係化の諸相が主観に属する「情」に作用する。その一方で、客観に属する「知」もまた主観に属する「意」に作用し、限定された次元での「知」と「意」の関係化によって審美的な「情」が生じる。「知」「情」「意」という下位概念を用いることによって、主観と客観の相互作用は審美的な意識の成立に不可欠であり、一方的な作用のみでは芸術は成立しないことがより明確に論証される。抱月は、再度審美的意識の成立について、「若し知を客観の代表とし、意と情とを主観の代表（意を出立点の我とし、情を帰着点の我とす）とせば、主観は情の姿をもて客観を迎ふるなり。迎へて而して知情抱合すれば、その間に差別の附すべきなく、以て平等の理想を円満にすべし。」とまとめている（第二章の㈢、審美の意識 附悲哀の快感」）。この場合の「主観」（「情」）は、自己中心的な活動を欲する意識（「意」）が「知覚」の段階にとどめた「客観」（「知」）によって抑制された状態にあり、この抑制によって「出立点の我」はより高次の「帰着点の我」に到達し、その地点における「知情抱合」が「同情の快楽」「審美の快楽」を導くのである。このように、「審美的意識の性質を論ず」に遡ってみると、芸術の成立における主観・客観の相互作用の過程が精緻に論じられており、抱月の理論の根本を窺うことができる。

先に御風は、抱月の「消極的」の語を批判していたが、「消極的」という語もこの論考の中で使用されている。抱月は、ショーペンハウエルの「純客観の説」に対し、「真知識を得んとする」場合、「シヨオペンハウエルは積極の方法を取りて、意を亡ぼせと叫べど、吾人は消極の方法によりて、意の根本を他方に導けといふ。（略）純客観といふも、主観は亡し尽くせるにあらず、比較的小部分の活動をなし居るの義となるべし。若《しか》ず、意性の活動を知性に帰趨せしめて、差別我の所動的活動のみとなさんには。斯くする時は、等しく我れの活動たるを失はずして能く外境を容れ、我他調和の実を成すべし。」（第二章第三節）と反論している。この説明によれば、「消極的」な態度、即ち「私念を去る」「我意を消す」とは、「意性の活動を知性に帰趨せしめ」る、即ち能動的な活動の欲求を受動的な認識の作用へと帰着させ、その中に解消させるということになる。また、「発動的態度」とは、能動的な活動の欲求に従うことを指す。しかし、御風は、抱月の論理展開を理解せず、主観（「意性」）と客観（「知性」）の相互関係という論の前提を捨象してしまったのである。抱月が、主観・客観の究極の一致として「絶対の理想」を想定していたことも取り落とされて、「分裂せる我」から「完き我」の回復へという平面的な図式に短絡化されてしまう。

一方、御風の形式破壊に異を唱えていた嘉香の「所謂近代的詩歌」は、「自分の主観情緒を客観視して歌ふ」ことをどのように主張していたのであろうか。嘉香は、「刹那を超えて歌はんとする場合には、一度び其の刹那を客観に置いて見る、客観に置いてこそ文字に表はされる。其の刹那に発する叫びばかりならば唯一なる感嘆詞的の叫びに止る、モノシラビツクの声を以て十分である、然しそれでは詩とは云はれない。」と述べる。この「客観」は対象化することであり、一見、抱月の「知的現象」と類似する。しかし、嘉香の「客観」には、抱月のように審美的意識が成立する限定的な次元は想定されず、主観もまた、感受の過程において客観の作用は受けずに、自立的な「尤も純なる主観のトーン」の表出を期待される。抱月における主観・客観の相互作用とは異なって、嘉香の論は、主観は感受、客観はその対象化とそれぞれの内部で機能が完結している。嘉香もまた、抱月の「客観化せざる主観は斥けらるべきものである」（『文学概論』）という審美的基準の結論部のみを借用し、そこに至る論理は捨象したという印象を受ける。

嘉香は、「客観」は「主観」の感受を対象化するという原理に立って、詩歌の絵画性、あるいは写す、描くという性質に着目する。「詩歌には単に音楽的の一面のみならず絵画的の一面もある。歌ふと共に描くといふ態度は幾分かは交つてゐる」とし、「絵画的の一面」について「其の詩に歌はるゝアイディアは、自己の主観の、即ち「人格全体の刹那的燃焼」であるとは云へ、其の刹那を顧みて、ヴィジョンのアトモスフィアを以て文字に彷彿たらしめんとするの点に詩人の努力は存する。」と述べている。「絵画的の一面」とは、実体には還元できない「ヴィジョンのアトモスフィア」であり、表現空間においてのみ形象化し得るモチーフである。そこで、「主観の緩急揚抑を写す為めには自らラインもスタンザも生ずるであろう。之を描くといふ態度を取る時は自然なる形式として当然生じ来るものと信ずる」と、それを表現する形式として「ライン」や「スタンザ」が主張される。嘉香は、「アトモスフィア」を象徴としてではなく、リズムとして表現しようとする。これは、主観の「刹那的燃焼」を前提として、「従来の詩人は主観を整えた」ことを批判し、「厳粛に客観視して、而も偽らずありのまゝに主観情緒を表はし得る」ために、主観が感受した状況を極力損なわない対象化の方法を意図したからであろう。即ち、知的な整合化が行なわれる以前の現前的な把握を表現しようとしたのである。しかし、現前的な表現は、高度な知覚によって観念的な把握が相対化されなければ、散漫な感受でしかない。「アトモスフィア」や「トーン」を現前的な表現として方法化するためには、「知覚」に注目すべきであっただろう。しかし、嘉香は、抱月の「知覚」は受容せず、主観の能動的欲求を抑制する「知覚」の代りに、作為のない「純なる主観」を想定してしまったのである。

嘉香は、「情緒主観を歌ふ場合、之を象徴的手段に拠る時はそこに知的分子が入り来る。知的と云はるゝものは情緒的と云はるゝものに対して必ず客観的である。象徴もせず、描きもせず、又かすかながらも客観するといふ事なく、さる余裕もなきさし迫りたる叫びのみを表はせと云はゞ詩歌は成立しない。」とも述べている。「象徴的手段」と「かすかながらも客観する」ことに通底する性質として「知的分子」を挙げているが、抱月のように「知的分子」を段階化し、区分することはしない。「詩歌の形式は即ちそのトーンである」という嘉香の主張は、「トーン」を方法化する「客観」が分析的に把握されていないために、現前的な表現の論理を持たないまま「ライン」「スタンザ」という技法へと飛躍してしまったのである。

この後、口語自由詩は、理論面では嘉香が、実作面では川路柳虹がその中心になっていく。次に、二人の詩論と実作を見ていく。

(三)　嘉香の理論と実作

嘉香は、「口語詩の出発点」(『文庫』37巻5号　明41・9)において、「情緒主観を客観視して歌ふ」ことによる形式の特徴を打出そうとしている。柳虹、御風、露風の口語詩の試作に対し、「近代的詩題の内容を受け大事象に対して其の奥底までを剞らんとする「我」の発動、即ち「我」全体の働き」を表現しようとする彼等が、「淡々と説明的報告的なる語法を用ひた」こと、「歌ふといふ態度」が欠如していることは、根本的な誤りであるとする。「近代的詩題はあはれ〳〵と歌ふばかりのものではない、人をして唱せしめるよりは考えさせる力を持たねば」ならない。そのためには、「詩題の思想」である「「我」の発動」が、「幾度客観視するも常に同一のインテンシティーを以て新しく我に臨むやうな発動」であることが必要であると述べる。そのような「「我」の発動」があれば、「潑剌たる力を以て内発的に迫られる場合には、我等の呼吸は迫つてゐる。即ち茲に感情のトーンは表はれる主観のリズムは表はれる」と、定型律とは異なる身体性に即したリズムが生れる。「同一のインテンシティー」という言い方からは、主体に固有の表出の強度を想定していたことが窺える。しかし、嘉香は、表出する際の強度を主体と対象の固有の関係化としては分析しなかった。「直接なる表白は強い印象が残る。即ち新しい口語詩の試みは此の印象的といふ点に顧みるの必要がある。然し内容に於て刹那的、形式に於て直接的ならば、吾等の願ふ所、もしくは描く所は主観の断片である、「我」の断片である。僕は自ら試みた新しき口語詩に『断片詩』と名附けた。」と、原理的な特徴ではない「印象」という感覚を論理化しようとする。

「印象」は「断片」的な形式から生じるという展開は、飛躍した論理であるが、これには桜井天壇の「独逸の抒情詩に於ける印象的自然主義」（『早稲田文学』第二次31号　明41・6）の受容があったと考えられる。天壇は、「印象的自然主義」とは「フォルケルトの所謂後期自然主義」「抱月氏の所謂主観挿入的自然主義」であると定義し、「徹底自然主義は客観的文学であり、印象的自然主義は情緒主観の文学である。」と述べる。フォルケルトの著述は、既に森鷗外によって、「審美上時事問題 Aesthetische Zeitfragen の梗概」が『審美新説』（明33・2　春陽堂）[9]として紹介されている。鷗外は、その中の「自然主義」の章において、「歴史上の自然主義は早く既に二期を閲し来りて、その前なるものと後なるものとの間には大なる差別あり。彼は所変（客看）に偏し枯淡に傾き、学問らしきを以て其得意の処となす。此は能変（主看）に偏し、其能変は反抗、否定、企望、前知の能変たり」と、二期の「大なる差別」の特徴を「客看」「主看」として明快に規定している。更に、後期自然主義は一見前期自然主義から一変したようであるが、「その自然に煩渇し自然に朶頤する情愈〻深く、直ちに進みてその深秘なる内性《インチミスト》を暴露せんことを期するなり。」と、前期自然主義の発展形であると述べている。後期自然主義は主観的であり、真理を探究する姿勢が顕著であるという「審美新説」の記述は、自然主義論の形成に大きく与ったと言えよう。また、天壇が改めて「印象的自然主義」を「情緒主観の文学である」と定義していることに、抱月の一連の論考の影響力が窺える。

天壇は、この後で「アルノオ・ホルツ」の詩を引用し、「此詩にあつては、感覚の印象も、心理的効果も、詩形も悉く解体して居るではないか。此裡、若し詩的効果を求むるならば、此等の語の全集団を、一度内部に結晶した後でなければ駄目である。ホルツは之を内在的韻律と名づけて居る。即ち韻律が内容から自然に流出するのを謂ふのである」と述べている。「内在的韻律」、即ち読むという行為において表現を再構成する際にリズムが生じると言うのである。「元来印象的自然主義の態度としては、印象に応答すべき敏感性が全部であるのでは無いか。」「兎に角刺戟の瞬間を重視する近世人に取りては、情趣の純潔より外に尊ぶべきものは無からう。情趣の純潔を尊ぶ以上は、詩形の短縮は必然の要求であると思ふ。」と、「印象的自然主義」においては瞬間的な印象を読むのであり、詩形は必然的に短縮されるとしている。表出の瞬間性に応じた短い形式という主張は、嘉香の「内容に於て刹那的、形式に於て直接的」という瞬間性と無作為性の強調、及び「印象的」な表現と「我」の断片化という論理に重なる。ここからは、嘉香が、詩歌は主観の文学であるという視点に即しつつ、「我」をモチーフにして発言しているということがわかる。

天壇のこの文章は、『早稲田文学』（第二次35号　明41・10）の「彙報」の「文芸界」（「最近文壇詩問題鳥目観」／「口語詩問題」）において「本誌六月号に掲げた桜井天壇氏の「独逸抒情詩に於ける印象的自然主義」と題する研究が口語詩の勃興について間接に大影響を与へた事を附記して置かねばならぬ。」と紹介されており、ここからも嘉香が天壇の文章から示唆を得たことが考えられる。また、天壇は、「此詩形短縮の実行者としては、例によりて文壇の風雲児ホルツが先鞭をつけた」として、「一句一綴音より成れる所もある」「秋」という作品を訳出している。このような実作の訳出は、柳虹の実作と理論にも影響を与えている。これに関しては、後年柳虹自身が「口語詩と現代詩――所謂口語詩運動と現代詩の関聯――」（『近代詩の史的展望』山宮允教授華甲記念文集編纂委員会編　昭29・3河出書房）において、「詩で写実を行はうとすれば、どうしても主観的写実、即ち「印象」にならざるを得ない。この点で私が「暴風のあとの海岸」等に示した単なる語の羅列の詩も「印象」のみを示そうとした態度なのである。がこの方法は私の創始ではない。これは『早稲田文学』（明治四十二年？）に出た桜井天壇の「独逸詩壇の印象主義」（正確な題はちがふかもしれぬが）の中のアルノ・ホルッツの「電信体」の詩体に倣つたのである。」と回想している。

嘉香は、「口語詩の出発点」で、自らの新たな詩形を「断片詩」と名づけたと述べていたが、方法論は実作においてどのように実践されたのであろうか。そこで、『新声』（19編3号　明41・9）に発表された総題「断片詩」中の「白昼」（他は「裸」「風の吹く日」）を見てみる。

午後三時。
ぢり〳〵と日が灼きつける。
白い壁に反射して眼が痛い。
狭い庭に。バツと強い光、
鋭い光。
其の生命のある死――

木の葉もゆるがぬ。

ちやるめらを吹いてゐる
皺嗄れた其の音！
遠い街の響が
ぼんやり聞える。
――あの山越えて、海越えて――
と、昔の守唄を憶ひ出す。

ふと、庭の強の光、
白壁はあさましく白い。
そこに、鉢の葵が、
咲いてる。
毒々しい紅い色。

紅い、紅い、目が眩む。

つるツと蚰蜒が――
縞笹の下から這ひ出した。

這つては止る、
止つては走る。
強い光――蜥蜴はギラ〱と光る。

「白昼」において嘉香は、卑近な光景をモチーフとして、対象の瞬間的な印象を展開しようとしている。先に柳虹が、後年の回想において「詩で写実を行はうとすれば、どうしても主観的写実、即ち「印象」にならざるを得ない。」と述べていたが、「主観的写実」という姿勢は嘉香にも共通している。「白い壁に反射して眼が痛い。」（第一連）という強烈な刺激が、第四連では「白壁はあさましく白い。」と、固有の色として焦点化される。「鉢の葵」の「毒々しい紅い色」（第四連）は、「紅い、紅い、目が眩む」（第五連）と、今度は色から強烈な印象に還元され、一行単独で連となる。「白壁」あるいは「鉢の葵」という同一の素材を把握する場合に、感覚の焦点が微妙に変化していく。このような動的な把握が「断片」的な主観の表現であり、「主観的写実」ということになろう。嘉香が、「現実生活に依つて得たる主観の動揺を其のまゝに表はす」（「詩歌に於ける現実生活の価値」）「情緒主観の刹那的発動」「主観の緩急揚抑」（「所謂近代的詩歌」）と一連の評論で繰り返していたように、感覚の現前性をその変化に即して表現しようとするのである。そのような表現は、理論的には予定調和を超えた飛躍が生じ、多層的な主観が成立するということになる。

しかし、「白昼」においてそのような飛躍は見られない。イメージの中心は、三度繰り返される「強い光」である。その強烈な刺激は、仮死状態をもたらし（第二連）、「ちやるめら」の夢幻的な時空が紛れ込む（第三連）。現実に戻れば、「白壁」と「鉢の葵」の紅白の対比が鮮烈である（第四連）。再び感覚が麻痺するが（第五連）、「蜥蜴」が現れて真夏の時間が動く（第六連）。それは、真夏の日光がもたらす生と死、静と動、現実と夢幻という対立の構図であり、感覚の現前性は、その構図の中に収まっている。「昔の守唄」は、現実から意識を逸脱させているが、語り手は「憶ひ出す」のみで、次の瞬間には二物を対照させる視点に戻る。即ち、光と影の対照性という観念的な把握を出ないままに、「断片」的な主観ならぬ統一的な主観が形象化されている。

日常的な光景をモチーフにしているのは、夏の屋内を描いた「裸」、強風に揺れる街を描いた「風の吹く日」も同様である。しかし、いずれも「断片詩」という意図が成功しているとは言い難い。「裸」は、「表から見え透く」光景として、「添乳の人」（第一連）「ばさ〳〵と行水の音」（第二連）「椽側の蚊遣火」（第三連）を列挙するのみで、語り手の視点が不明である。「風の吹く日」では、「険しい雲行」「工場の煙突から出る煙」、「ちらばらに」消え行く笛の音、吹き飛ばされつつ逃げる雀、氷屋のちぎれそうにはためく赤い旗、「ビーン、ビーン、ビーン、ビンビー」と鳴く蟬を並べた後で、「あの鳥の目、鳥の目。／あの蟬の鳴くこゑ。／呪つてるのぢやないか――」と、対象のイメージを説明してしまう。対象を把握する視点が不明である、あるいは視点が定まらないままに観念的に把握してしまう。モチーフは「現実生活」的であるが、動的な主観は成立していない。

嘉香の実作が観念性を伴う散漫な視点に終始してしまったのは、感覚の現前性は主観と対象の固有の関係化において表現されるという構造的な視点がなかったからである。嘉香は、「詩歌の主観的権威」（『早稲田文学』第二次36号　明41・11）においてこれまでの主張をより体系的に論じようとする。泡鳴及び御風の詩論、人見東明、加藤介春、三木露風、森村葵村、川路柳虹の諸作について、「吾等近代人としての思想感情の告白、刹那にリズムを刻みつゝ生活してゐる主観」の表白が、必然的に口語という形式を選択させたとする。西洋の詩において伝統的な「普遍的、原理的、根本的、絶対的といふが如き最上究極の形容詞を冠せらるゝ真」「所謂「永遠の真《パーマネント、ツルース》」と云ひ「普般の真《ユニヴァーサル、ツルース》」と云ふ」真の追求は、詩の本質ではない。これらの真は、詩歌の理想主義であり、「知識を偏重して観念中心」になり余りに客観的である。七ヶ月前の「詩歌に於ける現実生活の価値」では立論の前提になっていた真理の追求が、ここでは否定されており、嘉香の意識が自然主義の規範から離れつつあることが窺える。詩歌の「本相は抒情的、主観的である、発動的である」ので、理想主義はそれに矛盾すると嘉香は述べる。詩において描くべき思想は、「自我の近直なる、力強き発動」であり、「其の発動に伴ふトーン、即ち我の主観が非我に対する時に感ぜらるゝ主観の動揺、人格そのもののリズムを文字に移す事」が形式である。ここで嘉香は、西洋の伝統的な詩歌観と対比させることによって、動的な主観の現代的意義を強調しようとしている。その上で嘉香は、「口語詩の諸作を見るに、多くは描き方に苦心少くして、説明してある、単に事件又は思想推移の報告である」ことを批判し、「一度び客観化されたる「我」の発動の刹那が再び同じほどのインテンシティーを以て我に臨み来た時そこに印象詩は成る。」と述べる。ここには、主観の客観化、我の強度の表出、印象と、嘉香のキーワードが集約されている。嘉香は、「口語詩の出発点」における「断片詩」を「印象詩」と名づけて表現のテーマを明らかにし、その方法を成立させようとする。「印象詩」は「新しい立体的描写」である。それは、「印象的技巧」、即ち「刹那的動揺を現在として表はす方法、即ち過去の動詞を用いて説明し去らずして現在の動き行くプロセツスを、まざ〳〵と見ゆるやうに書き附けて行く、或は譬喩、比較、判断等、概して時間を経て思ひ当たらるゝやうなものを一切取り入れない」ことによって可能である。

嘉香はここで、「譬喩、比較、判断等、概して時間を経て思ひ当たらるゝやうなものを一切取り入れない」と、知覚の観念化を対象の把握に要する時間として単純に数量化してしまう。見るという行為と表現の同時性は、観念的な視点が解体され、固有の関係意識が成立していない限り、現前的な把握と一致しない。嘉香の実作で見たように、散漫な視点で対象を列挙するか、観念的な把握を敷衍することになってしまう。しかし、嘉香は、「過去の動詞を用いて説明し去らずして」と、原理的な分析に進まず形式論理に陥ってしまった。その原因は、自己完結的な「純なる主観」の表出を想定し、表出を差異化する客観の次元を区別しなかった概念措定の粗雑さに遡る。即ち、動的な主観が原理的に成立するための客観との連動という視点が欠落していたのである。嘉香は、「印象詩は断片的、官能的特色を有して常に活動してゐるものでなければならぬ。」とも述べているが、特徴を付加していくことで本質論はますます表層的に拡散化してしまう。

明治四十二年に入ると嘉香は、「自由詩の名称と用語説」（『山鳩』明42・3）において「吾等は一言にして新しき機運に動かされて来た純主観主義を、内容派の自由詩と呼んでみたい。」と、「自由詩」という名称を提唱する。加藤介春による「本年の詩壇概観㈢」（『読売新聞』明42・12・14）を見ると、この時期「実感詩」「気分詩」という口語自由詩の区分がなされていたことがわかる。「気分詩は自由詩社（引用者注：メンバーは、東明、夕咲、介春、三富朽葉、後に福士幸次郎、山村暮鳥、佐藤楚日が加わる。明42・5〜43・6）の主唱」であり、「実感を実感として投げ出さず（略）それをコンデンスしレファインした後の実感気分を詩歌の絶対内容とする」ものである。それに対して嘉香の提唱する「自由詩実感詩」は、「強烈な主観の本能的自発的と云ふ事からして、エキサイテツト、モーメントのみに詩境を求めんとする」ものであると、介春は嘉香との差別化を図ろうとする。口語自由詩論は、本質論が深化しないままに、早くも観念的な差別化の隘路に陥ってしまうのである。

㈣　柳虹の理論と実作

柳虹は、「自由詩形　強烈なる印象」（『新潮』10巻1号　明42・1）において、嘉香が主張する「印象」を「最も適切な議論」であると賛同しつつ、自説を展開している。「詩として表白さるべき印象」とは、「ある暗示と表象を示すのではなく我らが自然（あるいは非我）を見て感じたその自然を読者に印象さす、その態度」である。「暗示と表象」は象徴詩の特徴であるが、印象詩はそれとは異なって観念的操作がされていない、主観が把握した対象ということになる。その場合、「我と非我に対して我が非我を感じて、一旦非我を我に受入れ、而して詩として更に我をのぞいて非我そのものを出す。故に暗示と表象とは我れが感じた瞬間においては意識できない、（略）でこの表白が非我そのものを並べ立てようとする技巧が出来る。」と、柳虹は、印象詩においては対象の把握が瞬間的であるために、対象に関する意識までは客観化し得ず、選択された対象を物体として提示するにとどまっていると述べる。柳虹もまた、把握の直接性を認識に要する時間として単純に計量化している。

そこで表出し得るのは、瞬時の把握に伴う主観のリズムである。そのためには「強烈なるトーン」「彼等が最もつよき絞られたる内切的のトーンが其の句自らに於て、十分読者を動かすに足る反響あるもの」がなければならぬ。「リズム、リズム――そは決して形式にばかり存するものではない。句や言語の調子にのみあるのではない。内容の切なる圧迫それ自身だ。内容の強烈なるトーンに僕は原妙なる音楽の響があると思ふ。」と、把握の強度がリズムを作るのである。主観の強度がリズムになるという主張も、嘉香の「「我」の発動」の「同一のインテンシティー」と共通する。嘉香は、主観の断片化という形式の短縮によって強度を高めようとしたが、柳虹は、沈黙の表現に着目する。即ち、「畢竟するに内容のトーンの究極は単なる無意味の叫び、もしくはこれを絶したる無言の境地」である。その具体的な技法は、「我等がダッシと点を用ゐるのはこのサイレンスとサイレンスの間を表はしこの前後の文字によっての連想から作者と同じシユチームングをおこすためにする」ということになる。ダッシュとリーダーで繋がれている文字は、「強烈なる（文字に現はすを得べき）感じ」であり、「サイレンスの間」のポイントである。「読者はこのポイントの尖々《さきざき》を味ってみての光景《シーン》を胸中に描」き、「作者と同じ感じ同じムードになるを得る」のである。先に嘉香は、「所謂近代的詩歌」において「其の刹那に発する叫びばかりならば唯一なる感嘆詞的の叫びに止る、モノシラビツクの声を以て十分である、然しそれでは詩とは云はれない。」と、客観的な意味を指示しない声を詩的表現として認めていなかった。しかし、柳虹は、意味として独立し得る言語化を瞬時における客観の限界であると見なし（「ポイント」）、意味から意味への飛躍を作ることによって、対象化し得ない主観の強度（「内容のトーンの究極」）を表現しようとしたのである。

この方法による最も実験的な作品が、「感覚の瞬時」（『文庫』38巻2号　明41・11）である。

……………

……………

キチ、キチ、キチ、キチ、キチ、
　キチリ、キチリ、
リリ、リリリ、リリリ、
リリリ、リリリ、
　　リリリ、
　　　リ、
　　　　リ、
　　　　　リリリ、

……………

……　……

瓦が露に沁みる
星は涼しく笑ってた――

　風――

置時計の刻む音・・・

（第一～六連）

独立した意味を指示しないリーダーと擬音語の後、第四連において夜景が把握され、第五連では「風――」、第六連では「置時計の刻む音・・・」と、聴覚によって把握が分節化していく。この展開から第一～三連を読んでみると、第一連のリーダーは、未だ感覚が覚醒していない状態であろう。第二連では、正体不明の音のみが感受されるが、他の感覚との連動はない。第三連において二行目のリーダーが、真中を一マス空けて、点の数も一個ずつ減らしてあるのは、聴覚に続いて残りの感覚も覚醒していく動的な状態を示すのであろう。意味として対象化されている部分を枠組みとして、感覚が覚醒していく経緯というストーリー性が成立する。

・・・・・　・・・・・
・・・・　・・・・・

笛の音が細くながれる――甘い――悲しい・・・

青い色にふるへて消える………
——————
…………
洋灯《ランプ》が音をたてる….

水のやうに静かだ….
しめやかな反響《こだま》….

また
…………

リリ、リリリ、
チヨキツ、チヨキツ、
リ、リ、リ、
　リリリリ、リ

しめやかな音….!

（第七～十二連）

第七連における感覚の待機の後で、夜の把握は更に分節化され、感覚は複雑になる。「笛の音」が「甘い」匂いや「青い色」と連動して感受される。この後に続くダッシュとリーダーは、その残響を伴う待機の時間であろう。「洋灯」の音がして、聴覚は、静寂に対してますます鋭敏になっていく。そこでまたも不思議な音が聞こえる。感覚が覚醒し鋭敏になった分、「しめやかな音‥‥！」と、その印象を語ることができるが、やはり正体は不明である。

リ、リ、リリ、リ‥‥

心を歩いてるやうなものがある‥‥
話し声‥‥
たしかに路で‥‥

タ、タ、タ、
‥‥‥‥‥‥

耳はじーと鳴る
‥‥‥‥‥‥
‥‥カカ‥‥タ‥‥

下駄だ‥‥
　心は氷りのやうに冷えかへツた‥‥
‥‥　‥‥光つた‥‥――
女のくる足音‥‥。

（第十三〜十八連）

「心を歩いてるやうなものがある‥‥」と、音の印象は内面化され、「話し声‥‥／たしかに路で‥‥」と、その正体が明らかになってくる。続く第十五連の「夕、夕、夕、」は、主体に緊張をもたらしたのであろう。沈黙の後、「耳はじーと鳴る」と意識の集中が聴覚に反映する。第十七連において「下駄だ‥‥」と遂に音の正体が判明すると、「心は氷りのやうに冷えかへツた‥‥／‥‥　‥‥光つた‥‥――」と、激しい動揺を見せる。ここでのリーダーとダッシュは、対象化し得ない混乱の深さを物語る。最終連の「女のくる足音‥‥。」によって、主体の混乱と動揺の原因が明らかになる。

作品から読み取れるストーリー性は、感覚が覚醒し、女の来訪を察知する経緯ということであり、それ自体は極めて単純である。これを、ストーリーとしてではなく、主体の意識の振幅のドラマとして読ませることが、柳虹の意図であったと考えられる。第十三連までの微妙な変化を見せる擬音語は、実体的な音と言うよりも意識と外界が接触する音であろう。リーダーとダッシュは、意識の内側のより混沌とした状態ということになろう。しかし、これらの意味として対象化されていない部分は、前後の文脈の中に解消されてしまい、整合化されない空白は残らない。意味を枠組みとして空白を突出させるのであれば、意味を相対化し得る身体性の強度がなければならない。この作品において非実体的な意識の音は実体的な下駄の音に推移しており、意味として対象化されていない感受は意味の前段階として位置付けられている。そこから意味を超えた「内容の強烈なるトーン」は生じない。「トーン」というリズムとしての表出をテーマに据えるのであれば、意味としては表出し得ない内容を、意味を相対化し整合的な読みを阻む身体性の表現として追求すべきであっただろう。しかし、柳虹は、把握の瞬間性にこだわる余り、意味の相対化ではなく瞬時に為し得る客観化の限界という観念的な問題設定をしてしまった。更に、主観と客観を対立的に捉える図式によって、言語化（客観）の対立項は「無言」であると短絡的に想定してしまったのである。「感覚の瞬時」のように比較的長い作品は、前後の文脈から沈黙の部分を劇化し得たが、短い作品になると方法論の観念性が一段と露呈してしまう。

風のあらい海岸

海
空
天候険悪――
黄――破烈――暴風の警報――信号――赤。

天候険悪
灰色の帆――曇――
明るむ日あし――雲――綿のやうな雲――

空気の激動
　・・・空のなげき――
海の上の白いかゞやき
濁つた浪の色

あらしの音

（『文庫』38巻1号　明41・10）

「海」「空」という行としての単語の独立は、想像を喚起する余白があるが、次行の「天候険悪――」が、読みの方向を指示してしまう。続く「黄――破烈――暴風の警報――信号――赤。」は、「天候険悪」という観念の具象化である。列挙された対象はイメージが繋がっており、ダッシュは視点の連続性を表す記号と化している。「無言」は言語と相補的な関係にある以上、イメージの飛躍がない場合は、簡単に言語の指示性に侵食されてしまう。第二連も第一連と同様の構造である。第三連では「空気の激動／・・・空のなげき――」と主観が強調される。しかし、前連までの光景が「天候険悪」という観念に整合しているため発見はなく、観念的な把握の補足に終っている。柳虹の方法論が成功しなかったのは、出発点において主観・客観を対立概念としか捉え得ず、両者が相関して認識が成立するという構造的な視点が欠けていたことに起因する。

柳虹はこの後、「見よ、月は昇つた、真赤に・・・・・／あの快よい色を見ろ――爛れた／耽溺の紅い色をみろ／湿つた壁の蔭には蟋蟀がなく、／あゝ、どつからか湿めやかな三味の音・・・・・」（「酔人の夜の歌」『早稲田文学』第二次

42号　明42・5）という白秋的な官能美、「かへらぬ生命の痛みに、／悩ましい傷の嘆きに、／草は倒れて悔やむ心を」（「花園のあらし」『早稲田文学』第二次46号　明42・9）という露風的な観念象徴を経て、「落葉は散る、胸に、／色褪めた唇に、／愛の去りゆく心に。」（「心のはて」『女子文壇』6年5号　明43・3）と、観念象徴的な詩風を洗練させていく。

㈤　敏とメーテルリンク

口語自由詩論が隆盛を迎えつつある時期に敏は、「マアテルリンク」を発表した。象徴詩の意義を説明しつつ、メーテルリンクの詩集『温室』（一八八九）から「温室」「心」（末段のみ）「火取玉」「愁の室《むろ》」を訳出している。冒頭でメーテルリンクは「欧州今日の諸文家中、私の平生最も敬慕する一人である」と述べているが、これに先立つ講演「マアテルリンク」においても「新しい神話、珍しい景物を咏じてないが、通常の歌謡と異なる所は、全く景色風俗の如き後景を省略して一地方一階級の事ではなく、専ら普遍の心情を写さうとしたのに在る。」と、写実に拠らずして普遍を描く方法に注目しており、持続的な関心が窺える。敏は、「十九世紀の文芸殊に仏蘭西の詩文は一世紀の中に三転してゐる」として、「羅曼派」から「客観の文芸」へ、それもまた「自然の不可思議なる方面が閑却され」「皮相を写し得て、核心に触れず、形骸を学び得て精神を逸する如き憾が多い」ため、「千八百八十五年あたりを此傾向の頂点とし、大勢茲に一転して其後の文芸は漸々所謂神秘の風を帯び来つた。」と、象徴主義に至る変遷をまとめている。象徴主義の特徴は、「万物相互の間自から隠約の中に在る関係を捉へ」「他の方法では言表し難い事物を言表す」ことにある。この後で「マアテルリンクも比新派の趨勢に走つて、自己の精神状態の極めて幽微な影を余蘊無く発揮しようとした。これが千八百八十九年に著した詩集『温室』Serres chaudes である」とメーテルリンクが紹介されている。

敏は、『温室』について「普通の叙景叙事で無い、神話でも無い、諷刺でも無い、一時代一個人の風俗、人情、心理を歌つたのでも無い。要するに近代人胸奥の有邪無邪を洩らした心情《ムウド》の詩である。名状し難くも実在なる心持を歌つてゐる。修辞の艶美は全く省略し節奏の巧緻も尽く避け、淡如として行雲流水の風ある簡樸の詩形は実に大胆な試験であつた。」と述べる。「ムード」は嘉香や柳虹の用語であったが、敏の「心情《ムウド》」は、主観的な把握の特徴ではなく、実在の素材や特定の様式には還元し得ない心的なモチーフを意味する。それは修辞や韻律の技巧を排した「簡樸な詩形」であり、素材間の固有の関係化によって表現が成立している。

技巧的ではない素朴な詩形とは言っても、風土色に拠る民謡調ではなく、素材の関係性によって構成する表現を、敏は極めて実験的であると捉えている。次に訳出された作品を見ていきたい。「温室」「愁の室」と、約一年後に『温室』から訳された「祈禱」(『スバル』2号　明42・2)「病院」(同)を取り上げる。

これらの空間設定は、「森の奥なる花室よ、／とはに閉ざせる室の戸よ。」(「温室」)「色青き愁の室は／さし寄りて人や見つらむ、」(「愁の室」)「吐息に蒼きわがたましひは、／ただ眺むらむ、疲れはて、」(「祈禱」)「ああ窓をゆめな開きそ、」(「病院」)という閉塞性が特徴であり、閉塞空間から想念が具象化され膨張していく。次に挙げるのは、「温室」の第二、三連である。

飢忍ぶ王女の思、
舟葉の砂漠の悩、
病窓に軍楽の音。
更になほ温《ぬく》き隅には

収穫《とりいれ》の日に絶入りし女の心地、
病院の庭にとまりし駅伝の御者、
かなた行く看護の人は麋《おほしか》の狩人の成の果。

月影にすかし見よ。
（物皆処を得ざり。）
法宮の前に狂人、
帆を張りて運河を過ぐる軍艦《いくさぶね》、
白百合に夜の鳥なき
真昼がた死を告ぐる鐘の音、
（その音は鐘楼のかたぞ。）
平原に患者の宿泊《やどり》、
晴れし日に依的児《エエテル》匂ふ。

「王女」に「飢」、「砂漠」に「舟葉」、「病窓」に「軍楽」という取り合せは、滅亡の静寂と破壊の狂乱を予兆させる。「なほ温き隅」のイメージは、収穫の日に死ぬ女という豊饒が孕む死である。緊急の通達は、駅ではなく「病院」に留まり、看護人は落ちぶれた狩人として遠ざかっていく。在るべき筈の者は逸脱し、世界は歪み始める。これを明言しているのが、次連の「（物皆は処を得ざり。）」である。法廷は「狂人」に囲まれ、「軍艦」が現れ、世界は歪んだままで一触即発化する。「白百合」に「夜の鳥」、「真昼」の「死」の告知と危機は間近に迫っている。

忽然と「患者の宿泊」が出現し、麻酔薬の匂いが漂う。ここからは、切迫する世界の崩壊を読み取ることができる。それは、滅亡、暴力、逸脱、狂気、侵犯、凌辱等のイメージの変奏が多層化する確実な気配ではあるが、内実は持たない。

敏は、この作品について「斯の如く再読三読の後も終に判然たる論理上の関係を見出せない。唯愁然たる一の心情だけは確に浮んで来る。つまりマアテルリンクの抒情詩は皆ひどく懸離れた不釣合の詩材を列記し、一見何の関係も目的も無しに目録の如く数へ挙げたのである。」と述べている。「ひどく懸離れた不釣合の詩材」を「目録の如く数へ挙げた」という指摘は、修辞や説明に拠らず対象の配合によってのみ表現が成立していることを的確に把握している。それはストーリー性や観念に吸収されない、具体的な対象の関係化によって喚起される実存性である。閉塞空間という設定は、自家中毒的にイメージを増殖させる。最終連（第四連）は「あなあはれ、あな、あはれ、いつ雨ふらむ、／雪ふらむ、風吹かむ、この花室に。」と、その痛ましい増殖を語って締め括る。

配合の飛躍は、「病院」ではより過激である。

ああ窓をゆめな開きそ、
聞け、水天の際大西洋がよひの汽笛の声。

花園に何者か毒殺せらる。
敵方に盛なる祭のけはいす。
囲まれたる市街には熊が放たれ、
花百合のなかに獣の檻は見ゆ。

炭鉱の底深く熱帯の植物茂り、
牝羊の一群は鉄橋を過ぎ、
牧《お》(10)の羊は悲しげに広間をさして入り来りぬ。

（第七、八連）

この作品は、「運河の岸の病院。／夏七月の病院。」が舞台である。広間には火が焚かれ、折しも「運河の上、大西洋がよひの汽笛の声」が響いて来た（第一連）。やがて月が上った（第三連）。水門が開かれ、「大西洋がよひの船」は運河の水を揺り乱しているが、「看護の尼」は炉を掻き、病院の窓は開けられない（第五、六連）。やがて「看護の尼」は点灯し、患者の食事を運びつつ「運河にのぞむ窓の戸を、／すべての門の戸を閉ぢて、月の光を隠」してしまった（第九連）。このようなストーリー性に、引用したような妄想の外界が絡んでいく（第二、四、六、八連）。「花園」での「毒殺」を発端として市街は敵に制圧され、猛獣が放たれ、「花百合」の中にその檻は準備される。ここからは、殺戮、蹂躙、凌辱、悪の横行がイメージされる。一方で、「炭鉱の底」には「熱帯の植物」が繁茂する。圧縮されたエネルギーが、超現実的な繁殖力を作動させてしまったのである。「牡羊」は「鉄橋」の無機性を馴致させて、「牧の羊」は現実の病院に粛然と到達する。これらは超現実的な越境である。

舞台である病院は、「運河の岸」という外界との接触点にありながら、外界とは隔離されている。「（ああ窓に近づく忽れ。）」「（窓はかたく閉ぢたるこそよけれ。／人々、外より殆んど全く覆はれたり。）」（第二連）「ああ窓をゆめな開きそ、」（第七連）と繰返し禁止が発せられ、開放は禁忌と化している。しかし、その一方で「聞け、今水門は開かる。」（第五連）「聞け、水天の際大西洋がよひの汽笛の声。」（第七連）と、外界への欲望は挑発される。度重なる禁止と挑発が妄想を誘発するのである。「暴風雨《あらし》の日、産後の初詣あるが如し。／毛蒲団の上に草木の散らばふがみえて、／日麗らかなるに出火あり。／われは負傷者に充ちたる森を通過す。」（第二連）という厄難は、「月の光に漂ふは手負載せたる船一艘。／王の女は尽く暴風雨の下の船に乗り、／あまたの姫は失鳩荅《しきうた》の原に死したり。」（第六連）という死滅を招来する。遂には先に見たように、幻視空間が現実と交錯してしまう。「看護の尼」に危害が迫っているのではないかという不吉な予感を抱かせて、作品は終る。語り手による禁止と挑発は、ストーリーの一部を構成しつつ妄想を激化させ、事件の勃発の危機へと越境させる。即ち、語り手の声を媒体として、ストーリーと想念という作品内部の異なる位相が関係化するのである。

このように、「温室」「病院」は、関係化の飛躍が作品を構成しているが、「愁の室」「祈禱」はより静的である。

愁の室

わが思、愁に青し
さらによき幻はあれど、
つかれたる青き夢路に
月影のよゝと泣き入る。

色青き愁の室は
さし寄りて人や見つらむ、
さみどりの玻璃のあなたに
月を浴び、ぐらすにひかる

たけ高き草だち、木だち
宵々はおぼろおぼろに
煩悩の薔薇をわけて
夢のごと揺がで立つを。

水ははたゆるく噴きいで
月影と空とをまぜて、
薄曇るとはの吐息に
夢のごと節もかはらず。

「わが思」は、「色青き愁の室」である。「月影」は夢の中に忍び込んでも、人は月光を浴びた「玻璃」を彼方に眺めるのみである。内部では、「煩悩の薔薇」の他の草木は、静寂を保ち続けている。敏は、講演の「マアテルリンク」において「一体仏蘭西語で être tenu en serre shaude と云へば、自由を束縛せられ幽閉せられるといふ意味もあるから、多少さういふ連想を含ませたかも知れない。」と、温室という語の隠喩について述べている。「愁の室」は、まさに己が想念の幽閉状態ということになろう。そこでは煩悩のみが繁殖する。「草だち、木だち」は、「温室」においては「円天井の下に生ふる／草性《くさだち》木性《きだち》、わが心。」(第一連)と表記されている。草木の精霊をイメージすればよいであろう。噴水もまたリズムを変えず、「月影と空」を玻璃に映しつつ自閉した世界は維持される。作品は、温室の隠喩に拠りつつ形象化する素材を限定し、微妙に角度を変えながら「玻璃」と「月影」の関係性を捉えていく。自閉状態は、悲哀、諦念、自足の諸相を示しつつ「煩悩の薔薇」を開かせて、官能性を漂わせる。

「温室」「病院」における奔放な展開とは異なり、一定の関係性における微妙な差異が、作品を構成している。これは、「祈禱」も同様である。

あはれみたまへ、もくろみの
戸にたたずめるうつけさを。
わがたましひはあらをめり、(11)
しろたへの無為に無能に。

業を廃めたるたましひは、
吐息に青きたましひは、
たゞ眺むらむ、疲れはて、
莟の花に震ふ手を。

時しもあれや、わが心、
紫紺の夢の玉を吹き
蠟の纎手のたましひは
月の光をふりそそぐ。

月の光に明日といふ

黄花のさゆり透きみえて、
月の光に手の影は
ひとり悲しくあらはれぬ。

「業を廃めたるたましひ」は、月光の下、花を持つ手として形象化される。それは、「莟の花に震ふ手」「蠟の織手のたましひ」「黄花のさゆり透きみえて」と微妙に変化している。最終連の隠喩から、「花」が「明日」の象徴であることは明らかである。疲弊した魂は明日への期待に積極的に関わろうとはしない（第二連）。「紫紺の夢の玉」に遊び、精巧な細工と化した手から虚無の月光が注がれる（第三連）。明日の姿は見えるが、いつの間にか手放していた（第四連）。ここからは、意志的な決断が欠落した主体性の衰弱を読み取ることができる。衰弱した内面は、「あはれみたまへ、もくろみの／戸にたたずめるうつけさを。」（第一連）と、最後の慰藉である「祈禱」に回帰する。「青」「紫紺」という青を基調とする魂と、「黄花のさゆり」である「明日」は色彩的にも対照的である。そこに「手」が介在して躊躇、虚無、喪失が生じる。二つの対象間に媒体が入ることによって、関係が複雑化するのである。

以上のような敏によるメーテルリンクの翻訳は、次世代である白秋、露風に受容され、それが口語自由詩にも影響を及ぼしたと考えられる。次に白秋の「序楽」（『中央公論』23年4号　明41・4）[12]「蜜の室」（『中央公論』23年9号　明41・9）、露風の「心の象」（『趣味』3巻9号　明41・9）を見ていきたい。

㈥　白秋・露風における敏の受容

ひと日、わが想の室《むろ》の日もゆふべ、
光、もののね、色、にほひ――声なき沈黙《しじま》
おもむろにとりあつめたる壁の内いと徐《おもむろ》に
薄暮《くれがた》のタンホイゼルの譜のしるし
ながめて人は夢のごとほのかにならぶ。

壁はみな鈍き悩ゆなりいでし
象の古ばみ円らかに想鎖しぬれ、
その隅に瞳の色の窓ひとつ、玻璃の遠見に
冷えはてしこの世のほかの夢の空
かはたれどきの薄明ほのかにうつる

（「序楽」第一、二連）

オーケストラの開演前の室内であるが、それは、「わが想の室」と自己の内面的な空間でもある。往年の懊悩や想念を封印した室内では、「瞳の色の窓」が唯一の外界との通路である。この窓を通して「かはたれどきの薄明」が映るが、語り手はそれを「冷えはてしこの世のほかの夢の空」であると捉えて、幻視の空間が展開していく。

あはれ見よそのかみの苦悩《なやみ》むなしく、
壁はいたみ、円柱熔《とろ》けくづれて
壊《く》えはてし熔岩《らば》に埋るポンペイを、わが幻を。
ひとびとはいましゆるやかに絃《いと》の弓
はたもろもろの調楽の器をぞ執る。

暗みゆく室内《むろぬち》よ、暗みゆきつつ
想の沈黙重たげに音なく沈み、
そことなき月かげのほの淡くさし入るなべに、
はじめまずギオロンのひとすすりなき
鈍色長き衣みな瞳をつぶる。

燃えそむるヴェスギアス、空のあなたに
色新しき紅の火ぞ噴きのぼる。
廃れたる夢の古墟《ふるつか》さとあかる我室の内、
ひとときに渦巻きかへす序のしらべ
管弦楽部《オオケストラ》のうめきより夜には入りぬる。

（第三～五連）

幻視の中で壁は崩壊し、死の街ポンペイが出現する。現実の室内では、演奏者達が開始の態勢に入った。月光の気配の下で、まずヴァイオリンが鳴り出す。一方、幻視の空間ではヴェスビアスが爆発し、噴火する。そこで照明が点って現実空間へと引き戻され、舞台ではオーケストラが始まった。非日常的な空間に穿たれた窓は、外界を反映すると共に想念を形象化する端緒になる。開演前の緊張感と薄暮の境界性は、幻想の光景を想起させる。その光景は舞台の進行につれて変化し、幻視の空間の爆発は演奏開始の合図となって一つの空間に溶解する。「光、もののね、色、にほひ――声なき沈黙／おもむろにとりあつめたる壁の内」（第一連）「壁はみな鈍き悩ゆなりいでし／象の古ばみ円らかに想鎖しぬれ、」（第二連）という表現は観念的であるが、違和感はない。演奏会場特有の雰囲気という具体的な形を持たない物の表現だからであろう。この幻想的な雰囲気が演奏という行為に収束するまでの経緯を、具体的な光景として構成したのが、第三連以降ということになる。白秋において観念的な表現は説明ではなく、具体的な形象を成立させる気配である。現実から幻想の光景が飛躍し、観念や説明に還元し得ない固有の空間が成立するという構成は、「温室」に類似する。

「蜜の室」もまた、「薄暮《くれかた》の潤みにごれる靄の内、／甘くも腐る百合の蜜」という閉塞空間である。

『豊国』のぼやけし似顔生ぬるく、
曇硝子の窓のそと外光なやむ
ものの本、あるはちらばふ日のなげき、
暮れもなやめる霊の金字のにほひ。
接吻《くちづけ》の長き甘さに倦きぬらむ。

そと手をほどき靄の内さぐる心地に、
色盲の瞳の女うらまどひ、
病めるベリガンいま遠き湿地《しめぢ》になげく。

（第二、三連）

「外光」が行き悩む「曇硝子」の内側は、豊国の浮世絵が象徴する頽廃的な空間である。その中の「霊」は、「金字のにほひ」を放つ。霊のような非実体的な対象を嗅覚で表すのは、典型的な象徴主義の手法である。浮世絵の鮮明な印象が、嗅覚という官能的な感覚を刺激するのである。接吻の倦怠の後に「色盲の瞳の女」がさ迷い、「病めるベリガン」が湿地に鳴く。イメージの飛躍を関連付ければ、第二連の色彩感が性的倦怠感と連動して「色盲の瞳の女」のイメージを結び、「靄」と「外光」の湿度によって「病めるベリガン」へと展開したということになろう。敏は、メーテルリンクの詩について「判然たる論理上の関係を見出せない。唯愁然たる一の心情だけは確に浮んで来る。」「ひどく懸離れた不釣合の詩材を列記し、一見何の関係も目的も無しに目録の如く数へ挙げた」と述べていた。「蜜の室」は、「ひどく懸離れた不釣合の詩材」とまでは行かないが、諸感覚の連動に「判然たる論理上の関係」を見出すことはできない。「序楽」に比べるとストーリー性が希薄であり、感覚の連動によって具体的なイメージが喚起されていく。その飛躍を再構成しつつ読んでいくことで、官能、頽廃、倦怠等を複合した「一の心情」が生じる。

白秋は既に『海潮音』から象徴主義を学んでいたが、メーテルリンクによって「万物照応」の感覚性を対象の具体的な関係化として把握し得たと考えられる。これに関しては、後年白秋自身が「私がサツフオの断章を知り、シヨパンを知り、近代白耳義の若い詩人たちを知り、仏蘭西の高踏派《パルナツシヤン》、象徴派《シンボリズム》の諸種の詩風を知り、世紀末の頽唐した所官能と神経との交響楽を知り得たのは全く博士のお蔭であつた。[13]」と回想していることからも窺える。

次に、露風の「心の象」を見てみる。露風における『海潮音』の影響に関しては、安田保雄が、露風が敏の主宰誌『芸苑』に作品を発表し、それらを『廃園』（明42・9　光華書房）に収録したこと、及び『廃園』と『海潮音』の個別の作品間の類似関係から「十分に推察出来るであらう」と述べている。[14] 安田はまた、「心の象」における「褐色《くりいろ》」という語彙、五七五・七五七交互調が『海潮音』の受容による（ルコント・ドゥ・リイル「象」／ホセ・マリヤ・デ・エレディヤ「出征」）と具体的に指摘している。『廃園』後期における『海潮音』の受容に関しては、三浦仁の詳細な研究もある。[15] 三浦は「心の象」と『海潮音』所収のローデンバッハの「黄昏」の措辞を比較しつつ、「黄昏」の濃厚な受容を指摘する。三浦は、露風の「黄昏時の静寂の室に一人想いに沈む孤独」を歌う「後の「黄昏の詩想」」と名付けられた独特の詩境」は、「一方では彼の内面の意識や明確ならざるものに美を求める詩的態度に根ざし、一方ではローデンバッハやボードレールの詩に負うところがあって、早くも『廃園』の中に芽生えていたと肯かれるのである。」と述べている。

安田及び三浦が指摘するように、発想やモチーフの設定に関しては『海潮音』の影響が大であったと考えられるが、対象間の構成についてはメーテルリンクの示唆があったのではなかろうか。

いつしかに青み暮れゆくわが窓よ、
伽羅の塔の下に見る河の淀みも
はた丘の木梢《こぬれ》も、黒き鳥の羽も、
心の象のおぼつかな、薄るゝけはひ……

わが憂、悩みも深きこのゆうべ
灯火《ともし》も盲《し》ひてわなわなと嘆きに暗む、
内心のはてなき底にひびかふは
畏怖《おそれ》と悔と青ざめて顫ふひとすぢ。

かくて見よ、ひたと閉ぢたる我窓に、
心の室に、黙したる、はた死のごとく
褐色《くりいろ》の月の光の沈み入る。

褐色の死のあとかたの月魄《つきしろ》や
沈黙《しゞま》の空の夕闇にかくて孤独《ひとり》し
弱げなる心の象ぞ沈み消ゆ。

「わが窓」から見える光景は、「心の象」である。閉塞空間において「窓」が唯一の外界との通路であるという設定は、白秋の「序楽」と同様である。外の光景が夕闇に沈んでいくと共に、室内も「灯火も盲ひてわなわなと嘆きに暗む」と沈鬱化する。闇と同様に「内心」も底知れず、得体の知れない感情が横切っていく。「青ざめて」という感情の色は、「青み暮れゆくわが窓」と連動しているのであろう。「我窓」を通して死のような「褐色の月の光」が忍び込むと、外界の「心の象」も消滅する。ここに描かれた心情は、陰鬱、衰弱、虚無いづれとも名づけ難く、敏が『温室』について述べた「近代人胸奥の有邪無邪を洩らした心情《ムウド》の詩」「名状し難くも実在なる心持」という評が、この作品にも当てはまる。モチーフは、薄暮から闇に推移する時間である。それを情景描写ではなく、「窓」を通した夕闇の「青」と「褐色の月の光」のみを描き、まさに心象として形象化している。素材を限定し、それらの間に生じる微妙な作用を描くことによって、緊張を孕んだ静的な空間が成立する。一定の関係性を微妙に差異化していくという構成は、「愁の室」や「祈禱」に類似する。閉塞空間の設定という共通点からも、露風がメーテルリンクの象徴の手法を学んだことが考えられる。

白秋や露風の象徴詩は、口語自由詩の詩人達にも刺激を与えた。自由詩社の一員であった加藤介春は、「有明詩流の象徴詩」とは異なる象徴詩の萌芽を「気分詩」の実践者である自由詩社のメンバーの作品に見出し得ると述べ、福田夕咲、三富朽葉の名を挙げている（「本年度の詩壇概観㈢」『読売新聞』明42・12・14）。介春によれば、旧来の象徴詩は「感能的の情緒の中に非感能的の或物を把持してそれをシンボライズする象徴詩、其或物が観念となりたがる観念派の象徴詩」であるが、「来らんとする象徴詩は言葉で言ひ顕し得る気分が言葉で言ひ顕はし得ない気分を瞑々の間にシンボライズすると云ふ気分派の象徴詩」である。象徴詩という名称が、前代とは区別する形で復活してくる。また、福田夕咲は、「気分詩が気分そのまゝの色調を完全に伝へねばならぬ事は言ふまでもない。あるひとときの気分には、それぐ〳〵特殊な色調がある」「かの形式偏重主義を破壊し尽した後の現代の一部の詩歌に接して猶もの足りない気のするのは、畢竟此内容、形式、色彩、音楽のユニフオーミテーとハーモニーを毀してゐるからである。」と、色彩による象徴と調和を強調する（「詩壇私語」『読売新聞』明43・4・15）。説明や観念には還元し得ない感覚的な象徴詩とは、白秋や露風の特徴そのものである。これらの発言からは、口語自由詩の詩人達が白秋・露風の表現を追認し、そこから今後の方向性を模索しようという印象を受ける。「譬喩、比較、判断等」を観念的操作であると見なし、主観の断片化によって現前的な把握（「印象」）を表現しようとした嘉香や柳虹よりも、関係性の飛躍や差異化によって作品を構成する白秋・露風の象徴詩の方が、修辞や韻律に拠らない表現の好例たり得たのである。

(七)　敏の可能性

敏は、口語自由詩論が拡散、停滞している時期に、「総合芸術」（『芸文』1年2号、4号、5号　明43・5、7、8）[16]において芸術の傾向について考察している。「現代の考は、芸術品を一の記号と見做す方に傾いて来た。而して此記号の表現しようとする物は何だ。曰く節奏《リュトモス》。」と、リズムの表現が現代の芸術のテーマになりつつあると述べる。「詩歌が愈々気分を現はすのに力を入れる事」は、「芸術が益々節奏に眼を付けて、「実」を研究して「真」を現はさうとしてゐる」ことであるとし、その例として「象徴派《サンボリスト》、自由派《ヹルリブリスト》」及び「ボドレエル」の「万物照応《コレスポンダンス》」を挙げている。象徴詩の「万物照応」、即ち「万物相互の間自から隠約の中に在る関係を捉へ」（「マアテルリンク」）ることは、新たなリズムの表現なのである。敏において「節奏」の重視は、「清新の思想声調」を発表した若き日から一貫しており、この評論も「十九世紀の大批評家英人ペイタアが『文芸復興論集』ジョルジョオネ論に道破した如く、「凡べての芸術は音楽の状態に向つて憧がる」」という引用で結んでいる。第一章で述べたように、ウォルター・ペイターの「音楽」とは、「目的と手段、形式と内容、主題と表現の区別がつかない」「形式と内容が融合一致」した状態であり、全ての芸術は「音楽のみが完全に実現している状態にむかって努力していると見てよい」と、音楽を理想の表現形態であると見なす。ペイターの音楽的芸術観は、敏の根幹を形成したのである。現代の詩歌において「節奏」即ちリズムは、「気分」の表現であり、それはまた、真実の身体的な表現でもある。

敏は、ボードレールに代表される象徴詩人をリズムの表現者であるとしているが、この中に日本の「気分詩」は含まれていなかったであろう。大正期に入ってからであるが、「自由詩」において日仏の自由詩を比較し、「日本の自由詩論は同日の談では無い。始から規約の極めて単純なるに寧ろ苦しんでゐる詩形を、殊更に弛めようとすれば、すぐに律は消滅して了ふ。」と批判している。「内心律の動くがまゝ、形式を作つて行けば可いと言ふのが、自由詩家の繰返す所だが、実はそれでも真の自由は無い。苟も精神が形式に現はれる時は、言語といふ記号の約束を受ける。（略）既に複雑なる習慣上歴史上の因縁が絡合つてゐる一国語の約束に少しでも従ふ以上、純乎たる内心律の発現だけでは、他人をして直に新形式に新しい律を覚知せしめ、之に共鳴せしめることは出来ない。之に成功しようとには、是非とも、やはり言語其物に潜む律を発見して、此途を便に感情を通はせねばなるまい。」と、「内心律」という概念の理論的脆弱さを指摘する。詩歌においてリズムは、言語を介してしか表現し得ない。表現の自由度を想定すれば、言語はその客観的な指示性において制約的な性質も持ち得る。「日本の自由詩論」の推進者であった嘉香及び柳虹は、現前的な把握（「主観」）のために指示性を最小限にとどめようとして、表現の断片化あるいは「無言の境地」の表現を試みた。それは、彼等の意図とは逆に、甚だ観念的な方法論に陥ってしまった。これに対して敏は、詩歌という形式は「言語といふ記号の拘束」を前提とする以上、現前的な把握も指示性に立脚する認識作用であることを捉えていたのである。従って、リズムもまた、その認識作用に伴う表出の身体性であった。敏は、各言語には固有のリズムがあると考えて、日本語における普遍的な形式を探ろうとした。それが、『海潮音』から『牧羊神』に至る民謡調の翻訳及び創作であり、『小唄』に結実する民謡の編集である。

敏にとって詩歌とは、固有のリズムを形成している心情の表現であった。「詩話」においては「一体、真情から発した言語は自から節奏を具へてゐる。」と、「真情」はリズムと一体化していると述べている。これが先の「総合芸術」では、真実の表出という把握は同様であるが、「気分」というより漠然とした内容に変わっている。「気分」は、その実例として象徴詩を挙げていることからも、「心情《ムウド》」「名状し難くも実在なる心持」（「マアテルリンク」）と同義と見てよいであろう。即ち、「真情」よりも感覚的であり、類型化が困難な心性である。この「気分」は、口語自由詩における「気分詩」という新名称からも窺えるように、嘉香や柳虹が主張した「ムード」や「トーン」の表現とも共通するモチーフであり、敏の象徴詩論やメーテルリンクの翻訳は、現前的な表現の方法として有益な示唆たり得る筈であった。現実には、敏の影響を受けた白秋・露風の象徴詩が注目され、殊に露風の作風は「気分派の象徴」「気分象徴」として一つの指針となる。

しかし、敏の「修辞の艶美は全く省略し節奏の巧緻も尽く避け」た「箇楪の詩形」という視点は受容されなかった。敏は、修辞や韻律に拠らない詩的表現の方法として「ひどく懸離れた不釣合の詩材を列記し、一見何の関係も目的も無しに目録の如く数へ挙げた」という具体的な特徴を読み取ったのである。「目録の如く」列記するという対象の提示によってのみ成立する詩形を追求すれば、「不釣合の詩材」を超えた固有の関係性の把握があり得たであろう。それは、必ずしも飛躍や差異としては構成されないより即物的な把握である。そして敏は、部分的にではあるが、「汽車に乗りて」という創作詩において、主体の目を通した一回的な光景という形で即物的な描写を実践していた。しかし、その試みは顧みられず、敏にとってもそのままで終ってしまった。口語自由詩の擡頭という表現の転機において、敏は今なお可能性として存在するのである。

注

（1）引用は『定本 上田敏全集』第5巻（昭60・3　教育出版センター）所収の『独語と対話』（大4・7　弘学館書店）による。

（2）引用は『日本近代詩論の研究――その資料と解説――』（日本近代詩論研究会・人見円吉編　昭47・3　角川書店）による。

（3）『抱月全集』第4巻（大8・6　天佑社）の「第四巻『新美辞学』及『文学概論』の編纂について」（本間久雄）による。なお、「文学概論」の引用も同書による。

（4）川副国基『島村抱月――人及び文学者として』（昭28・4　早稲田大学出版部）P179参照。

（5）引用は『明治文学全集43巻　島村抱月　長谷川天渓　片上天弦　相馬御風集』（昭42・11　筑摩書房）による。

（6）引用は（5）に同じ。

（7）引用は（3）に同じ。

（8）引用は『明治文学全集79　明治芸術・文学論集』（昭50・2　筑摩書房）による。

（9）引用は『鷗外全集』第21巻（昭48・7　岩波書店）による。

（10）『牧羊神』（『定本 上田敏全集』第1巻所収）では「牡《をす》」と訂正されているので、「牧」という表記は雑誌の誤植であると考えられる。

（11）『牧羊神』では「あをざめり」と訂正されているので、「あらをめり」という表記は雑誌の誤植であると考えられる。

（12）引用は『白秋全集』第1巻（昭59・12　岩波書店）による。

（13）「上田敏先生と私」（『太陽』24巻9号　大7・7）引用は『白秋全集』第35巻（昭62・11　岩波書店）による。

（14）『上田敏研究――その生涯と業績――』の「『海潮音』の影響　五　三木露風」。

（15）『研究　露風・犀星の抒情詩』（昭53・3　秋山書店）の「三木露風　第二章『廃園』と先行詩」。

（16）引用は『定本 上田敏全集』第5巻所収の『思想問題』（大2・6）による。

透谷の先駆性は、自らが抱く理念をエロス性を通して追求し、その苦闘や突出を露呈してしまった点にある。エロス的な関係化の挫折は、理念が理念として成立し得る地点を先鋭化し、それを存在の根拠に据えるという困難な立場を透谷に強いてしまう。従来指摘されてきた透谷の観念性とは、理念性とエロス性との葛藤が存在の根拠が成立する次元を押し上げていった結果である。それが狂気を孕んだ恋愛の彼岸性であり、想念が発生するトポスとしての故郷である。具体的な表現に関して言えば、先行する作品や表現の身体性が透谷のエロス性を触発し、存在の根源に関わる文脈が繋がった場合に、時代のレトリックを超えた表現に達している。透谷は詩的表現の本質をその超越性に認めていたが、それは安定した位相を形成するのではなく、内的衝迫によって自ずと定型性を逸脱してしまう。まさに〈虚〉の地点に位置するのである。「新体詩」という言葉自体が新鮮であった時代の、模索する精神の極とも言える。

これに対し、次世代として登場した羽衣は、雅語を基盤として詩的表現の超越性を体系的に成立させようとした。擬古派と称された羽衣であるが、その詩歌観には西洋的な美の理念が大きく関わっている。羽衣は、真実の美という理念によって伝統的な詩歌の措辞に普遍性を与えようとした。それは「詩神」という作品の題名に象徴的に表れている。また、日清戦争後の国民文学が主張される状況において、文学のイデオロギー化に対する批判性を内在させた「戦死卒」を発表したことは、詩歌の超越性に関する羽衣の確固たる姿勢を表している。性急な近代主義に対して挑戦的であったとすら言えるであろう。透谷が、主体と対象との根源的な関係化に詩的表現を見出そうとしたのに対し、羽衣は、雅語として高度に洗練された体系性を詩的表現の基盤に据えようとした。両者の態度は一見相容れないが、詩的表現の超越性という想定においては共通している。透谷は、「瞬間の冥契」という言い方から窺えるように、エロス性と理念性が一致する究極の関係化の地点を追求した。自らのエロス性に拠るのではなく、既存の言語体系が保持する〈虚〉の喚起力を強化しようとすると、羽衣における詩的表現の「醇化」の方向性になる。超越的な表現を成立させようとした両者の相違は、明治の詩的表現の振幅の大きさを表している。

明治三十年代も後半になると、国民文学形成の素材として始まった民謡の再発見は、現実に即した詩歌という新たな思潮へと展開していく。明治四十年代に入ると、折からの自然主義の隆盛を背景に口語自由詩の主張、実践が急激になされる。敏が活躍したのは、このような時代であった。超越的な次元としての詩歌の把握から、現実に根ざした「ストレイトネス」「デイレクトネス」の表現へという主張への変化は、詩歌観の根本を動揺させる転回である。その中にあって敏は、一貫して詩歌の普遍性を追求した。敏は、『松の葉』に代表される近世の俗謡を愛好したが、措辞やリズムの典型性に根源的な表現を見た。これは、民謡調の「醇朴」という印象を素材やモチーフに還元しがちであった同時代の状況に比して、本質的な視点である。また、自然主義に関しては、その意義と問題点を指摘した上で、実作において即物的な表現の可能性を示してみせた。敏の把握は、ウォルター・ペイターを受容した音楽的芸術観を根幹として表現に即しており、観念論に傾斜しがちであった口語自由詩の論者に対して批判的な存在であった。しかし、その批判性は、口語自由詩の論者達に受容されはしなかった。俗謡調から自然主義的な視点までを普遍的な表現という一点において取り入れた敏の視野は、理解されたとは言い難い。しかし、例えば、メーテルリンクの「列記」という方法、即ち対象間の関係化によってのみ成立している表現の紹介は、白秋や露風に示唆を与え、口語自由詩が目指した現前的な表現が別の角度から成立することになる。敏の音楽的芸術観は、詩的表現の普遍性をイデオロギーや観念に還元させることなく、表現のリズムとして具体的に感受させる視点であり得た。現実の直写、あるいは主観の発露という口語自由詩の主張をも現前的な表現として捉え返すことによって、超越性という前代の詩歌観との対立点を強調するのではなく、詩的表現が自立し得るより包括的な視点を準備したことになる。ここに、明治の新体詩が到達した地平を見ることができる。

本書では、口語自由詩の思想的基盤という視点から自然主義の可能性に絞って考察した。しかし、『自然と印象』という雑誌名にもなった「印象」、あるいは有明的象徴詩から区別するキーワードになった「気分」について改めて注目する必要がある。これらの実体にも観念にも還元し得ない漠然とした語が象徴的に用いられたことに、「新体詩」が「新体」を脱して形式としての成熟を迎える兆しがある。それは、大正期の朔太郎や犀星に見られる文語詩と口語詩の往還という形式の自在な選択にも関わってくるであろう。これを今後の課題としたい。

初出一覧

本書のもととなった論文名を以下に挙げる。それぞれ大幅に改稿した。

第Ⅰ部 第一章 「『楚囚之詩』論――「余」の再生過程――」(『国語国文研究』80号 昭63・7)
第二章 「『蓬萊曲』の構成力」(『異徒』9号 平3・10)

第Ⅱ部 第一章 「武島羽衣のモダニズム――和歌的措辞の特徴――」(『日本文学ノート』32号 平9・1)
「武島羽衣における俗謡の摂取」(『宮城学院女子大学研究論文集』88号 平10・12)
第二章 「武島羽衣における雅語の受容――「戦死卒」の同時代性について――」(宮城学院女子大学キリスト教文化研究所『研究年報』31号 平10・3)
「武島羽衣における俗謡の摂取」(前掲)
第三章 「武島羽衣における詩歌の根拠」(宮城学院女子大学キリスト教文化研究所『研究年報』32号 平11・3)

第Ⅲ部 第一章 「上田敏における「趣味」と芸術観」(『日本文学ノート』35号 平12・1)
「上田敏における俗謡的表現」(『日本文学ノート』36号 平13・1)
第二章 「上田敏と口語自由詩――自然主義の受容という観点から――」(宮城学院女子大学キリスト教文化研究所『研究年報』35号 平14・3)
第三章 「口語自由詩における「主観」――上田敏の可能性――」(宮城学院女子大学キリスト教文化研究所『研究年報』36号 平15・3)

あとがき

初めて北村透谷を読んだ時、世界の奥へ奥へと引き込まれるような衝撃を受けたことを覚えている。それは、目には見えず、形をとらないものが、この世界を支えているという感触であった。透谷は、この根源性を言葉によって汲み上げる者を〈詩人〉と呼び、自らも〈詩人〉としての生を疾駆したのだと思う。もうひとつの世界への通路を拓く者として、透谷への関心は始まった。

同様の視点から、武島羽衣、上田敏は自ずと目の前に現れた。彼等は、いずれも表現の細部に貪欲であり、詩が成立する次元に関して極めて自覚的であった。あるいは真と呼び、美と呼び、普遍と呼ぶ、確かに感受できるが得体の知れない存在を、そのなまなましさごと捉えようとしたのである。これらの詩人達の苦闘の上に、「新体詩」と呼ばれた明治期の新たな表現形態は、「近代詩」の内実を獲得し得たのだと改めて思う。

本書は、二〇〇三年度宮城学院女子大学特別研修休暇を得てこれまでの研究をまとめ、二〇〇四年六月に北海道大学から博士号（文学）を授与された博士論文である。なお、本書は、二〇〇五年度宮城学院女子大学出版助成を受けて刊行に至ったものである。

刊行に際して仲介の労をお取りいただいた宮城学院女子大学の田島優先生、出版事情厳しき折に快諾してくださった和泉書院の廣橋研三社長に深謝申し上げる。

二〇〇六年二月

九里順子

■著者紹介

九里順子（くのり・じゅんこ）

福井県生れ。

1992年3月　北海道大学大学院研究科国文学専攻博士後期課程単位修得退学。博士（文学）。

現　　職　宮城学院女子大学学芸学部教授。

近代文学研究叢刊 32

明治詩史論
―透谷・羽衣・敏を視座として―

二〇〇六年三月二〇日初版第一刷発行
（検印省略）

著　者　九里順子
発行者　廣橋研三
印刷／製本所　大村印刷
発行所　有限会社 和泉書院
大阪市天王寺区上汐五-三-八
〒五四三-〇〇〇二
電話　〇六-六七七一-一四六七
振替　〇〇九七〇-八-一五〇四三

装訂　上野かおる

ISBN4-7576-0359-2　C3395